Prologue

Au centre de son esprit, la porte conduisant au palais de la mémoire d'Hannibal Lecter est dans les ténèbres, mais il est possible de retrouver son loquet rien qu'au toucher. L'étrange portail ouvre sur des espaces immenses et lumineux, baroque ancien, sur des couloirs et des salles qui rivalisent en nombre avec ceux du musée Topkapi.

Partout, des expositions bien éclairées et bien définies se succèdent, chacune liée à des souvenirs qui conduisent à d'autres réminiscences en une progression exponentielle.

Les sections consacrées aux premières années d'Hannibal diffèrent des suivantes en ce que les archives qui les fondent restent incomplètes. Il y a des scènes sans vie, fragmentaires comme des débris de statues antiques réassemblés dans du plâtre anonyme. D'autres salles ont le son et lumière, cependant, et l'on entend de grands serpents lutter et siffler dans le noir, seulement révélés par des éclairs intermittents. Des plaintes et des hurlements emplissent certains réduits dans les ailes où Hannibal lui-même ne peut se risquer, mais les corridors ne les renvoient pas en écho, et il y a aussi de la musique, si l'on préfère.

L'édification du palais a commencé aux premiers temps de l'apprentissage du jeune Hannibal. Ensuite, pendant les années de confinement, il l'a agrandi et embelli, survivant sur ses trésors pendant les longues périodes où ses geôliers lui déniaient l'accès à ses livres.

Dans les brûlantes ténèbres de son esprit, de nos doigts tâtonnants, cherchons ensemble le loquet. Après l'avoir trouvé, laissons-nous guider par la musique à travers les couloirs et, sans regarder à droite ni à gauche, entrons dans le Péristyle du Commencement, là où les visualisations sont les plus parcellaires.

Nous allons leur ajouter ce que nous avons appris ailleurs, dans les récits de guerre, les dossiers de police, les interrogatoires, dans les froids rapports d'autopsie, dans la posture des morts. Récemment retrouvée, la correspondance de Robert Lecter peut nous aider à préciser les étapes de l'existence d'Hannibal, qui a souvent modifié les dates à sa guise afin d'induire en erreur les autorités et ses chroniqueurs. Grâce à nos efforts, nous pourrons être témoins du moment où la bête se détourne du sein nourricier et, remontant lentement le puits intérieur, fait son entrée dans le monde.

I

La première chose
Que j'ai comprise :
Le temps, c'est une hache qui résonne
Dans du bois.

Philip Larkin

1

Hannibal le Sombre (1365-1428) construisit le château Lecter en cinq ans, à la sueur des soldats qu'il avait fait prisonniers à la bataille de Zalgiris. Le jour où son étendard fut hissé au faîte des tours enfin achevées, il fit rassembler les captifs dans le potager et, hissé sur l'échafaud pour les haranguer, annonça aux captifs qu'ils pouvaient rentrer chez eux, ainsi qu'il l'avait promis. Un grand nombre d'entre eux choisirent de rester à son service, cependant, car ils étaient bien nourris par leur nouveau seigneur.

Cinq siècles plus tard, Hannibal Lecter, huit ans et huitième du nom, se trouve dans ce même potager en compagnie de Mischa, sa petite sœur. Ils sont occupés à lancer du pain aux cygnes noirs qui passent sur les eaux tout aussi noires des douves. Mischa, qui tient son frère par la main pour garder son équilibre, manque son but à plusieurs reprises. De grosses carpes agitent les feuilles des nénuphars, obligeant les libellules à s'égailler dans les airs.

Bientôt, le mâle dominant de la troupe aborde la rive et s'avance sur ses courtes pattes vers les enfants, qu'il défie en stridulant. Le cygne connaît Hannibal depuis toujours mais il ne les charge pas moins, et ses grandes ailes d'ébène leur masquent une partie du ciel.

— Oh, Anniba' ! gémit Mischa en se cachant derrière la jambe de son frère.

Hannibal lève les bras à l'horizontale, ainsi que son père le lui a appris, son allonge accrue par les branches de saule qu'il a prises dans ses mains. L'oiseau s'arrête pour étudier cette envergure plus considérable que la sienne, puis retourne à l'eau et à son repas.

— On fait la même chose tous les jours ! objecte le garçon à l'adresse du volatile.

Mais ce jour-là n'est pas comme les autres, et il se demande où les cygnes vont pouvoir s'enfuir. Dans son affolement, Mischa a fait tomber son pain sur le sol détrempé. Quand Hannibal se penche pour le ramasser, elle s'amuse à lui barbouiller de vase le bout du nez avec sa petite main en forme d'étoile. Il lui rend gentiment la pareille et ils rient tous deux de leur reflet sur la surface des douves.

Soudain, les enfants sentent la terre gronder trois fois. L'eau frissonne, brouillant leur visage. Des explosions au loin roulent en tonnerre au-dessus des champs. Saisissant sa sœur par le bras, Hannibal se met à courir vers le château.

La carriole de chasse a été amenée dans la cour. César, le grand cheval de trait, y est attelé. Berndt, sanglé dans son tablier de palefrenier, et Lothar, le factotum, sont en train de charger trois petites malles à l'arrière. Chef sort avec un déjeuner.

— Maître Lecter, Madame vous attend dans sa chambre, dit-il au garçon.

Après avoir confié Mischa à la nounou, Hannibal s'élance dans les escaliers aux marches creusées par l'usure.

Il aime la chambre de sa mère, les parfums complexes qui y flottent, les visages sculptés dans le bois des meubles, le plafond décoré de fresques. Mme Lecter, qui descend d'un côté des Sforza et de l'autre des Visconti, a amené son décor avec elle quand elle a quitté Milan.

Elle est émue, maintenant, et la lumière se reflète en étincelles rougeoyantes dans ses yeux havane. Pendant qu'Hannibal tient le coffret à bout de bras, elle presse les lèvres d'un chérubin sur une moulure et un rangement secret apparaît. Elle ramasse ses bijoux à poignées et les jette dans le coffret, avec quelques paquets de lettres attachées ensemble. Il n'y a pas assez de place pour tout.

Hannibal se dit qu'elle ressemble au portrait de sa grand-mère sur le camée qui vient de tomber dans la boîte.

Les nuages peints au plafond. Quand il était encore au sein, il lui arrivait de lever les yeux et la poitrine de sa mère se confondait à eux. Le contact des coutures du chemisier maternel contre sa joue. Et sa nourrice, aussi, son crucifix doré brillant comme un soleil entre de prodigieux cumulus, s'incrustant sur la peau de son visage quand elle le serrait contre lui, et alors elle se hâtait de frotter la marque de la croix sur lui avant que sa mère ne l'aperçoive…

Son père est apparu sur le seuil de la chambre. Il porte les lourds registres sous son bras.

— Il faut partir, Simonetta.

La baignoire en cuivre de Mischa est pleine de linge d'enfant, entre lequel Madame glisse le coffret. Jetant dans la pièce un regard circulaire, elle va prendre un petit tableau sur la commode, une vue de Venise posée sur un tripode, le contemple un moment et le tend à son fils.

— Apporte-le à Chef. Tiens-le par le cadre. – Elle lui sourit. – Ne salis pas le dos de la toile, cette fois...

Lothar descend la baignoire et la charge dans la carriole. Dans la cour, Mischa va et vient, inquiétée par cette agitation inhabituelle. Hannibal la soulève dans ses bras pour qu'elle puisse caresser le museau de César. Elle le presse à plusieurs reprises entre ses doigts comme on le ferait avec la poire d'un klaxon.

Hannibal remplit son poing de graines qu'il fait couler sur le sol de la cour en traçant un M. Les pigeons s'abattent dessus, forment un M d'oiseaux bruissants. Il écrit la même lettre dans la paume de Mischa ; elle a presque trois ans déjà, il désespère qu'elle apprenne jamais à lire. « M comme Mischa ! », prononce-t-il, mais elle s'élance en riant vers les pigeons qui s'envolent autour d'elle, montent dans les airs, s'éparpillent au-dessus des tours puis s'abattent sur le beffroi.

Chef, un grand gaillard en tenue blanche de cuisinier, revient avec un panier. L'œil du cheval pivote dans son orbite pour suivre son approche ; quand César était encore un poulain, Chef a dû le chasser du potager en de multiples occasions, criant des imprécations et le frappant sur la croupe avec un balai.

— Je vais rester aider à emballer la cuisine, propose M. Jakov à Chef.

— Partez avec le garçon, lui ordonne ce dernier.

Le comte Lecter hisse Mischa sur la carriole. Hannibal entoure sa sœur de ses bras. Le comte Lecter prend le visage du petit entre ses mains. Surpris de les sentir trembler, Hannibal scrute avec attention les traits de son père.

— Trois avions ont bombardé la gare de triage. Le colonel Timka dit que nous avons encore au moins une semaine, quand bien même ils pousseraient jusqu'ici, et qu'ensuite les combats se concentreront autour des routes principales. Tout ira bien pour nous, au relais de chasse.

On est au deuxième jour de l'opération Barbarossa, l'offensive-éclair d'Hitler à travers l'Europe orientale et jusqu'en Russie.

2

Précédant la carriole sur le chemin qui serpente à travers la forêt, Berndt taille avec son coutelas suisse dans les ronces qui menacent la tête de César. M. Jakov les suit sur une jument, ses sacoches de selle pleines de livres. Comme il n'a pas l'habitude de monter à cheval, il s'agrippe au cou de sa monture à chaque fois qu'il doit passer sous une branche basse. Quand la pente est trop raide, il met pied à terre pour pousser l'équipage avec Lothar, Berndt, et même le comte en personne. Le mur de végétation se referme derrière eux dès qu'ils sont passés.

Hannibal hume l'odeur des feuilles écrasées sous les roues et celle, juste sous son nez car la fillette est assise sur ses genoux, de la chevelure de Mischa. Il regarde les bombardiers allemands voler très haut au-dessus des arbres. Les traînées qu'ils laissent dans leur sillage sont comme les lignes d'une partition ; il fredonne à sa sœur les notes que les petits nuages noirs de l'artillerie antiaérienne inscrivent sur elles. Ce n'est pas un air très mélodieux.

— Non, Anniba', proteste Mischa. Tu chantes *Das Männlein* !

Ensemble, ils entonnent la ballade du mystérieux petit homme des bois. Dans la carriole secouée par les cahots, Nounou se joint à eux, ainsi que M. Jakov sur sa jument, même s'il préférerait ne pas chanter en allemand.

« *Ein Männlein steht im Walde ganz still und stumm,*
Es hat von lauter Purpur ein Mäntlein um,
Sagt, tuer mag das Männlein sein,
Das da steht im Wald allein
Mit dem roten Purpur Mäntelein[1]. »

Au bout de deux pénibles heures, ils atteignent une clairière sous le dais de l'épaisse forêt de montagne. En l'espace de trois siècles, le relais de chasse a évolué de la simple hutte au confortable chalet en pierres et rondins dont le toit pentu empêche la neige de s'accumuler. Il y a aussi de modestes communs qui abritent deux stalles et les quartiers des domestiques. Derrière la maison principale, le faîtage dentelé du cabinet d'aisance victorien dépasse à peine de la haie.

Dans les fondations du relais, on peut encore voir les roches massives d'un autel édifié au cours du Haut Moyen Âge par des adorateurs de la couleuvre à collier. C'est justement l'un de ces serpents qu'Hannibal voit s'enfuir des vénérables pierres lorsque Lothar

1. « *Un petit homme est dans la forêt, tranquille et silencieux,*
Il porte un petit manteau tout en pourpre,
Dites-moi qui peut bien être ce petit homme
Qui se tient là dans la forêt, tout seul,
Avec son manteau pourpre ? » (Toutes les notes sont du traducteur.)

coupe dans la vigne vierge afin que Nounou puisse ouvrir les fenêtres.

Le comte Lecter passe sa main sur l'échine puissante du cheval de labour en train de boire trois bons seaux d'eau de puits.

— Le temps que tu refasses la route, Chef aura toute sa cuisine empaquetée, Berndt. César pourra passer la nuit à son écurie. Je veux que vous soyez prêts au point du jour, Chef et toi. Il faut que vous ayez quitté le château au plus tôt.

Inspectant les fenêtres une à une, Vladis Grutas fait son entrée dans la cour d'honneur du château Lecter en arborant son expression la plus amène. Il crie « Bonjour ! » à la ronde, agite la main en guise de salut.

C'est un homme frêle, habillé en civil, les cheveux d'un blond sale, les yeux si bleus et si pâles qu'ils font penser à deux disques de ciel vide. « Bien le bonjour à vous ! », hèle-t-il. N'obtenant pas de réponse, il se rend à l'entrée de service. Dans l'office, il aperçoit des caisses de vivres posées sur le sol. Il se hâte de fourrer du café et du sucre dans son havresac. La porte de la cave est ouverte. Passant la tête dans la longue cage d'escalier, il voit une lumière en bas.

Le plus vieux tabou au monde est que l'on ne viole pas la tanière d'un autre animal. À certaines vicieuses créatures, cependant, se glisser dedans offre un frisson de plaisir glacé. C'est le cas, maintenant.

Grutas descend dans l'air caverneux des sous-sols aux voûtes séculaires. Dissimulé derrière une arche, il constate que la grille en fer forgé du cellier à vin est entrebâillée.

Un froissement de papier. Les yeux de Grutas sont fixés sur les rayonnages de bouteilles qui se succèdent du sol au plafond, chacun étiqueté, et sur l'ombre massive du cuisinier en train de s'activer à la lueur de deux lanternes. Au milieu de la salle, la table à dégustation supporte une pile de paquets soigneusement emballés. À côté, un petit tableau dans un cadre ouvragé.

Quand le grand bâtard entre dans son champ de vision, Grutas retrousse ses lèvres sur ses dents. Penché sur la table, le cuisinier tourne le dos à la grille. Encore ce bruit de papier. Grutas se tasse contre le mur, invisible.

Chef empaqueté le tableau, l'entoure de fil de cuisine et l'ajoute au tas de colis carrés. Lanterne dans une main, il élève l'autre pour faire descendre vers lui le lustre médiéval suspendu au-dessus de la table. Un déclic. Au fond du cellier, un pan de casiers à vin s'écarte de quelques centimètres du mur. Chef s'en approche, l'empoigne et le fait pivoter dans un grincement de charnières. Une porte apparaît derrière.

Entré dans le caveau dérobé, Chef y accroche l'une de ses lanternes avant de revenir à la table et d'emporter tous les paquets à l'intérieur. Au moment où il repousse le casier à sa place, Grutas commence à remonter l'escalier quand il entend d'abord un coup de feu tiré dehors, puis la voix de Chef derrière lui.

— Qui est là ?

Bondissant à la poursuite de l'intrus avec une agilité surprenante pour sa taille, Chef crie :

— Arrête-toi ! Tu n'as jamais eu le droit d'entrer ici, qui que tu sois !

Grutas traverse la cuisine en trombe, sort dans la cour en agitant les bras et lançant des coups de sifflet.

Attrapant au passage une douve de tonneau éventré, Chef lui court après. Une silhouette barre le seuil, la tête couverte d'un casque dont la forme ne ressemble à aucune autre. Soudain, trois parachutistes allemands armés de mitraillettes font irruption dans la pièce, Grutas sur leurs talons.

— Salut, cuistot ! lance-t-il en s'emparant d'un jambon fumé qui dépasse de l'une des caisses.

— Lâche cette viande, ordonne le caporal allemand en braquant son arme sur Grutas avec autant de détermination qu'il a mis en joue le cuisinier. Sors de là et va avec la patrouille.

Le chemin forestier est plus aisé, pour redescendre au château. Avec la carriole à vide, Berndt mène bon train et peut même se permettre d'allumer sa pipe après avoir enroulé les rênes autour de son bras.

Alors qu'il est presque sorti de la forêt, il croit voir une cigogne de bonne taille s'envoler d'un arbre. De plus près, il comprend que ce ne sont pas des ailes blanches mais du tissu qui flotte dans le vent. Un parachute pris dans la partie haute de la frondaison, privé de ses câbles. Berndt fait halte. Laissant sa pipe, il glisse à terre. Une main sur les naseaux de César, il chuchote quelques mots à l'oreille du cheval puis continue à pied, prudemment.

Pendu à une branche épaisse, un homme en habits civils grossiers, le visage violacé, ses bottes boueuses à cinquante centimètres du sol, le nœud coulant profondément enfoncé dans son cou. Berndt retourne en hâte à la carriole, cherche un endroit où faire demi-tour sur l'étroit sentier. Ses propres bottes lui semblent étrangères quand il jette un coup d'œil à ses pieds tâtonnants sur le sol inégal.

C'est à cet instant qu'ils surgissent de la futaie. Trois soldats allemands conduits par un sergent et six hommes en civil. Le sous-officier hésite, puis réenclenche le cran de sûreté de son pistolet automatique. Berndt reconnaît l'un des civils.

— Grutas.

— Berndt, le gentil Berndt qui levait toujours le doigt en classe…

Grutas s'approche de lui avec un sourire apparemment amical.

— Il peut continuer à mener le canasson, dit-il au sergent allemand.

— C'est peut-être un ami à toi, suggère celui-ci.

— Et peut-être pas, rétorque Grutas. – Il crache à la figure de Berndt. – L'autre, je l'ai bien pendu, non ? Je le connaissais aussi. Pourquoi marcher alors qu'il peut nous transporter ? – Et il ajoute tout bas : – Je le descends dès que nous sommes de retour au château, si vous me rendez mon fusil…

3

La *Blitzkrieg*, la guerre-éclair lancée par Hitler, est plus rapide que quiconque l'avait imaginé. Arrivé au château, Berndt y trouve une compagnie de la division *Totenkopf* (Tête de mort) des Waffen SS. Deux chars d'assaut sont postés près du pont d'accès, entourés de half-tracks et d'un *Panzerjäger*, un chasseur de tanks.

Ernst, le jardinier, est étendu face contre terre dans le potager. Des mouches à viande bourdonnent sur sa tête.

De son siège, sur la carriole, Berndt aperçoit le cadavre. Seuls les Allemands ont pris place derrière lui. Grutas et les autres ont dû les suivre à pied : ils ne sont que des *Hilfswillige*, ou « Hiwis », des natifs du cru qui se sont portés volontaires pour aider l'envahisseur nazi.

Son regard passe à l'une des tours du château au sommet de laquelle deux soldats sont en train d'amener l'étendard des Lecter, frappé d'une tête de sanglier, et de le remplacer par la swastika. Une antenne-radio est installée en haut du mât, également.

Un commandant revêtu de l'uniforme noir des SS et portant l'insigne à tête de mort de la division sort dans la cour dans le but d'examiner César.

— Belle bête, mais trop large pour être montée, déplore-t-il.

Il a déjà passé une culotte d'équitation et fixé des éperons à ses bottes, désireux de prendre un peu d'exercice. L'autre cheval fera l'affaire, décide-t-il. Deux parachutistes apparaissent derrière lui, maintenant Chef entre eux.

— Où est la famille ?

— À Londres, commandant, répond Berndt. Puis-je couvrir le corps d'Ernst ?

L'officier adresse un signe à son sergent, qui enfonce la gueule de son Schmeisser dans le cou de Berndt.

— Et qui te couvrira, toi ? Tu sens l'odeur du canon ? Il fume encore. Il peut très bien te faire sauter ta maudite cervelle, à toi aussi. Où est la famille ?

Berndt déglutit péniblement.

— Ils se sont enfuis à Londres, commandant.

— Es-tu juif ?

— Non, commandant.

— Un gitan ?

— Non, commandant.

Le SS baisse les yeux sur une liasse de lettres trouvées dans un tiroir de bureau du château.

— Ceci est du courrier adressé à un certain Jakov. Es-tu le juif Jakov ?

— C'était un précepteur, commandant. Il n'est plus là depuis longtemps.

L'officier jette un coup d'œil aux lobes d'oreille de Berndt pour voir s'ils ont été percés.

— Montre ta bite au sergent.

Et, une fois la vérification terminée :

— Alors, est-ce que je vais te tuer ou est-ce que tu vas travailler pour nous ?

— Ces gens se connaissent tous entre eux, commandant, le met en garde le sergent.

— Vraiment ? Et ils s'estiment peut-être tous entre eux… – Il se tourne vers Grutas : – Est-il possible que ta tendresse pour tes compatriotes soit plus forte que l'amour que tu nous portes, « Hiwis » ? Hein ? – S'adressant à son subordonné : – Avons-nous besoin d'eux, en réalité ? Qu'en pensez-vous ?

Le sergent braque son arme sur Grutas et ses hommes.

— Le cuisinier est un juif ! s'exclame Grutas. Voilà un renseignement de valeur, n'est-ce pas ? Si vous le laissez préparer un dîner pour vous, vous serez morts dans l'heure suivante. Emporté par le poison juif ! – Il pousse en avant l'un de ses camarades. – Fouille-au-pot ici présent sait cuisiner, et fouiner, et se battre.

Lentement, Grutas se déplace vers le centre de la cour, suivi à chaque pas par la mire du pistolet automatique du sergent.

— Vous portez l'anneau et les cicatrices d'Heidelberg, mon commandant. Et vous avez ici une grande page d'histoire militaire, comparable à celle que vous êtes vous-même en train d'écrire. Vous avez ici le Gibet d'Hannibal le Sombre, la Roche aux Corbeaux. Des Chevaliers teutoniques parmi les plus téméraires ont péri ici. N'est-il pas temps de laver la pierre avec du sang juif ?

L'officier lève un sourcil.

— Si tu veux être un SS, montre que tu le mérites.

Répondant à un signe de son supérieur, le sergent sort un pistolet du holster qu'il porte à la ceinture, extrait toutes les balles du chargeur, sauf une, et tend l'arme à Grutas. Les deux soldats entraînent Chef jusqu'à la pierre de supplice.

Le commandant paraît plus intéressé par sa future monture que par la scène. Le canon sur la tempe de Chef, Grutas attend que le SS daigne regarder. Chef lui crache dessus.

À la détonation, les hirondelles fusent des tours.

Berndt a reçu l'ordre d'aider à déplacer les meubles afin que les officiers puissent prendre leur cantonnement à l'étage. Il vérifie discrètement s'il ne s'est pas oublié dans son pantalon, tout à l'heure. Il entend l'opérateur-radio travailler dans une petite pièce mansardée. Le crachotement des transmissions en clair et codées s'interrompt. Bloc-notes à la main, le technicien se rue dans les escaliers. Quand il revient un moment plus tard, c'est pour entreprendre de démonter ses appareils. Ils ont eu la consigne de pousser plus avant à l'est.

Par une lucarne, il voit l'unité SS extraire d'un char une radio de campagne et la confier à la modeste garnison qu'ils laissent derrière eux. Aidés par quelques soldats des services de logistique, Grutas et ses civils, débraillés mais désormais équipés d'armes allemandes, entassent à l'arrière d'un half-track tout ce qu'ils ont trouvé dans la cuisine. La colonne s'ébranle avant qu'ils aient terminé. Grutas se précipite et saute dans un transport de troupes. L'unité SS prend la direction de la Russie, emmenant avec elle les « Hiwis ». Ils ont tous oublié Berndt, apparemment.

Le château a été confié à une escouade de grenadiers, dotés d'une mitrailleuse et de l'émetteur-radio portatif. Berndt attend que la nuit tombe, caché dans les latrines de la vieille tour. La petite garnison allemande prend son dîner dans la cuisine, ne laissant qu'une sentinelle sur le perron d'honneur. Ils ont trouvé un peu d'eau-de-vie dans un placard. Berndt se glisse hors de sa cachette. Le sol est ici en pierres plates, heureusement, non en parquet dont les lattes pourraient craquer sous ses pas.

Il sait que la radio a été installée dans la chambre de Madame et c'est là qu'il se rend. Le poste est posé sur la coiffeuse, brutalement débarrassée de ses flacons de parfum tombés tout autour. Berndt reste un moment sur le seuil. Il pense à Ernst abattu dans le potager, à Chef qui dans son dernier souffle a craché sur Grutas. Il finit par entrer, non sans se dire qu'il devrait demander pardon à sa maîtresse pour cette intrusion.

En chaussettes, il descend l'escalier de service, chargé de ses bottes, de l'émetteur et du chargeur. Il quitte le château par une trappe dérobée. La radio et le générateur à manivelle pèsent lourd, certainement plus de trente kilos. Il les emporte sur son dos dans les bois et les dissimule soigneusement. En partant, il est triste d'être forcé de laisser le cheval derrière lui.

La famille est réunie devant la cheminée. Le crépuscule et les flammes teintent de rouge les poutres peintes du relais de chasse, brillent dans les yeux poussiéreux des trophées pendus aux murs. Ce sont de vieilles têtes d'animaux, devenues chauves à force d'avoir été caressées par des générations et des générations d'enfants passant leur main à travers la balustrade du palier.

Nounou a installé la baignoire en cuivre de Mischa dans un coin de l'âtre. Elle réchauffe le bain avec l'eau d'une bouilloire, dissout des sels et installe la fillette, qui se met aussitôt à barboter joyeusement dans la mousse. La nourrice va chercher des serviettes qu'elle met à réchauffer devant le feu.

Hannibal retire le bracelet de baptême du petit poignet, le trempe dans la mousse et souffle des bulles pour sa sœur. Emportées par l'appel d'air, elles reflètent brièvement les visages à la ronde avant d'éclater au-dessus de la flambée. Mischa aimerait les attraper au vol mais elle veut encore plus récupérer son bracelet, et ne se calme qu'une fois qu'elle l'a de nouveau au bras.

Leur mère joue du contrepoint baroque sur un piano droit. Musique minimale. Les fenêtres ont été masquées avec des couvertures quand la nuit tombe et que les ailes noires de la forêt se referment sur eux. Berndt apparaît, épuisé, et la musique s'arrête. Des larmes se figent dans les yeux du comte Lecter pendant qu'il écoute son récit. La mère d'Hannibal prend la main de Berndt et la tapote gentiment.

Très vite, les Allemands se mettent à appeler la Lithuanie « Ostland », une simple colonie germanique qui sera éventuellement repeuplée d'Aryens une fois que les formes de vie inférieures, slaves, auront été liquidées.

Les colonnes allemandes dévalent les routes, les trains allemands chargés d'équipement militaire courent sur les rails en direction du Levant. Les bombardiers russes les pilonnent. Les gros Ilyouchine venus de Russie traversent les barrages intenses venus des pièces d'artillerie anti-aérienne montées sur les convois.

Les cygnes noirs s'envolent aussi haut qu'ils le peuvent sans s'épuiser. En paliers, cou tendu, les quatre oiseaux peinent vers le sud dans les premières lueurs de l'aube, avec le grondement des avions au-dessus d'eux.

Un geyser de DCA. Le mâle qui conduit le groupe se roule en boule entre deux battements d'aile et plonge dans un long piqué vers la terre alors que les autres se mettent à tourner en rond et à appeler plaintivement, perdant de l'altitude à chaque cercle accompli. Le cygne blessé s'abat lourdement dans un champ et reste immobile. Sa compagne vient se poser à côté. Elle le houspille de son bec, se dandine autour de lui en trompettant avec insistance. Il ne bouge pas.

Un obus éclate non loin. Maintenant, des fantassins russes sont visibles sous les arbres à la lisière de la prairie. Un Panzer allemand franchit le fossé et s'élance à découvert, la mitrailleuse de la tourelle crachant ses balles vers les taillis. La femelle cygne étend ses ailes au-dessus de son mâle et fait face, même si le tank qui arrive sur eux est bien plus large que toute son envergure, même si ses moteurs grondent plus fort que son cœur affolé, elle crie et siffle pour protéger son compagnon, puis frappe violemment de ses ailes la caisse avant du char, mais l'énorme chenille passe sur eux, indifférente, et laisse dans son sillage dentelé une bouillie de chair et de plumes.

4

Durant les trois effroyables années et demie que dure la campagne orientale d'Hitler, la famille Lecter survit dans les bois. L'interminable chemin forestier qui conduit au relais de chasse est noyé sous la neige en hiver, envahi de ronces au printemps, et en été le terrain marécageux est trop mou pour que les chars s'y risquent.

Leurs réserves de farine et de sucre leur permettent de passer la première saison froide, mais le plus important est qu'ils disposent de sel stocké dans des tonneaux. Au cours du deuxième hiver, ils tombent par hasard sur un cheval mort dont ils arrivent à dépecer la carcasse gelée avec des haches, et ils gardent sa viande dans le sel. C'est ainsi qu'ils conservent des truites, également, et des perdrix.

Parfois, des hommes en civil surgissent de la forêt en pleine nuit, silencieux comme des ombres. Le comte et Berndt s'entretiennent avec eux en lithuanien. Un jour, ils ont avec eux un blessé à la chemise trempée de sang qu'ils étendent sur une palette dans un coin et qui expire alors que Nounou lui épongeait le visage.

Quand la neige devient trop épaisse pour s'aventurer dehors en quête de nourriture, M. Jakov enseigne. Il donne des cours suivis par toute la maisonnée ; d'anglais, de très mauvais français, et d'histoire romaine, avec une insistance particulière sur les sièges de Jérusalem et une propension à dramatiser les événements historiques ou à s'abstraire des limites de la rigueur académique pour captiver ses auditeurs par des récits de l'Ancien Testament notablement embellis.

Son enseignement des mathématiques se destine à Hannibal seul, cependant, car le niveau atteint s'avère inaccessible aux autres. Parmi les livres sauvés par M. Jakov, il en est un qui fascine le garçon : le *Traité de la lumière* de Christiaan Huyghens. Suivant le développement de la réflexion de l'auteur, discernant sa progression obstinée vers la découverte, Hannibal en vient à trouver une relation intime entre cet ouvrage et la réverbération de la neige au-dehors, que les vieux carreaux des fenêtres distordent en arcs-en-ciel irisés. La pensée de Huyghens lui apparaît aussi limpide que les contours épurés de l'hiver, la structure de l'arbre révélée par les feuilles disparues. Un coffret s'ouvre d'un déclic, qui contient un principe infaillible. C'est une émotion qui lui revient fidèlement depuis qu'il est en âge de lire.

Mais Hannibal Lecter a toujours su lire, ou du moins c'est ce dont Nounou est convaincue. Pendant une brève période, autour de ses deux ans, elle lui a fait la lecture, puisant souvent dans un volume des Frères Grimm illustré de gravures dont tous les personnages avaient des ongles de pied acérés, et il l'écoutait, certes, mais elle sentait aussi sa petite tête pivoter sur sa poitrine tandis qu'il suivait des yeux les mots sur la page, jusqu'au jour où elle l'avait découvert assis tout seul, pressant le livre contre son front avant de l'écarter à la meilleure distance focale, et lisant à voix haute avec l'accent de sa nourrice.

L'un des traits de caractère les plus saillants du père d'Hannibal est son immense curiosité. Intrigué par la précocité de son fils, le comte a demandé un beau matin au factotum de descendre des rayonnages de la bibliothèque du château une collection de lourds dictionnaires anglais et allemands, ainsi que les vingt-trois volumes de l'encyclopédie lithuanienne, puis il a laissé Hannibal en tête-à-tête avec eux.

À six ans, le garçon est passé par trois expériences importantes. D'abord, il a découvert *les Éléments* d'Euclide dans une vieille édition accompagnée de croquis à la main, dont il suivait le tracé d'un doigt avant de poser son front dessus.

À l'automne de cette année-là, on lui a présenté une petite sœur, Mischa. Par devers lui, il s'est dit qu'elle ressemblait à un écureuil rouge et ridé, et il a déploré qu'elle n'ait pas hérité de la beauté de leur mère. Se sentant usurpé et trahi, il s'est fait la réflexion que rien n'aurait été plus pratique que de voir l'aigle, qui parfois planait au-dessus du château, fondre sur l'enfançon pour la transporter avec ménagement jusqu'à une ferme paisible dans un pays lointain dont tous les habitants ressembleraient eux aussi à des écureuils et où elle ne serait donc pas une rareté. En même temps, il s'est rendu compte qu'il l'aimait d'un amour qu'il lui était impossible de nier, et qu'il attendait avec impatience le moment où il pourrait lui montrer et lui expliquer des choses, quand elle serait assez grande pour s'étonner et s'émerveiller ; il voulait qu'elle ressente l'ivresse de la découverte, elle aussi.

Et c'est encore à cette époque que le comte Lecter a surpris son fils en train d'estimer la hauteur des tours du château en mesurant la longueur de leur ombre, selon une méthode qui lui venait d'Euclide en personne, d'après ses dires. En conséquence, le comte a décidé de lui trouver des précepteurs plus adaptés à ses dispositions et, un mois et demi plus tard, M. Jakov, un érudit pauvre comme Job, est arrivé de Leipzig.

Après les avoir présentés l'un à l'autre, le comte s'est retiré de la bibliothèque qui, par temps chaud, exhalait le parfum de fumée refroidie dont les murs en pierre étaient imprégnés.

— Mon père dit que vous allez beaucoup m'apprendre.

— Si ton intention est de beaucoup étudier, je pourrai sans doute t'aider.

— Il m'a raconté que vous étiez un grand savant.

— Je ne suis qu'un étudiant.

— Il a dit à ma mère que vous avez été renvoyé de l'université.

— C'est exact.

— Pourquoi ?

— Parce que je suis juif. Juif ashkénaze, pour être précis.

— Je vois… Êtes-vous triste ?

— D'être juif ? Non, je m'en réjouis.

— Je voulais dire triste d'avoir été renvoyé.

— Je suis heureux d'être ici.

— Est-ce que vous vous demandez si je vais vous faire perdre votre temps ?

— Personne ne fait perdre son temps à quiconque, Hannibal. Si quelqu'un te paraît limité de prime abord, regarde mieux, regarde-le mieux. Regarde en lui.

— Est-ce qu'on vous a installé dans une chambre où il y a une grille en fer doublant la porte ?

— En effet.

— La grille n'a plus de verrou.

— J'ai eu le plaisir de le constater, oui.

— C'est là qu'ils enfermaient Oncle Elgar, dans le temps, a expliqué Hannibal tout en alignant soigneusement ses crayons sur la table devant lui. C'était en 1880 et quelque, bien avant que je ne sois né. Examinez les vitres dans votre chambre. Sur l'une d'elles, il y a une date qu'il a gravée avec un diamant. Et là, ce sont ses livres.

Une rangée d'imposants volumes reliés de cuir occupait une étagère entière. La reliure du dernier tome en vue était noircie, brûlée.

— Quand il pleut, vous sentirez une odeur de fumée, dans la chambre, a poursuivi Hannibal. Elle était tapissée de balles de foin, pour étouffer ses diatribes.

— Ses… diatribes, dis-tu ?

— C'était à propos de religion mais aussi… Connaissez-vous le sens du mot « obscénités » ?

— Oui.

— Je ne suis pas sûr de le comprendre, moi, mais je crois qu'il désigne le genre de choses qu'on n'exprimerait pas devant Mère.

— C'est également ma définition du terme.

— Si vous analysez la date sur la vitre, vous vous apercevrez qu'elle correspondait exactement au seul jour de l'année où la lumière directe du soleil atteignait sa fenêtre.

— Il attendait le soleil.

— Oui, et c'est aussi le jour où il est mort brûlé dans sa chambre. Dès qu'il a pu capter les rayons, il a mis le feu à la paille. Avec le monocle dont il se servait quand il a écrit tous ces livres.

Peu après, Hannibal a offert à son nouveau précepteur une visite guidée du château. Dans la cour, ils sont passés devant le gros bloc de pierre dont la surface portait des marques de hache. Un anneau pour attacher les chevaux était scellé dans l'un de ses flancs.

— Ton père dit que tu as mesuré la hauteur des tours.

— Oui.

— Et le résultat ?

— La tour sud fait quarante mètres de haut, la seconde un demi-mètre de moins.

— Quel genre de gnomon as-tu utilisé ?

— Cette pierre, là. J'ai mesuré sa hauteur et son ombre, et l'ombre de la tour à la même heure.

— Le côté de ce bloc n'est pas parfaitement vertical.

— Je me suis servi de mon yo-yo comme fil à plomb.

— Mais était-il possible de prendre ces mesures exactement au même moment ?

— Non, monsieur Jakov.

— Et quelle marge d'erreur entre les relevés de chacune des ombres, alors ?

— Un degré toutes les quatre minutes, à cause de la rotation terrestre. Elle s'appelle la Pierre aux Corbeaux. Nounou dit « Rabenstein ». Il lui est interdit de m'asseoir dessus.

— Je vois, a fait M. Jakov. Elle a une ombre plus longue que je ne pensais…

Ils ont pris l'habitude d'avoir de telles discussions tout en marchant. Hannibal, trottant au côté de son précepteur, l'a vu s'accoutumer à parler à quelqu'un d'une taille beaucoup plus petite que la sienne, mais parfois M. Jakov se contentait machinalement de tourner le visage de côté et il s'adressait alors au vide par-dessus sa tête, comme s'il avait oublié qu'il s'entretenait avec un enfant, amenant Hannibal à se demander s'il n'aurait pas préféré se promener et converser avec un compagnon de son âge.

Le garçon était curieux d'observer comment M. Jakov se comporterait envers Lothar le factotum et Berndt le palefrenier. Ils étaient tous deux bourrus et astucieux, ils excellaient dans leur travail mais leurs préoccupations se situaient à un autre niveau que les siennes. Hannibal a constaté que M. Jakov n'essayait pas plus de cacher ses facultés mentales que d'en faire étalage. Pendant ses temps libres, il leur apprenait à se servir d'un théodolite qu'il avait lui-même fabriqué. Il prenait ses repas avec Chef, duquel il a réussi à extraire, à la grande surprise de la famille, plusieurs réparties dans un yiddish resté impratiqué pendant longtemps.

Les pièces d'une catapulte médiévale utilisée par Hannibal le Sombre contre les Chevaliers teutoniques avaient été conservées dans une grange du domaine. Pour l'anniversaire du jeune Hannibal, M. Jakov, Lothar et Berndt ont réassemblé la machine en remplaçant l'ancien bras par une poutre neuve, et projeté une barrique remplie d'eau dans le ciel, plus haut que le château. Elle s'est fracassée en un magnifique geyser aquatique sur l'autre rive des douves, semant la panique parmi les oiseaux qui barbotaient par là.

Cette même semaine, Hannibal a vécu le plus cher moment de son enfance : en guise de cadeau d'anniversaire, M. Jakov lui a démontré le théorème de Pythagore non selon sa preuve mathématique mais en se se servant de tuiles et de la marque qu'elles laissaient sur un lit de sable. Le garçon a regardé de tous ses yeux, lentement fait le tour de la démonstration. Retirant l'une des tuiles, M. Jakov a levé les sourcils et lui a demandé s'il voulait qu'il recommence pour lui, et c'est à ce moment qu'Hannibal a compris. La lumière s'est faite en lui ; la révélation lui a produit le même effet que s'il avait été lui-même envoyé dans les airs par la catapulte.

M. Jakov prenait rarement un livre avec lui pour ces échanges, et ne citait presque jamais un quelconque ouvrage. Quand il a eu huit ans, Hannibal l'a interrogé à ce sujet.

— Est-ce que tu aimerais te souvenir de tout ? a demandé son précepteur en réponse.

— Oui !

— Ce n'est pas toujours un bienfait, la mémoire.

— J'aimerais me rappeler de tout !

— Dans ce cas, tu auras besoin d'un palais de l'esprit. Pour tout y garder. Un palais, dans ton esprit.

— Il faut que ce soit un palais ?

— Un endroit qui se développera tellement qu'il aura la taille d'un palais, oui. Et autant qu'il soit beau et majestueux, alors. Quelle est la plus belle pièce que tu connaisses, que tu connaisses vraiment bien ?

— La chambre de ma mère.

— Alors c'est de là que tout partira, a édicté M. Jakov.

Deux printemps de suite, Hannibal et M. Jakov ont regardé le soleil atteindre la fenêtre de l'oncle Elgar. La troisième année, cependant, ils étaient à ce moment cachés dans la forêt.

5

Hiver 1944-1945

Le front oriental ayant cédé, l'Armée rouge déferle à travers l'Europe de l'Est telle une coulée de lave, laissant derrière elle une terre de cendres enfumées, peuplée d'affamés et de morts.

De l'est et du sud, les Russes remontent des deuxième et troisième fronts de Biélorussie vers la mer Baltique, poussant devant eux les unités de la Waffen SS en déroute qui tentent fébrilement d'atteindre la côte dans l'espoir d'être évacués par voie maritime jusqu'au Danemark.

C'est la fin de l'ambition « Hiwi ». Les collaborateurs des pays baltes ont eu beau piller et tuer pour le compte de leurs maîtres nazis, s'acharner sur Juifs et Tsiganes, aucun d'eux n'a été accepté au sein des SS, ils ont reçu l'appelation méprisante d'*Osttruppen* et, n'étant pas véritablement considérés comme des soldats, ils ont été enrôlés par milliers dans les bataillons de travail forcé. La plupart sont morts d'épuisement mais quelques-uns ont déserté, continuant l'entreprise de destruction pour leur propre compte…

C'est une belle propriété dans la campagne lithuanienne proche de la frontière avec la Pologne. Comme une maison de poupée, la demeure est toute ouverte sur un côté, là où un obus d'artillerie a emporté le mur extérieur. Éjectée de la cave par le premier impact, la famille a été anéantie par le deuxième et gît dans la cuisine. Des cadavres de soldats, allemands et russes, jonchent le jardin. Un véhicule d'état-major nazi repose sur son flanc, coupé en deux par une bombe.

Un commandant SS est étendu sur le divan en face de la cheminée du salon, les jambes de son pantalon maculées de sang gelé. Son sergent a placé sur lui une couverture trouvée sur l'un des lits, et il a allumé un feu, mais la pièce est ouverte à tous les vents. Il a retiré sa botte au commandant. Ses orteils sont noirs.

Captant du bruit au-dehors, le sergent saisit la carabine qu'il portait en bandoulière et s'approche de la fenêtre. Un half-track ambulance, un ZiS-44 de fabrication soviétique mais qui porte l'emblème de la Croix Rouge internationale remonte l'allée de graviers en grondant. Le premier à en sortir, un chiffon blanc à bout de bras, est Grutas.

— Nous sommes suisses. Vous avez des blessés ? Combien vous êtes ?

Le sergent lance un coup d'œil par-dessus son épaule.

— Une équipe médicale, mon commandant. Vous voulez aller avec eux ?

L'officier acquiesce d'un signe de tête.

Grutas et Dortlich, qui le dépasse d'une tête, sortent une civière du half-track. Le sergent va leur parler dehors.

— Allez-y doucement avec lui, il a eu les jambes amochées. Ses doigts de pied ont gelé. La gangrène est peut-être déjà dedans. Vous avez un hôpital de campagne ?

— Oui, bien sûr, mais je peux opérer ici, affirme Grutas avant de tirer à deux reprises dans la poitrine du sergent.

Un nuage de poussière sort de l'uniforme. Le SS s'effondre à terre. Après avoir enjambé son corps, Grutas passe dans la pièce et atteint le commandant d'une balle à travers la couverture.

Milko, Kolnas et Grentz jaillissent de l'arrière du véhicule en se bousculant. Ils sont vêtus d'uniformes dépareillés de la police et des services de santé lithuaniens, de la médecine militaire estonienne et de la Croix-Rouge internationale, mais tous ont passé de larges brassards médicaux.

Dépouiller les morts leur demande des efforts considérables. Maints jurons et exclamations fusent tandis que documents et photos s'éparpillent hors des portefeuilles. Le commandant vivait encore. Il a tendu une main implorante vers Milko, qui s'est contenté de lui enlever sa montre et de la fourrer dans sa poche.

Grutas et Dortlich emportent une grande tapisserie enroulée, qu'ils jettent dans le coffre du half-track. Ensuite, ils installent la civière en toile par terre pour que tous y entassent leur butin de bijoux, de lunettes à montures en or, d'alliances…

Un char d'assaut émerge des bois. C'est un T-34 russe peint en camouflage d'hiver. Son canon est pointé en biais. Le mitrailleur se tient dans sa tourelle.

Un homme qui se cachait dans une cabane derrière la maison se lance à découvert, traversant le champ pour tenter de gagner les arbres. Sautant par-dessus les cadavres, il porte dans ses bras une horloge Empire. La mitrailleuse se met à cracher son essaim de balles ;

le pillard se jette en avant et tombe à côté de son trésor. Son visage s'écrase contre la terre, la vitre de l'horloge aussi. Son cœur et le balancier battent encore un coup, un seul, puis s'arrêtent.

— Attrapez un macchabée ! commande Grutas.

Ils étendent en hâte un cadavre par-dessus le butin sur la civière. La tourelle du char pivote dans leur direction. Grutas agite son drapeau blanc, montre du doigt les croix peintes sur le half-track. Le tank poursuit sa route.

Un dernier coup d'œil dans la maison. Le commandant n'est toujours pas mort. Il s'agrippe au pantalon de Grutas quand celui-ci passe près de lui, enroule son bras autour de la jambe, se cramponne. Grutas se penche, prend l'insigne de son col entre deux doigts :

— Nous aussi, on devait nous en donner, de ces têtes de mort. Peut-être que les asticots vont en trouver une, quand ils t'auront bouffé la figure.

Il tire en plein torse. L'officier SS lâche prise et pose un regard fixe sur son poignet nu comme s'il regrettait de ne pouvoir y lire l'heure de sa mort.

Le half-track bondit à travers champs, réduisant des corps en bouillie sous ses chenilles. Quand il atteint le sous-bois, la toile masquant son accès arrière se soulève et Grentz pousse dehors le cadavre dont ils s'étaient servis.

Piquant de très haut, un Stuka fond en hurlant et en faisant feu de toutes ses pièces à la poursuite du char russe. Sous les frondaisons, enfermé dans le tank, l'équipage entend une bombe exploser parmi les arbres, suivie par une pluie d'éclats d'obus et de bois fracassé qui s'abat sur la carapace blindée.

6

— Savez-vous quel jour nous sommes, aujourd'hui ? demande Hannibal, penché au-dessus de son bol de gruau aqueux au petit déjeuner. Celui où le soleil va atteindre la fenêtre de l'oncle Elgar.

Toujours le relais de chasse dans la forêt.

— À quelle heure cela se passera-t-il ? s'enquiert M. Jakov, qui connaît fort bien la réponse.

— Il se faufilera de derrière la tour à dix heures et demie.

— C'était le cas en 1941, objecte M. Jakov. Tu veux dire que le rayonnement se produira au même moment ?

— Oui.

— Mais une année est plus longue que trois cent soixante-cinq jours, non ? Et nous perdons vingt-sept secondes chaque année, n'est-ce pas ?

— Nous sommes dans l'année qui suit la bissextile. Et c'était pareil en 1941, la dernière fois où nous avons regardé la fenêtre.

— D'accord, mais est-ce que le calendrier s'ajuste exactement, ou est-ce que nous vivons à coups de corrections sommaires ?

Une branche crépite dans la cheminée.

— Je pense que ce sont deux questions distinctes, répond Hannibal.

Si M. Jakov paraît satisfait, sa réponse est encore une autre question.

— Est-ce que l'année 2000 sera bissextile ?

— Non… Oui, oui, ce sera une année bissextile.

— Mais c'est un chiffre divisible par cent, remarque M. Jakov.

— C'est aussi divisible par quatre cents, observe Hannibal.

— Exactement. Ce sera la première occasion où la règle grégorienne est appliquée. Peut-être te souviendras-tu de cette conversation, ce jour-là. Dans ce drôle de refuge… – Il lève sa tasse. – L'an prochain au château Lecter !

Lothar est en train de tirer de l'eau au puits quand ses oreilles captent le ronronnement d'un moteur tournant à bas régime et le craquement des branches. Laissant le seau sur la margelle, il retourne dans la maison avec une telle hâte qu'il en oublie de s'essuyer les pieds.

Un char soviétique, un T-34 camouflé couleur neige et paille débouche de l'étroit chemin dans la clairière. Peints en caractères cyrilliques sur la tourelle, deux mots d'ordre proclament : « VENGEONS NOS FILLES SOVIÉTIQUES ! » et « LIQUIDER LA VERMINE FASCISTE ! » Deux soldats en combinaison blanche sont assis à l'arrière sur la caisse, au-dessus des radiateurs. La tourelle pivote lentement jusqu'à ce que le canon de 76,2 mm soit braqué sur le relais de chasse. Une trappe s'ouvre. Le mitrailleur, lui aussi en combinaison blanche à capuchon, s'installe derrière son arme. Le chef d'équipage surgit d'une autre écoutille, un mégaphone à la main. Beuglant pour se faire entendre malgré le grondement du diesel V12, il répète son message en allemand après l'avoir donné en russe : « Nous voulons de l'eau. Nous ne vous ferons aucun mal et nous ne vous prendrons rien à manger si vous vous tenez tranquilles. Si on nous tire dessus, même une seule balle, vous mourrez tous. Sortez de la maison, maintenant. Mitrailleur, arme et charge ! Si tu ne vois personne après avoir compté jusqu'à dix, tu ouvres le feu ! » On entend le déclic sonore du cran de sûreté de la mitrailleuse.

Le comte Lecter apparaît sur le perron, très droit dans le flot de soleil, ses mains bien visibles.

— Prenez toute l'eau dont vous avez besoin. Vous n'avez rien à craindre de nous.

Le commandant du tank pose le mégaphone sur le blindage.

— Tout le monde dehors, que je vous aie à l'œil.

Le comte et lui s'observent pendant un long moment, puis le tankiste lui montre ses paumes vides, et Lecter en fait de même. Il finit par se tourner vers la porte du refuge.

— Venez.

Après avoir vu la famille sortir, l'officier russe reprend la parole :

— Les enfants peuvent rester à l'intérieur, au chaud. – Puis, s'adressant à son équipage : – Gardez-les en joue. Surveillez les fenêtres de l'étage. Démarrez la pompe. Vous pouvez fumer.

Le mitrailleur remonte ses lunettes protectrices sur son front et allume une cigarette. Ce n'est encore qu'un gamin. Son visage est plus pâle autour des yeux.

Découvrant Mischa qui, cachée derrière la porte, jette un regard apeuré au-dehors, il lui sourit.

Entre les barrils d'essence et d'eau fixés sur le char, il y a une petite pompe à moteur. Après avoir descendu un tuyau muni d'un filtre dans le puits, le pilote du tank s'escrime sur la corde du démarreur jusqu'à ce que la pompe se déclenche bruyamment. Son vacarme couvre jusqu'au dernier moment le hurlement du Stuka qui fond sur eux. Le servant des mitrailleuses se hâte d'en faire pivoter une vers le ciel et ouvre le feu tandis que les rafales tirées de l'avion déchirent le sol de plus en plus près du T-34. Le Russe, touché, continue à faire feu avec son autre arme.

Le pare-brise du bombardier se fracture, les lunettes du pilote s'emplissent de sang et l'avion, une de ses bombes encore attachée à son ventre, percute la cîme des arbres et s'abat dans la cour. Ses réserves d'essence explosent. Les mitrailleuses des ailes continuent à tirer après l'impact.

Sur le plancher du salon, son corps protégeant en partie sa petite sœur, Hannibal voit sa mère étendue dehors, sa robe en flammes. « Reste ici ! », crie-t-il à sa sœur. Il court vers sa mère. Dans la carcasse du Stuka, les munitions éclatent sous l'effet de la chaleur, d'abord lentement, puis en salves précipitées. Les ogives volent en tous sens, labourant la neige. Les flammes avancent, lèchent l'unique bombe restante. Dans le cockpit, le pilote est toujours sur son siège, son visage mangé par le feu, une tête de mort ceinte d'une écharpe et d'un casque en cuir embrasés. Derrière lui, son mitrailleur a été tué, lui aussi.

Dans la cour, seul Lothar a survécu. Il lève un bras ensanglanté à l'intention du garçon. Soudain, Mischa surgit du relais de chasse pour se précipiter vers sa mère, Lothar tente de la plaquer au sol mais un projectile craché par l'avion en flammes le transperce de part en part, son sang éclabousse la petite qui lève les bras et crie d'épouvante vers le ciel. Hannibal, qui jetait de la neige à poignées sur les vêtements de sa mère pour les éteindre, se relève et court vers Mischa parmi le déluge de balles perdues, qui finit par se calmer et s'éteindre quand les cartouches liquéfiées par la fournaise obstruent le canon des mitrailleuses. Le ciel s'est assombri. La neige recommence à tomber en chuintant sur le métal brûlant.

Obscurité, neige. Hannibal entouré de cadavres. Combien de temps a passé, il ne s'en souvient plus. Les flocons forment une fine poussière blanche sur les cils et les cheveux de sa mère. Son corps est le seul qui n'a pas été noirci et tordu par le feu. Hannibal la tire par le bras mais le gel l'a déjà clouée au sol. Il presse son visage contre elle mais sa poitrine est un bloc de glace, son cœur est silencieux. Il étend une serviette sur ses traits, la recouvre de neige. Des ombres noires se meuvent à la lisière du bois. Sa torche électrique allume des reflets dans des yeux de loups. Il crie pour les effrayer, brandit sa pelle dans leur direction. Comme Mischa veut désespérément revenir à leur mère, il est forcé de choisir : il l'entraîne dans la maison, abandonnant les morts à la nuit. Le livre de M. Jakov était intact à côté de sa main rongée par le feu, mais un loup vient déchiqueter la reliure en cuir et, parmi les pages éparpillées du *Traité de la lumière* d'Huyghens, lèche la cervelle de M. Jakov éclaboussée sur la neige.

Hannibal et Mischa écoutent les grognements au-dehors. Hannibal allume un feu dans la cheminée. Voulant lui épargner les bruits venus de la cour, il tente de faire chanter sa sœur, chante pour elle. Elle agrippe son manteau dans ses petits poings.

« *Ein Männlein...* »

Les flocons s'accumulent contre les fenêtres. Au coin d'une des vitres, un cercle sombre se forme, peut-être le bout d'un doigt ganté ? Au milieu du rond, un œil bleu pâle.

7

La porte s'ouvre à la volée. Grutas surgit, suivi de Milko et Dortlich. Hannibal attrape une lance de chasse suspendue au mur. Suivant son très fiable instinct, Grutas braque son arme sur la petite fille.

— Lâche ça ou je la tue. Tu comprends ?

Les pillards fondent sur les enfants.

Grentz ressort de la maison et fait signe au half-track d'approcher. Le pinceau de lumière bridée venu de la trappe du poste de pilotage ricoche contre les pupilles des loups au bord de la clairière. L'un d'eux entraîne quelque chose sur le sol.

Les hommes entourent les enfants devant le feu de bois. La chaleur de l'âtre réveille dans leurs habits la puanteur douceâtre de semaines d'errance et de sang coagulé sur la semelle de leurs bottes. Ils se rapprochent encore. Fouille-au-Pot saisit un insecte sorti de ses hardes et lui arrache la tête d'un coup d'ongle.

Ils toussent sur les enfants. Haleine de prédateurs – chargée d'acétone à force de se nourrir presque exclusivement de viande, parfois grattée sur les chenilles du half-track – qui oblige Mischa à cacher son visage dans le manteau d'Hannibal. Il l'ouvre pour la serrer contre elle et sent son cœur battre fort. S'emparant du bol de bouillie d'avoine de la fillette, Dortlich le vide d'un trait, en recueille les dernières gouttes en passant ses doigts écorchés et palmés sur les parois. Kolnas lui avait tendu son bol vide mais il ne lui en a pas donné.

Les yeux de Kolnas, un homme gras et courtaud, s'éclairent dès qu'ils se posent sur du métal précieux. D'un geste vif, il arrache le bracelet du poignet de Mischa et le fourre dans sa poche. Hannibal tente de lui retenir la main mais Grentz le pince dans le cou jusqu'à ce que les nerfs de son bras s'engourdissent.

Au loin l'artillerie gronde. Grutas instruit ses complices :

— Si une patrouille arrive, d'un camp ou de l'autre, nous sommes ici pour monter un hôpital de campagne, compris ? Nous avons sauvé ces moutards et nous avons mis à l'abri les biens de leurs familles dans le camion. Allez prendre une des croix rouges et installez-la au-dessus de la porte. Tout de suite.

— Les autres vont geler, si on les laisse dans le cametard, observe Fouille-au-Pot.

— Mettez-les dans les communs, ordonne Grutas. Et enfermez-les.

— Où est-ce qu'ils iraient ? objecte Grentz. À qui ils raconteraient ?

8

La chaîne mince que Grutas enroule autour du cou de chaque enfant glace leur peau. C'est Kolnas qui verrouille les lourds cadenas. Grutas et Dortlich les attachent à la balustrade du palier, où ils ne les auront pas dans les jambes mais pourront les garder à l'œil. En guise de chambre à coucher, celui qu'ils appellent Fouille-au-Pot leur apporte une couverture et un pot de chambre.

À travers les barreaux de la rampe, Hannibal les regarde jeter le tabouret du piano dans le feu de cheminée. Il passe le col de Mischa sous la chaîne pour lui épargner le contact des anneaux glacés.

La neige s'amasse lentement contre les murs du relais. Seules les vitres les plus hautes laissent passer une lumière grise, maintenant. Dans les gémissements du vent qui couche les flocons à l'oblique derrière les fenêtres, la maison est comme un vaste train lancé dans sa course. Hannibal s'enroule avec sa sœur dans la couverture et le tapis du palier, qui amortissent les toussotements de Mischa. Son front est brûlant contre la joue d'Hannibal. D'une poche de son manteau, il sort un croûton de pain rassis, le met dans sa bouche et le donne à la petite quand il s'est un peu ramolli.

Toutes les deux ou trois heures, Grutas envoie un de ses hommes pelleter la neige au-dehors afin de garder un accès ouvert au puits. Au cours de l'une de ses sorties, Fouille-au-pot emporte une cuvette de déchets de nourriture à la grange.

Engourdi par la neige, le temps passe dans une lente souffrance. Fouille-au-pot décide de mettre à jour ses livres de compte. Empilant de petites pièces de butin sur la table, il se met à classer et compter. En haut d'une page, de son écriture en pattes de mouche, il dresse la liste des hommes,

Vladis Grutas
Zigmas Milko
Bronis Grentz
Enrikas Dortlich
Petras Kolnas,
et en dernier le sien,
Kazis Porvik.

En dessous, il note la part qui revient à chacun après l'avoir mesurée dans un gobelet en argent volé : montures de lunettes en or, montres, bagues, boucles d'oreilles, dents en or…

Grutas et Grentz continuent à fouiller le relais de chasse avec une obstination maniaque, arrachant les tiroirs des meubles, déchirant le feutre des bureaux.

La tempête de neige dure cinq jours. Quand le ciel se dégage, ils enfilent tous leurs galoches et conduisent les enfants à la grange. Hannibal voit un filet de fumée sortir de la cheminée des communs. Ses yeux se posent sur l'un des fers de César, cloué au-dessus de la porte en guise de porte-bonheur, et il se demande si le cheval est toujours en vie. Après avoir poussé les petits à l'intérieur, Grutas et Dortlich cadenassent les deux épais battants. Par les interstices entre les planches, Hannibal les regarde partir sous les arbres en demi-cercle.

Il fait très froid, dans la grange. Des vêtements d'enfants sont dispersés sur la paille. La porte conduisant aux quartiers des domestiques n'est pas fermée à clé. Hannibal la pousse. Enveloppé dans toutes les couvertures qu'il a prises sur les lits de sangle, serré le plus possible contre le petit poêle, il y a un garçon qui ne doit pas avoir plus de huit ans. Ses yeux caves sont cerclés de noir. Il porte plusieurs couches d'habits superposés sur lui, certains de fille. Hannibal avance en gardant Mischa à l'abri derrière lui. Le garçon se recroqueville sur lui-même.

— Bonjour, tente Hannibal en lithuanien, puis en allemand, en anglais et en polonais.

Pas de réponse. Des engelures rougeâtres enflent les doigts et les oreilles du gamin.

Au cours de cette longue et froide journée, il parvient à faire comprendre qu'il est originaire d'Albanie et ne parle que la langue de ce pays. Hannibal le laisse tâter ses poches pour vérifier qu'il n'a rien à manger mais l'empêche de toucher Mischa. Lorsqu'il lui signifie qu'il veut la moitié des couvertures pour sa sœur et lui, le garçon ne proteste pas.

Les pillards reviennent juste avant le crépuscule. Les entendant arriver, Hannibal colle un œil sur la fente entre les deux battants de la porte.

Au bout d'une draperie festonnée qu'ils ont volée dans quelque riche demeure, ils tirent par le cou un petit chevreuil au pas trébuchant, le flanc percé par une flèche. Milko va chercher une hache dans la remise à outils.

— Il ne faut pas perdre le sang, édicte Fouille-au-Pot avec l'autorité d'un cuisinier émérite.

Kolnas se hâte avec son bol à la main, les yeux brillants. Un cri plaintif monte de la cour. Hannibal plaque ses mains sur les oreilles de Mischa pour qu'elle ne reconnaisse pas le bruit de la hache. Le petit Albanais pleure et remercie le ciel.

Plus tard, une fois les hommes repus, Fouille-au-Pot apporte aux enfants un os sur lequel un peu de chair et de moelle reste à ronger. Hannibal en prend une petite partie pour lui, mâche du cartilage pour Mischa et le lui donne de bouche à bouche car le jus s'échappe quand il essaie de le recueillir sur ses doigts.

Laissant le garçon dans la grange, ils reconduisent Hannibal et Mischa dans la maison, les enchaînent de nouveau à la balustrade. Sa sœur tremble de fièvre. Il serre autour d'elle le tapis qui sent la poussière froide.

Les hommes sont tous frappés par la grippe. Ils s'entassent autour du feu mourant, toussent leurs miasmes les uns sur les autres. Milko s'est emparé du peigne de Kolnas et suce la graisse de cuir chevelu accumulée dessus. Dans la baignoire d'enfant, le crâne du jeune chevreuil gît abandonné, il a été bouilli et rebouilli jusqu'à en extraire la dernière fibre de viande.

Des jours passent avant que le ciel ne s'éclaircisse. Maintenant que le vent est tombé, les quintes de toux semblent résonner plus fort dans l'après-midi ensoleillé. Grutas et Milko sortent dans la cour, titubant sur leurs galoches.

Sortant d'un long rêve fiévreux, Hannibal les entend revenir. Cris, agitation. De sa place derrière les barreaux, il regarde Grutas lécher la dépouille sanglante d'un oiseau, puis la jeter aux autres, qui s'abattent dessus comme des chiens. Grutas lève son groin maculé de sang et de plumes vers les enfants.

— Manger ou crever ! siffle-t-il entre ses dents.

C'est le dernier souvenir conscient qu'Hannibal Lecter gardera du relais de chasse.

À cause de la pénurie de caoutchouc dans l'armée russe, le char d'assaut avance sur ses roues d'acier dénudées. La cabine vibre au point de priver ses passagers de leurs sens et de brouiller l'image du périscope. C'est un gros KV-1 qui peine en montant un chemin forestier dans un froid glacial tandis que chaque jour de la retraite nazie repousse le front de plusieurs kilomètres à l'ouest. Deux fantassins en tenue de camouflage d'hiver sont tassés contre les radiateurs à l'arrière de la tourelle, guettant des yeux un éventuel « loup-garou » allemand, l'un de ces fanatiques laissés en arrière dans la débâcle avec un mortier Panzerfaust et la consigne d'emporter au moins un tank russe dans la mort.

Soudain, ils voient les buissons bouger. À l'intérieur, le chef de char entend ses soldats se mettre à tirer ; il manœuvre le tank de telle sorte que la mitrailleuse latérale soit braquée dans la même direction. La loupe du télescope lui révèle un petit garçon émergeant des fourrés, les balles hachant la neige derrière lui. Passant le torse par la trappe, il ordonne à ses hommes de cesser le feu. Il se trouve qu'ils ont déjà tué deux ou trois enfants par erreur. Ils sont soulagés d'avoir épargné celui-ci.

Le gamin est maigre et livide. Une chaîne enroulée autour de son cou traîne à sa suite, prise dans une boucle vide. Quand ils le hissent près des radiateurs et le dépouillent de son lien, des bouts de sa peau restent accrochés aux maillons. Il a un sac qu'il serre farouchement contre sa poitrine et dans lequel ils trouvent une paire de jumelles de bonne qualité. Ils le secouent, lui posent des questions en russe, en polonais et dans un lithuanien exécrable, avant de se rendre compte qu'il est incapable de parler.

Les deux fantassins se font mutuellement honte d'avoir été tentés de confisquer des jumelles à un gamin. Ils lui donnent la moitié d'une pomme et le gardent avec eux, dans les vapeurs chaudes des radiateurs, jusqu'au prochain village.

9

Une unité motorisée soviétique équipée d'un engin anti-chars et d'un puissant lance-roquettes a passé la nuit à l'abri du château Lecter. Elle est repartie avant l'aube, laissant des ornières de neige fondue et imprégnée d'huile noirâtre dans la cour. Un petit transport de troupes s'est attardé à l'entrée du château, moteur au point mort.

En uniforme d'infirmiers, embusqués dans le sous-bois, Grutas et ses quatre compagnons survivants l'observent. Quatre années se sont écoulées depuis que Grutas a abattu Chef ici même, et quatorze heures depuis qu'ils ont fui le relais de chasse en flammes, abandonnant leurs morts derrière eux.

Très loin, un tonnerre d'obus gronde sourdement et les balles traçantes de la DCA strient le ciel à l'horizon.

Le dernier soldat apparaît à la porte du château. Il marche à reculons, débobinant un cordon d'amorce.

— Saloperie ! souffle Milko. Il va pleuvoir des moellons gros comme ça, par ici !

— N'empêche, c'est là qu'on va, chuchote Grutas.

Le soldat déroule l'amorce jusqu'au bas du perron, la sectionne et s'accroupit devant.

— La piaule a déjà été pillée, de toute façon, maugrée Grentz. *C'est foutu !*[1]

— *Ta gueule !* réplique Dortlich.

— *Va t'faire enculer !* renchérit Grentz.

Ils ont grapillé un peu de français au temps où la compagnie de Totenkopfs à laquelle ils étaient rattachés avait été envoyée en repos près de Marseille, et ont pris l'habitude de s'injurier dans cette langue pendant les moments de tension qui précèdent une opération. Ces vulgarités leur rappellent le bon temps qu'ils ont passé en France.

Le soldat russe ouvre le cordon en deux sur une dizaine de centimètres, gratte une allumette et la place au milieu.

— De quelle couleur elle est, l'amorce ? demande Milko.

C'est Grutas qui a les jumelles.

— Je vois pas bien. Trop sombre.

De leur place, ils voient une seconde allumette illuminer brièvement le visage du Russe.

— Orange ou verte ? insiste Milko. Il y a des marques dessus ?

Grutas ne répond pas. Le soldat prend tout son temps pour revenir au camion, riant en regardant ses camarades qui lui crient de se dépêcher. Derrière lui, le cordon grésille et lance des étincelles sur la neige.

Milko compte les secondes à voix basse.

Dès que le transport de troupes est hors de vue, Grutas et Milko s'élancent vers le perron. Le feu sur l'amorce a passé le seuil lorsqu'ils l'atteignent. Ils ne

1. En français dans le texte, de même que les expressions en italiques suivantes.

distinguent les marques qu'une fois tout près. Çabrûleàdeuxmètresparminute, deuxmètreslaminute, deuxmètresminute… Grutas tranche le cordon avec son couteau à cran d'arrêt.

« j'encule les vaches ! », clame Milko tout en bondissant en avant. Suivant l'amorce, il gravit les marches quatre à quatre, ses yeux partout à la fois, cherchant d'autres cordons, d'autres charges. Il traverse le hall d'honneur en direction de la tour, découvre enfin ce qu'il voulait trouver : une grande boucle de détonateur. Revenu sur ses pas, il crie dans la pénombre :

— Y avait qu'une amorce ! Tu l'as eue !

Les charges d'explosifs avaient été placées aux quatre coins de la tour pour garantir sa destruction totale, toutes reliées à un seul détonateur.

En partant, les Soviétiques n'ont pas pris la peine de fermer la porte, ni d'éteindre le feu qui brûle dans l'âtre du vestibule. Des graffiti lacèrent les murs en pierre. Près de la cheminée, le sol est souillé de déjections et de giclées brunâtres, vestiges de leurs derniers moments de détente dans la chaleur relative du château.

Pendant que Milko, Grentz et Kolnas montent fouiller les étages, Grutas et Dortlich se partagent une lampe électrique pour descendre à la cave. Le faisceau jaune rebondit sur du verre brisé : le sol du cellier est couvert de bouteilles des meilleurs crus, dont le col a été sommairement brisé par des buveurs pressés. Renversée dans une rixe d'ivrognes, la table de dégustation gît contre le mur du fond.

— Foutre ! s'exclame Dortlich. Ils ont pas laissé une goutte !

— Aide-moi, demande Grutas.

Ensemble, ils redressent la table et l'écartent. Leurs semelles font crisser les débris de verre. Ils retrouvent la bougie de sommelier par terre, l'allument.

— Maintenant, tu tires sur ce lustre, ordonne Grutas à Dortlich, plus grand que lui. Un coup sec vers le bas, c'est tout.

Le porte-bouteilles pivote lentement, s'écartant du mur. Quand il s'est mis en branle, Dortlich a sursauté et porté sa main sur la crosse de son pistolet.

Il suit Grutas, qui s'est déjà engagé dans la pièce secrète à l'arrière du cellier.

— Dieu du ciel ! lâche-t-il.

— Amène le camion, commande Grutas.

10

Lithuanie, 1946

Hannibal, treize ans, se tient seul sur le tas de décombres en bas du talus surplombant les douves de ce qui fut le château Lecter, occupé à jeter des croûtes de pain dans l'eau opaque. Le potager et ses haies désormais hirsutes sont maintenant « la ressource en légumes de l'orphelinat-coopérative du peuple » et ne propose guère plus que des rangées et des rangées de navets.

Les douves et leur sombre surface sont importants, pour l'enfant. Elles ont toujours été là et, comme avant et encore avant, elles continuent à refléter la course des nuages au-dessus des tours crénelées du château.

Par-dessus son uniforme d'orphelin, Hannibal porte ce jour-là la tunique infâmante sur laquelle on a peint la mention : INTERDIT DE JEUX. Privé de jouer au football sur le terrain qui a été créé à l'extérieur de la muraille d'enceinte ? Il n'en a cure.

La partie a été interrompue lorsque César et le conducteur du chariot, un Russe, ont traversé le terrain avec leur chargement de bois de chauffage. César est content de voir Hannibal chaque fois que celui-ci peut se rendre à l'écurie, mais les navets ne lui disent rien.

Hannibal regarde les cygnes venir à lui. Un couple que la guerre a épargné et qui sont accompagnés de leurs deux cygneaux encore duveteux, l'un sur le dos de sa mère, l'autre déjà capable de nager derrière eux. En haut du talus, trois garçons plus âgés écartent les buissons pour mieux observer Hannibal et les oiseaux.

Le cygne mâle monte sur la rive, prêt à attaquer Hannibal. L'un des gamins, Fédor, penche sa tête blonde vers les deux autres et chuchote :

— Vous allez voir comment ce diable noir va arranger cet épouvantail ! Il va lui en mettre plein la gueule, comme à vous le jour où vous avez essayé de leur voler les œufs. On va voir s'il a des larmes pour pleurer, l'épouvantail !

Hannibal tend devant lui ses branches de saule. Le mâle recule et retourne dans l'eau.

Déçu, Fédor sort de sa chemise une fronde taillée dans une chambre à air rouge, cherche une pierre dans sa poche. Le projectile tombe dans la vase aux pieds d'Hannibal, éclaboussant son pantalon. Il lève les yeux vers Fédor sans que son visage ne trahisse la moindre expression, se contente de secouer la tête. La pierre suivante s'abat dans l'eau tout près du cygneau et maintenant Hannibal agite ses branches, siffle et souffle pour que les oiseaux effrayés se mettent hors de portée.

Une cloche se met à sonner dans l'enceinte du château. Fédor et ses comparses détalent, riant du bon tour qu'ils ont joué. Hannibal leur court après, agrippant par leurs longues tiges une touffe de mauvaises herbes qu'il a arrachée du sol. La motte de terre prise dans les racines atteint Fédor en pleine figure. Bien que plus petit d'une tête, Hannibal le charge, le pousse sur la pente accidentée de la rive qu'il dévale à la suite du garçon éberlué, le projette dans l'eau et maintient sa tête sous la surface, martelant sa nuque avec le manche de la fronde, encore et encore. Ses traits restent étrangement inexpressifs, seuls ses yeux paraissent vivants. Les bords de son champ de vision se sont teintés de rouge. Il retourne Fédor sur le dos pour s'acharner sur son visage. Ses camarades ont dégringolé au bord du fossé mais ils ont peur d'aller affronter Hannibal dans l'eau et appellent à l'aide. Conduisant une escouade d'intervention, Petrov, le moniteur en chef, descend sur la rive en pestant, furieux de devoir salir ses bottes étincelantes et son gourdin dont il frappe ci et là l'eau vaseuse.

Le hall d'honneur du château Lecter, dépouillé désormais de ses tableaux et de ses riches tentures, et dominé par un immense portrait de Joseph Staline. Leur dîner achevé, une centaine de garçons en uniforme se lèvent le long des tables faites de simples planches et entonnent *L'Internationale*. Le directeur de l'orphelinat, un peu pompette, conduit le chant en agitant sa fourchette.

Récemment promu, le moniteur en chef Petrov et l'un de ses seconds, en culotte de cheval et bottes d'équitation, arpentent les travées afin de s'assurer que tout le monde se joint au chœur. Mais Hannibal ne chante pas ; il a un côté du visage bleui et son œil reste à moitié fermé. À une autre table, le front égratigné, le cou bandé, Fédor observe. Il a eu un doigt fracturé, aussi.

Les responsables s'arrêtent devant Hannibal, qui dissimule une fourchette dans sa paume.

— Le jeune maître ne condescend pas à chanter avec nous, c'est cela ? crie Petrov par-dessus la chorale. Mais tu n'es plus le maître ici, rien qu'un orphelin de plus, et tu vas chanter, crénom !

Avec son bloc-notes, il lui assène un rude coup sur la tempe et la joue. Hannibal ne bronche pas. Ne chante pas, non plus. Un filet de sang apparaît au coin de ses lèvres.

— Il est muet, objecte le moniteur en second, ça ne sert à rien de le frapper.

Le chant s'est terminé, la voix du moniteur en chef retentit dans le hall silencieux.

— Pour un muet, il gueule bien assez fort la nuit !

Déjà, il s'apprête à le frapper encore de son autre main. Hannibal pare le coup avec son poing armé de la fourchette, dont les dents piquent les phalanges de Petrov. Celui-ci fait mine de contourner la table pour s'abattre sur lui.

— Assez ! Ne le touchez plus ! Je le veux intact ! – Le directeur a beau être soûl, il sait encore se faire obéir. – Hannibal Lecter, dans mon bureau !

La pièce jadis superbement meublée n'accueille plus qu'une table et des classeurs métalliques, ainsi que deux lits de camp. C'est dans le bureau du directeur qu'Hannibal est le plus frappé par la nouvelle odeur du château. À la place des effluves d'encaustique au citron et de parfum, c'est désormais la puanteur de la pisse froide dans la cheminée qui domine. Les fenêtres sont nues. Seules les moulures des encadrements en bois sont encore là.

— C'était la chambre de ta mère, n'est-ce pas, Hannibal ? Il y reste quelque chose de… féminin.

Le directeur est fantasque. Il peut se montrer bienveillant, mais aussi sans piété lorsque le remords d'avoir été trop faible l'assaille. Ses petits yeux sont rouges. Il attend une réponse.

Hannibal fait oui de la tête.

— Ça ne doit pas être facile pour toi, de vivre dans cette maison.

Pas de réponse. Le directeur prend un télégramme sur sa table, soupire :

— Eh bien, tu ne vas plus rester ici longtemps. Ton oncle doit venir te chercher pour t'emmener en France.

11

Le feu de bois dans le foyer de la cuisine est la seule lumière. Hannibal, une ombre, regarde l'aide-cuisinier affalé sur une chaise devant l'âtre, qui somnole et bave, un verre vide à côté de lui. C'est la lanterne sur l'étagère juste derrière lui qu'il convoite. Il voit ses pans de verre miroiter à la lueur des flammes.

La respiration du cuistot est régulière, profonde, et s'accompagne d'un léger grondement de catarrhe. Léger sur les dalles de pierre, Hannibal s'avance, entre dans les effluves vodka-oignon qui entourent l'homme, s'approche encore.

La poignée en fer de la lanterne risquant de grincer, il vaut mieux la saisir par le haut et par le bas, en la tenant droit pour empêcher la cloche en verre de tinter. La soulever d'un geste sûr et souple. Voilà, il l'a maintenant entre ses mains.

Un bruit sec. Une des bûches vient de se casser en deux dans un sifflement de vapeur, un geyser d'étincelles et une explosion de braises qui s'éparpillent sur les briques. Un morceau de bois enflammé atterrit tout près du pied de l'aide-cuisinier dans son chausson de botte en feutre.

Comment s'y prendre ? Sur le comptoir, une chemise d'obus de 150 mm reconverti en pot accueille une collection de cuillères et de spatules en bois. Après avoir posé la lanterne, Hannibal prend une cuillère pour repousser la braise au loin.

La porte conduisant aux souterrains est dans un coin de la cuisine. Elle s'ouvre silencieusement à la première poussée. Hannibal s'engage dans les ténèbres. Après avoir mémorisé la forme du palier, il referme la porte derrière lui. Grattant une allumette sur le mur en pierre, il allume la lanterne et s'engage dans ces escaliers qu'il connaît bien. À chaque marche, l'air est plus froid. La flamme ricoche d'arche en arche tandis qu'il avance vers le cellier sous le plafond voûté. La grille en fer forgé est ouverte.

Pillé il y a longtemps, le vin a cédé la place sur les rayonnages à des légumes bulbes, en premier lieu des navets. Hannibal se recommande de ne pas oublier de glisser quelques betteraves à sucre dans ses poches avant de remonter : à défaut de pommes, César les mange volontiers même si elles teintent sa lippe d'écarlate et lui donnent l'air d'avoir mis du rouge à lèvres.

Depuis qu'il vit à l'orphelinat, depuis qu'il a vu sa maison maltraitée, réquisitionnée, violée, dépouillée, il n'est encore jamais venu regarder ici. Posant la lanterne sur une corniche, il traîne de côté quelques sacs de pommes de terre et d'oignons entassés devant le casier à bouteilles du fond. Ensuite, il grimpe sur la table, attrape le lustre des deux mains et le tire vers le sol. Rien. Il relâche sa prise, essaie à nouveau, maintenant suspendu entièrement au lustre. Lequel s'affaisse de quelques centimètres dans une secousse qui fait voler la poussière. Entendant le casier s'ébranler avec un sourd grondement, il saute à terre. Il glisse ses doigts dans l'ouverture, tire à lui.

Le casier s'écarte du mur mais ses charnières rouillées grincent considérablement. Hannibal retourne à la lanterne, prêt à la souffler s'il entend un bruit de pas. Tout est calme.

C'est ici, dans ce cellier, qu'il a vu Chef pour la dernière fois, et pendant un instant sa large figure lui apparaît très clairement, sans le film grisâtre que le temps surimpose généralement à l'image que nous gardons des morts.

Hannibal s'engage dans la pièce secrète. Elle est vide.

Il ne reste qu'un grand cadre doré hérissé de fils, là où la toile a été sommairement découpée. C'était jadis le tableau le plus important du château, une scène de la bataille de Zalgiris dans laquelle l'artiste avait voulu exalter les hauts faits d'Hannibal le Sombre.

Hannibal Lecter, le dernier de sa lignée, se tient devant le cadre vandalisé, dans le château de son enfance, conscient d'avoir devant lui son histoire, mais pas toute son histoire. Ses souvenirs vont à sa mère, une Sforza, ainsi qu'à Chef et M. Jakov, lesquels appartenaient à une tradition qui n'est pas la sienne. Ce sont eux qu'il voit dans le cadre vide, réunis peu avant l'incendie du relais de chasse.

Il *n'est* pas Hannibal le Sombre, du moins en aucune manière qui lui soit compréhensible. Il va mener sa vie sous le plafond peint de son enfance. Mais celui-ci est aussi fragile que le Paradis, et presque aussi inutile. C'est ce qu'il croit. N'ont-elles pas toutes disparu, les fresques dont les visages lui étaient devenus aussi familiers que ceux de sa propre famille ?

Au centre du caveau secret, il y a une oubliette, un puits en pierre asséché dans lequel Hannibal le Sombre faisait jeter ses ennemis et les oubliait. En des temps plus récents, une barrière a été installée autour, pour éviter un accident. Hannibal soulève très haut sa lanterne, dont la lumière atteint à peu près la moitié du conduit. Son père lui avait raconté que l'on pouvait encore voir un enchevêtrement de squelettes tout au fond, quand il était lui-même enfant.

Un jour, pour amuser le garçon, on l'a descendu dans une nacelle. Hannibal se rappelle avoir remarqué que tout en bas les murs portaient une inscription grossièrement gravée. Avec sa lanterne, il ne pouvait l'apercevoir, maintenant, mais il savait qu'il était toujours là, ce mot en lettres maladroites taillées dans l'obscurité par un prisonnier en train de mourir : « *POURQUOI*[1] ? »

1. En français dans le texte.

12

Dans le long dortoir, les orphelins sont endormis, classés par ordre d'âge. L'extrémité des plus jeunes a cette odeur de poulailler qu'exhalent souvent les jardins d'enfants. Ici, les petits sont pelotonnés dans leur sommeil ; certains, tout en dormant, appellent leurs parents morts et lisent sur les visages apparus en rêve une tendre inquiétude qu'ils ne retrouveront plus jamais chez quiconque.

Un peu plus loin, quelques pensionnaires plus âgés se masturbent sous les couvertures.

Chacun d'eux dispose d'un casier et, au-dessus de son lit, d'un espace sur le mur où punaiser des dessins voire, plus rarement, une photo de famille.

Après une succession de crayonnages puérils, il y a, surplombant le lit d'Hannibal Lecter, une excellente étude à la pointe sèche et à la craie : le bras et la main potelés d'un bébé, exquisément rendus dans un mouvement qui est l'ébauche d'une caresse, le poignet orné d'un bracelet.

En dessous du dessin, Hannibal dort mais ses paupières tressautent, les muscles de sa mâchoire se crispent et ses narines palpitent, oppressées par un souffle chargé de cadavérine.

Le relais de chasse dans la forêt. Hannibal et Mischa enroulés dans l'odeur de poussière froide du tapis. Sur les vitres, le gel réfracte la lumière en rouge et vert. Un coup de vent contrarie un instant le tirage de la cheminée et des strates de fumée bleue s'accumulent sous le toit pentu, jusqu'au palier de l'étage. Hannibal entend la porte s'ouvrir brutalement. Il jette un coup d'œil par les barreaux de la rampe. La baignoire de Mischa est sur le feu, dans laquelle le marmiton a mis à bouillir le crâne cornu du petit chevreuil avec quelques tubercules rabougris. Les tourbillons ballottent les cornes contre les parois en zinc comme si, dans un dernier effort, le petit chevreuil cherchait à donner des coups de tête. Yeux-Bleus et Main-Palmée entrent avec une bourrasque d'air glacé. Ils frappent leurs galoches sur le sol, puis les posent à la verticale contre le mur. Les autres viennent les entourer. L'Homme-au-Bol surgit de son coin en claudiquant sur ses pieds rongés par le gel. Yeux-Bleus sort de sa poche les corps faméliques de trois oiseaux. Il en plonge un dans l'eau bouillante, avec les plumes et tout, jusqu'à ce que la peau soit assez tendre pour qu'il l'écorche. Il lèche la dépouille, du sang et des plumes collés au visage, les hommes se bousculant autour de lui. Il leur lance la peau de l'oiseau et ils s'abattent dessus comme des chiens.

Il lève son visage sanguinolent vers le palier, crache une plume et dit : « Manger ou crever. »

Ils jettent dans le feu l'album de photos de la famille Lecter, les jouets en carton de Mischa, son château et ses poupées en papier. Soudain Hannibal est sur le bord du foyer, sans avoir eu l'impression de descendre, et puis ils sont dans la grange, où des vêtements émergent de la paille, des habits d'enfant qu'il ne reconnaît pas et qui sont tachés de sang. Les hommes les encerclent, tâtent ses membres et ceux de Mischa.

— Prenons-la, elle va mourir, de toute façon. Allez, viens jouer, viens jouer !

Ils s'emparent d'elle et ils chantent, maintenant : « Ein Männlein steht im Walde ganz still und stumm... »

Il s'accroche au bras de Mischa, entraîné vers la porte avec elle. Il ne lâchera pas sa sœur ! Mais Yeux-Bleus claque le lourd battant sur son bras, un craquement d'os, il rouvre la porte et fond sur Hannibal en brandissant une bûche, un coup sourd sur son crâne, puis d'autres, terribles, des éclairs derrière ses yeux, bang sur sa tête, le cri de Mischa. « Anniba' ! »

Les coups sont maintenant ceux du gourdin du moniteur en chef sur la tête de lit, mais Hannibal continue à crier dans son sommeil : « Mischa ! Mischa ! »

— La ferme ! La ferme, petit con ! Lève-toi !

Le moniteur en chef arrache le drap et la couverture, les lui jette à la figure.

Dehors, sur le sol glacé. Il avance vers la cabane à outils, aiguillonné par le gourdin derrière lui. Petrov le pousse à l'intérieur d'une bourrade. Des outils de jardinage sont pendus au plafond, des cordes, de l'outillage de menuiserie. Le moniteur pose sa lanterne sur un bidon, lève son gourdin et, montrant sa main bandée :

— Tu vas payer pour ça.

Hannibal se recroqueville sur lui-même, recule en cercles courts, loin de la lumière. Ce qu'il ressent est innommable mais Petrov y voit de la peur et le suit, attiré dans la pénombre. Il lui donne un bon coup sur la cuisse mais le garçon a déjà bondi vers la lanterne. Attrapant une faucille, il fauche la lanterne et s'étend par terre dans le noir, la faucille tenue à deux mains au-dessus de la tête. Il entend près de lui des pas précipités, sabre le vide obscur de toutes ses forces, n'atteint rien, entend la porte se refermer et une chaîne cliqueter.

— L'avantage de s'en prendre à un muet, c'est qu'il ne peut pas te dénoncer, remarque Petrov.

Avec son adjoint, il est en train de contempler une Delahaye garée dans la cour du château, un magnifique exemple du talent des carrossiers français, bleu horizon, les ailes avant arborant diplomatiquement les drapeaux de l'URSS et de la République démocratique allemande. Comme toutes les voitures françaises de l'avant-guerre, celle-ci évoque un monde lointain, et ses courbes sont voluptueuses à des yeux habitués aux lignes anguleuses des tanks et des Jeep. Le moniteur en chef serait tenté d'entailler la portière d'un « putain » tracé à la pointe de son couteau mais le chauffeur est un costaud qui ne perd rien de vue.

Hannibal était à l'écurie quand la Delahaye est arrivée. Il n'est pas accouru. Il est resté à sa place, regardant son oncle gravir le perron en compagnie d'un officier soviétique.

Il pose sa paume sur la joue de César. La longue tête se tourne vers lui tout en continuant à mâcher de l'avoine. Le lad russe prend bien soin du cheval. Hannibal frotte son encolure, approche sa bouche de la grande oreille mais aucun son n'en sort. Il dépose un baiser entre les yeux de César.

Au fond du hangar à foin, dans l'espace au milieu d'une double cloison, les jumelles de son père attendent. Après les avoir passées à son cou, il traverse l'esplanade pleine d'ornières.

Le moniteur adjoint le cherche des yeux à l'entrée du château. Les quelques affaires d'Hannibal ont déjà été jetées dans un sac.

13

De la fenêtre du bureau du directeur, Robert Lecter regarde son chauffeur échanger avec le cuisinier un paquet de cigarettes contre une petite saucisse et un quignon de pain. Il est en vérité le comte Lecter, désormais, puisque son frère est présumé décédé. Et d'ailleurs très à l'aise avec ce titre, qu'il a déjà usurpé depuis des années.

Sans prendre la peine de compter l'argent, le directeur le glisse dans la poche de son veston tout en lançant un coup d'œil au colonel Timka.

— Eh bien, comte Lec… je veux dire camarade Lecter, je voulais simplement vous dire que j'ai vu deux de vos tableaux au palais Catherine avant la guerre, ainsi que des photographies dans *Gorn*. J'ai la plus grande admiration pour votre œuvre.

Le comte Lecter incline la tête.

— Merci, directeur. Et la sœur d'Hannibal ? Que savez-vous ?

— C'est que… Une photo de bébé, cela n'aide pas beaucoup.

— Nous la faisons circuler dans les orphelinats, explique le colonel Timka. – Il est revêtu de l'uniforme des garde-frontières soviétiques et ses petites lunettes cerclées d'acier miroitent en rythme avec les plombages de sa dentition. – Cela prend du temps, il y en a tellement…

— Et je dois ajouter, camarade Lecter, que les forêts sont pleines de… – Le directeur hésite. – … de restes encore non identifiés.

— Hannibal n'a jamais rien dit à son sujet ? s'enquiert le comte Lecter.

— Pas à moi. Il est capable de s'exprimer, en stricts termes, d'aptitude physique : il lui arrive souvent de crier le nom de sa sœur dans son sommeil, Mischa, Mischa… – Il choisit soigneusement ses mots. – À votre place, camarade Lecter, je serais… prudent avec Hannibal jusqu'à ce que vous le connaissiez mieux. Il serait préférable qu'il ne joue pas avec d'autres enfants, tant qu'il n'a pas retrouvé son… équilibre. Il y a toujours quelqu'un qui finit blessé, avec lui.

— Ce n'est pas une brute, tout de même ?

— Ce sont les brutes qui récoltent les pires blessures, habituellement. Hannibal ne respecte pas l'ordre hiérarchique. Ses victimes sont toujours plus âgées que lui. Il frappe très vite, parfois sérieusement. Il constitue un véritable danger pour des garçons plus grands que lui. Avec les petits, par contre, rien à redire. Il les laisse le houspiller un peu. Souvent, ils croient qu'il est aussi sourd que muet et ils le traitent de fou, devant lui. Il leur donne sa part de friandises… les rares fois où il y en a.

Le colonel Timka consulte sa montre.

— Il faut partir, camarade Lecter. Nous nous retrouvons à la voiture, entendu ?

Il attend que le comte ait quitté la pièce pour tendre une main en l'air, sans un mot. Avec un soupir, le directeur y dépose la liasse de billets qu'il vient de recevoir.

Un éclair de sa monture de lunettes, un autre de ses dents plombées : le colonel Timka se lèche un pouce et se met à compter.

14

Une averse plaque la poussière sur la Delahaye alors qu'ils parcourent les derniers kilomètres conduisant au château. Le gravier mouillé cliquette sur la caisse maculée de boue. Une odeur d'herbes aromatiques et de terre meuble entre par les vitres de la voiture. La pluie s'arrête et la lumière du soir se teinte d'orangé.

Dans cette étrange lueur, le château paraît plus gracieux qu'imposant. Les colonnades de ses innombrables fenêtres s'incurvent comme des toiles d'araignée chargées de rosée. À la recherche d'augures, Hannibal se dit que la galerie se développe à partir de l'arche de l'entrée comme la cycloïde de Christiaan Huyghens.

Quatre chevaux de labour tout fumants après l'averse peinent sur les câbles qui les relient à un char allemand encastré dans le vestibule, où il a rendu son dernier soupir. Des bêtes puissantes, comme César. Hannibal est heureux de les voir ; il espère qu'ils sont un bon signe, un signe protecteur. Le tank est péniblement hissé sur des rondins. Mètre par mètre, les bêtes le retirent du bâtiment comme si elles extrayaient une dent cariée. Leurs oreilles bougent à chaque mot que leur adresse celui qui les conduit.

— Les Allemands ont fait sauter la porte au canon, explique le comte à Hannibal tandis que la voiture s'immobilise, et ensuite le char est entré à reculons dans la galerie pour échapper aux avions. – Il s'est habitué à parler au garçon sans attendre de réponse. – Quand ils ont battu en retraite, ils l'ont simplement laissé là. Impossible de bouger le satané engin, donc on l'a garni de jardinières et on l'a contourné dans nos allées et venues, pendant cinq ans ! Mais maintenant que je peux à nouveau vendre mon art « subversif », nous avons de quoi payer pour le sortir de là. Venez, Hannibal.

Un valet guettait leur arrivée. Il s'avance vers eux avec la gouvernante, tous deux munis de parapluies au cas où il se remettrait à pleuvoir. Un molosse femelle leur emboîte le pas.

Hannibal apprécie que son oncle prenne le temps de faire les présentations dans l'allée, courtoisement tourné vers les domestiques, au lieu de leur lancer quelques mots pressés en se hâtant vers l'entrée.

— Voici mon neveu, Hannibal. Il est des nôtres, maintenant, et nous nous réjouissons de sa présence parmi nous. Hannibal ? Madame Brigitte, la gouvernante. Et Paul, qui veille à ce que tout fonctionne ici.

Madame Brigitte, jadis une séduisante soubrette, a l'esprit vif. Il ne lui faut qu'un regard pour lire ce dont elle a besoin dans l'attitude du garçon.

La chienne accueille le comte avec enthousiasme mais réserve son jugement quant à Hannibal. Elle souffle un peu d'air de ses bajoues. Hannibal ouvre une main qu'elle renifle, et elle lève les yeux vers lui, le front plissé, attentive.

— Il va falloir lui trouver quelques frusques, explique le comte à Madame Brigitte. Pour commencer, regardez dans mes vieilles malles du lycée, au grenier. Nous améliorerons sa tenue ensuite.

— Et la petite fille, monsieur ?

— Pas encore, Brigitte.

Il clôt le sujet par un mouvement négatif de la tête.

En marchant vers l'entrée, Hannibal saisit des images au passage : les reflets des pavés mouillés dans la cour, la robe des chevaux lustrée par l'averse, le plumage luisant d'une belle corneille en train de boire dans une gouttière au bord du toit, le mouvement d'un rideau à une haute fenêtre, la chevelure moirée de Dame Murasaki, puis sa silhouette…

Dame Murasaki ouvre le vitrail. La lumière orange du soir effleure son visage et Hannibal, quittant la terre stérile du cauchemar permanent, fait son premier pas sur le pont des rêves.

Passer de la vie de caserne à une demeure privée est un doux soulagement. Le mobilier du château est à la fois étrange et accueillant, un mélange d'époques et de styles que le comte Lecter et Dame Murasaki ont redescendu des greniers une fois que les pillards nazis ont été mis dehors. Pendant l'Occupation, les meubles de quelque importance avaient été envoyés en Allemagne par le train.

Hermann Goering et le Führer lui-même convoitaient depuis longtemps les œuvres de Robert Lecter et d'autres peintres renommés de France. Après l'invasion nazie, l'une des premières initiatives de Goering avait été d'arrêter Lecter, étiqueté « artiste subversif d'origine slave » et de confisquer toutes les peintures « décadentes » sur lesquelles il avait pu mettre la main afin de « protéger la moralité publique ». Ces tableaux se sont retrouvés dans les collections privées de Goering et d'Hitler.

Libéré de prison par l'offensive des Alliés, le comte Lecter, aidé de Dame Murasaki, a remis le château en état autant qu'il le pouvait. Le personnel a travaillé au-dehors pour survivre jusqu'à ce que le comte reprenne sa palette et puisse payer leurs émoluments.

Il monte voir comment son neveu est installé. Spacieuse, bien éclairée, la chambre préparée pour Hannibal a été décorée de tapisseries et d'affiches afin d'animer les murs en pierre. Un masque kendo et deux sabres en bambou sont fixés à bonne hauteur. S'il pouvait parler, Hannibal aurait demandé des nouvelles de la dame du château.

15

Il a été laissé seul depuis moins d'une minute quand on frappe à la porte.

La suivante de Dame Murasaki, Chiyoh, se tient dans le couloir. Une jeune Japonaise à peu près du même âge qu'Hannibal, ses cheveux réunis en coques sur les oreilles. Elle le jauge un instant, puis un voile tombe sur l'iris de ses yeux, tel le *tapetum lucidum* dans la vision nocturne d'un aigle.

— Dame Murasaki souhaite la bienvenue, articule-t-elle. Si vous voulez me suivre…

Sévère et compassée, Chiyoh le conduit aux bains, qui ont pris la place du pressoir à vin dans l'une des dépendances du château. C'est pour complaire à sa femme que le comte Lecter a créé ici une salle d'eau conforme à la tradition nippone. La vaste cuve à raisins est maintenant remplie d'eau chauffée par une chaudière Rube Goldberg fabriquée à partir d'un alambic à cognac. Une odeur de fumée de bois et de romarin flotte dans l'air. Des chandeliers en argent, enterrés dans le jardin pendant la guerre, sont disposés autour de la cuve mais Chiyoh n'allume pas les bougies. Jusqu'à ce que sa situation soit clarifiée, une ampoule électrique nue suffira à Hannibal.

Lui tendant un peignoir et des serviettes, elle lui montre du doigt une douche dans le coin.

— Lavez-vous là, d'abord. Il faut bien vous frotter avant l'immersion. Lorsque votre bain sera fini, le chef va vous servir une omelette. Et ensuite, vous devrez vous reposer.

Elle lui adresse une grimace qui pourrait être un sourire, laisse tomber une orange dans l'eau du bain et va attendre dehors qu'il lui passe ses vêtements par la porte. Elle les reçoit avec une visible réticence, les prenant avec deux doigts avant de les poser sur une canne qu'elle tient dans son autre main. Puis elle disparaît.

Il fait presque nuit quand Hannibal se réveille en sursaut, de la même façon qu'il émergeait du sommeil à l'orphelinat. Avant d'être certain de savoir où il est, il ne bouge que ses yeux. Il se sent propre dans un lit aux draps empesés. Derrière les vitraux, l'un des longs crépuscules de France jette ses dernières lueurs. Un kimono en coton est posé sur la chaise à son chevet. Il l'enfile. Les dalles en pierre du couloir sont d'une fraîcheur agréable sous ses pieds, les marches de l'escalier creusées par l'usure au centre comme celles du château Lecter. Sorti dehors, sous le ciel violet, il entend des voix et des bruits dans la cuisine. Préparatifs de dîner.

En le voyant, la chienne tape deux fois le sol de sa queue sans se lever.

De la salle d'eau lui parvient le son d'un luth japonais. Hannibal se dirige vers la musique. À travers la fenêtre poussiéreuse, des bougies brillent. Il regarde à l'intérieur. Assise près de la cuve, Chiyoh pince les cordes d'un *koto* élancé. Elle a allumé les chandeliers, cette fois. La chaudière glougloute, les bûches allumées sous elle craquent en lâchant des colonnes d'étincelles. Dame Murasaki est dans son bain. Dame Murasaki dans l'eau sombre, comme les fleurs aquatiques des douves là où les cygnes s'attardaient sans chanter. Hannibal observe, silencieux comme les cygnes. Il étend ses bras telles des ailes.

Quittant la fenêtre, il retraverse la cour dans le couchant, retrouve sa chambre et, accablé par un poids indéfinissable, se remet au lit.

Dans la cheminée de la chambre de maître, il reste assez de braises pour éclairer le plafond. Le comte Lecter est tiré de son silence et de la pénombre par le contact de la main de Dame Murasaki, par sa voix.

— Vous m'avez manqué, c'était comme au temps où vous étiez en prison… Je me suis souvenue du poème d'une de mes ancêtres, Ono No Komachi. Il y a un millier d'années.

— Mmmm.

— C'était une femme très passionnée.

— J'ai hâte de connaître ce qu'elle a écrit.

— Un poème : *Hito ni awan tsouki no naki yo wa/ Omoiokité/Mouné hachiribi ni/Kokoro yaki ori*. Percevez-vous la musique dans ces vers ?

Si l'oreille occidentale de Robert Lecter n'est pas en mesure de capter cette musique, non, il sait qu'elle est là et il s'exclame avec enthousiasme :

— Oh, oui, très chère ! Dites-moi ce qu'ils signifient.

— « Pas moyen de le voir par cette nuit sans lune, /Je reste étendue, brûlante d'attente, /Mes seins lançant des flammes, /Mon cœur en feu. »

— Par le ciel, Sheba…

Elle déploie un soin exquis à lui éviter tout effort.

Dans le vestibule du château, l'horloge égrène l'heure tardive en gongs étouffés qui résonnent le long des couloirs en pierre. Dans le chenil, la chienne s'étire et répond à l'horloge par treize brefs hurlements. Dans son lit propre et frais, Hannibal se retourne sans se réveiller. Et rêve.

Il fait très froid dans la grange, encore plus quand Yeux-Bleus et Main-Palmée déshabillent les enfants jusqu'à la taille pour palper la chair de leurs bras. Derrière eux, les autres ricanent et se bousculent comme des hyènes obligées d'attendre. Celui qui tend toujours son bol en avant est là, aussi. Mischa tousse, fiévreuse, et détourne la tête pour échapper à leur haleine fétide. Yeux-Bleus saisit la chaîne qui entoure leur cou. Le sang et les plumes de la dépouille d'oiseau qu'il a rongée sont toujours collés à son visage. L'Homme-au-Bol et sa voix distordue :

— Prenons-la, eeeelle ! Elle va mouriiiiir, de toute façon ! Lui, il restera boooon un peu plus longtemps !

Yeux-Bleux à Mischa, horriblement mielleux :

— Allez, viens jouer, viens jouer !

Il se met à chanter et Main-Palmée se joint à lui :

« Ein Männlein steht im Walde ganz still und stumm,
Es hat von lauter Purpur ein Mäntlein um… »

L'Homme-au-Bol tend son bol. Main-Palmée prend la hache, Yeux-Bleus saisit Mischa. En hurlant, Hannibal lui saute au visage, plante ses dents dans la joue de Yeux-Bleus, Mischa est suspendue en l'air par les bras, elle se débat pour lui lancer un regard…

— Mischa ! Mischa !

Les cris résonnent dans les couloirs en pierre. Le comte Lecter et Dame Murasaki font irruption dans la chambre d'Hannibal. Il a déchiré le traversin de ses dents, des plumes volent, Hannibal gronde, rugit, se bat dans le vide, grince des mâchoires. Le comte l'immobilise de tout son poids, enserre les bras du garçon dans la couverture, pose ses genoux dessus. « Du calme, du calme ! »

Craignant pour la langue d'Hannibal, Dame Murasaki dénoue la ceinture de son peignoir, pince le nez du garçon jusqu'à ce qu'il cherche l'air de sa bouche et glisse la ceinture entre ses dents.

Il tremble sans bouger, comme un oiseau en train de mourir. Le peignoir s'est ouvert et Dame Murasaki l'attire contre elle, presse entre ses seins le visage couvert de larmes de rage sur lequel des plumes sont venues se coller.

Mais c'est au comte qu'elle demande : « Vous n'avez rien ? »

16

Levé de bonne heure, Hannibal fait une petite toilette avec le pichet et la cuvette laissés sur sa table de nuit. Une plume minuscule flotte sur l'eau. Il n'a qu'un souvenir confus et tronqué de la nuit qu'il vient de passer.

Il entend derrière lui le bruit d'un papier glissant sur les dalles en pierre sous sa porte. Un rameau de saule marsault est attaché au message. Hannibal porte la carte à son visage dans ses mains en coupe avant de la lire.

« *Hannibal,*

Je serais heureuse que vous veniez me voir. Je serai à mon boudoir à l'heure de la Chèvre (dix heures du matin en France).

Murasaki Shikibu. »

Hannibal Lecter, treize ans, les cheveux mouillés pour mieux les plaquer, se tient devant la porte fermée à l'heure dite. Il entend à nouveau le luth, mais c'est un air différent de la veille. Il frappe deux coups discrets.

— Entrez.

C'est à la fois un petit salon et un atelier, avec un écran à tapisserie près de la fenêtre, et un chevalet de calligraphie.

Dame Murasaki est assise à une table à thé très basse. Sa chevelure relevée est soutenue par des aiguilles en ébène. Les manches de son kimono chuchotent tandis qu'elle arrange des fleurs dans un vase.

Comme elles poursuivent le même but, les bonnes manières de toutes les cultures se rencontrent et s'entremêlent. Dame Murasaki le salue d'une gracieuse inclinaison de la tête et Hanibal incline légèrement le torse, ainsi que son père le lui avait appris. Il remarque les dessins complexes que la fumée d'encens bleue trace dans l'air devant la fenêtre, simulant un passage d'oiseaux lointains, la veine bleutée sur l'avant-bras de Dame Murasaki quand elle soulève une fleur, les rayons de soleil qui virent au rose en traversant son oreille délicate. Le luth de Chiyoh sonne doucement derrière un paravent.

Elle l'invite à s'asseoir en face d'elle. Sa voix est un alto mélodieux, avec de ci de là des notes qui n'existent pas dans les gammes d'Occident. Pour Hannibal, elle évoque la musique fortuite, inharmonique, des clochettes éoliennes.

— Si vous ne voulez pas de français, ou d'anglais, ou d'italien, nous pouvons employer certains mots japonais. Par exemple *kieuseru*, qui signifie « disparaître »... – Ayant placé la tige, elle lève ses yeux du bouquet et les fixe dans ceux d'Hannibal. – À Hiroshima, le monde que je connaissais s'en est allé dans un éclair. Vous aussi, on vous a arraché le vôtre. Désormais, nous avons le monde que nous créons vous et moi. Ensemble. À cet instant même. Dans cette pièce.

Elle ramasse d'autres fleurs sur le tapis près d'elle, les dispose sur la table à côté du vase. Il entend le bruissement des feuilles, et celui de ses manches lorsqu'elle lui tend quelques tiges.

— Où les mettriez-vous pour obtenir le meilleur effet, Hannibal ? Vous choisissez. – Il regarde devant lui. – Quand vous étiez petit, votre père nous envoyait souvent vos dessins. Vous avez un œil très prometteur. Si vous préférez dessiner le bouquet, servez-vous de ce carnet de croquis, là.

Après avoir réfléchi un moment, il prend deux fleurs, et le couteau. Son regard passe sur la courbe des fenêtres cintrées, l'arche de la cheminée dans laquelle le pot pour l'eau du thé est suspendu au-dessus du feu. Il raccourcit la queue des fleurs, les place dans le vase et forme ainsi un vecteur qui se trouve en harmonie avec l'arrangement floral et avec les lignes de la pièce. Il abandonne les bouts de tiges coupées sur la table.

Dame Murasaki paraît satisfaite.

— Aaaah… Nous allons dire que c'est *moribana*, le style penché… – Elle place la masse soyeuse d'une pivoine dans sa paume. – Mais où placeriez-vous celle-ci, alors ? Ou bien vous ne la mettriez même pas ?

Dans l'âtre, le pot frémit et chuinte. Hannibal entend l'eau se mettre à bouillir, voit les tourbillons monter à la surface. Ses traits s'altèrent. La pièce disparaît.

La baignoire de Mischa sur le feu dans le relais de chasse. Les tourbillons ballottent les cornes contre les parois en zinc comme si, dans un dernier effort, le petit chevreuil cherchait à donner des coups de tête. Dans l'eau bouillante, les os qui râclent et râclent...

De retour à lui, de retour au salon de Dame Murasaki, la tête de la pivoine, ensanglantée, tombe sur la table. Le couteau s'abat à côté d'elle dans un claquement sec. Hannibal se maîtrise, se lève lentement en dissimulant sa main en sang dans son dos. S'inclinant devant son hôtesse, il s'apprête à quitter la pièce.

— Hannibal ?

Il ouvre la porte.

— Hannibal.

Elle vient à lui très vite, très près. Elle tend un bras vers lui, attire ses yeux dans les siens, ne le touche pas, se contente de courber ses doigts pour qu'il se rende. Quand elle prend sa main en sang, le contact se répercute dans les yeux du garçon, une petite variation dans la taille de ses pupilles.

— Il va falloir des points de suture. Serge nous conduira en ville.

Hannibal fait non de la tête, désignant du menton le canevas de tapisserie sur son cadre. Dame Murasaki l'observe atttentivement, jusqu'à être convaincue :

— Chiyoh ! Une aiguille et du fil, à bouillir !

Ils vont à la fenêtre, dans la lumière du jour. La suivante apporte bientôt une aiguille et du fil enroulé sur une épingle à cheveux en ébène, encore fumants au sortir du pot d'eau bouillante. Tenant fermement la main d'Hannibal, Dame Murasaki lui recoud le doigt en six points bien nets. Des gouttes rouges tombent sur la soie blanche de son kimono. Hannibal la regarde travailler d'un air impassible, sans réagir à la douleur. On dirait qu'il est en train de penser à autre chose.

Il contemple le fil en train de se dévider peu à peu. Le chas de l'aiguille est une fonction du diamètre de l'épingle, n'est-ce pas ? Les pages du traité de Christiaan Huyghens éparpillées sur la neige, prises dans de la cervelle encore chaude...

Chiyoh presse une feuille d'aloès sur la plaie que Dame Murasaki entoure d'un bandage. Dès qu'elle lui a rendu sa main, Hannibal revient à la table, s'empare de la pivoine et raccourcit sa tige d'un coup de couteau. Il l'ajoute à la composition et elle est maintenant harmonieuse.

Il se tourne vers Dame Murasaki et Chiyoh. Un frémissement passe sur ses traits, comme de l'eau troublée, et il essaie de dire : « Merci. » Elle récompense cet effort par le plus bref et le plus beau des sourires, cependant sans lui laisser trop de temps à essayer.

— Viendrez-vous avec moi, Hannibal ? Et m'aiderez-vous à porter les fleurs ?

Ils montent ensemble au grenier.

Un visage sculpté dans son panneau en bois – un masque comique de théâtre grec –, la porte d'accès aux combles a autrefois été utilisée ailleurs dans le château, précédemment. Portant une chandelle, Dame Murasaki ouvre la marche dans le vaste espace qui abrite une collection tricentenaire de malles, de décorations de Noël, de sculptures de jardin, de mobilier en rotin, de costumes de scène kabuki ou nô, ainsi qu'une rangée de marionnettes à échelle humaine pendues à un portique.

Une faible lumière tombe d'une lucarne encore masquée par un rideau noir de black-out. La bougie éclaire un petit autel en face de la fenêtre, un *kamidana* sur lequel des photographies des ancêtres de Dame Murasaki et de ceux d'Hannibal se côtoient au milieu d'un envol de grues en papier origami, une nuée d'oiseaux. Il y a une photo des parents d'Hannibal le jour de leur mariage. Une chandelle à la main, il se penche pour mieux voir son père et sa mère. Celle-ci paraît très heureuse. La seule flamme est celle de la bougie : sa mère n'a pas ses habits en feu.

Hannibal sent une présence non loin et au-dessus de lui. Il scrute les ténèbres. Dame Murasaki écarte le rideau de la lucarne. La lueur du matin se lève sur Hannibal et sur la sombre silhouette près de lui, sur un pied d'armure, sur un éventail de guerre dans un gantelet, sur un gorgerin et enfin sur le masque de fer et le casque cornu d'un chef samouraï.

L'armure est installée sur une estrade. Devant elle, sur un présentoir, les armes du samouraï : l'épée longue et la courte, le petit poignard *tanto*, une hache de guerre…

— Plaçons les fleurs ici, Hannibal, propose Dame Murasaki en écartant un peu les photographies des parents du garçon. C'est ici que je prie pour vous, et je vous recommande fortement de prier pour vous-même, de consulter les esprits de votre famille pour qu'ils vous transmettent sagesse et force.

Par politesse, il garde un moment la tête inclinée devant l'autel mais l'armure est une présence qui l'aimante, dont il ressent la vive attraction à son côté. Il finit par s'approcher du râtelier et fait mine d'effleurer les armes quand Dame Murasaki l'arrête d'une main levée.

— Cette armure se trouvait à l'ambassade de Paris au temps où mon père représentait notre pays en France, avant-guerre. Nous l'avons dissimulée aux Allemands.

Je ne la touche qu'une fois par an. Le jour de l'anniversaire de mon arrière-arrière-arrière-grand-père, j'ai l'honneur de nettoyer son armure et ses armes, de les passer à l'huile de camélia et à l'huile de clous de girofles. Le parfum est délicieux…

Elle débouche un flacon et l'offre aux narines du garçon.

Sur l'estrade, devant l'armure, un rouleau peint n'a été ouvert que pour montrer le premier panneau d'illustration, où l'on voit le guerrier harnaché recevoir ses subordonnés en audience. Pendant que Dame Murasaki met une dernière touche à l'organisation du *kamidana*, Hannibal déroule la peinture jusqu'à la scène suivante, le même samouraï présidant une cérémonie de présentation des trophées ; toutes les têtes coupées des ennemis portent le nom du défunt sur une étiquette attachée aux cheveux ou, quand le mort est chauve, à son oreille.

Dame Murasaki lui reprend doucement le rouleau des mains et l'enroule à nouveau pour ne laisser apparaître que son aïeul en tenue de combat.

— Celui-ci a été peint après le siège du château d'Osaka, une rude bataille, lui explique-t-elle. Il y en a d'autres, plus appropriés, qui vous intéresseront certainement. Votre oncle et moi-même, Hannibal, serions très heureux si vous deveniez le genre d'homme que votre père a été, que votre oncle est toujours. – Le garçon lance un regard à l'armure, un regard dans lequel Dame Murasaki perçoit la question : – Un homme comme lui ? Oui, par certains aspects, mais avec plus de… compassion. – Elle lance un coup d'œil à l'armure comme si celle-ci pouvait les entendre, sourit à Hannibal : – Mais je ne dirais pas cela en japonais devant lui !

Elle se rapproche d'Hannibal, la bougie à la main.

— Vous pouvez quitter la terre des cauchemars, Hannibal. Vous pouvez devenir tout ce que votre imagination conçoit. Venez, entrez sur le pont des rêves ! Viendrez-vous avec moi ?

Elle est différente de sa mère, elle n'est pas sa mère et pourtant il la sent en lui, il la sent dans son cœur. Son regard trop intense a dû la troubler car elle décide de rompre le charme :

— Le pont des rêves mène partout où l'on veut mais il passe d'abord par le cabinet du médecin et la salle de classe. Alors, vous venez ?

Il la suit, en effet, mais d'abord il s'arrête pour prendre la pivoine tachée de sang, perdue parmi les fleurs, et la dépose aux pieds de l'armure.

17

Le docteur J. Rufin reçoit dans une maison de ville précédée d'un minuscule jardin. Une plaque discrète sur l'un des poteaux de l'entrée porte son nom et son titre : DOCTEUR EN MÉDECINE PSYCHIATRIQUE.

Le comte Lecter et Dame Murasaki ont pris place sur des chaises à haut dossier dans la salle d'attente, en compagnie de patients du docteur dont certains ont du mal à rester tranquilles sur leur siège.

Le cabinet est meublé dans un style pesamment victorien. Deux gros fauteuils encadrent la cheminée. Il y a aussi une chaise longue couverte d'un tissu à franges et, plus près des fenêtres, une table d'examen flanquée d'un stérilisateur en acier inoxydable.

Hannibal et le docteur Rufin, un homme barbu d'une cinquantaine d'années, occupent les deux fauteuils. Le psychiatre s'adresse au garçon d'une voix très calme, plaisante :

— Tandis que tu regardes ce métronome se balancer, à droite, à gauche, à droite, à gauche, et que tu écoutes le son de ma voix, Hannibal, tu vas parvenir à un état que nous appelons sommeil éveillé. Je ne vais pas te demander de parler, simplement d'essayer de produire un son pour signifier « oui » ou « non ». Tu éprouves une sensation de paix, maintenant, de grande paix…

Sur la table entre eux, le pendule du métronome va et vient dans un tic-tac hypnotisant, accompagné par celui de l'horloge décorée de signes du zodiaque et de chérubins sur le manteau de la cheminée. Pendant que le docteur Rufin lui parle, Hannibal compte les battements du métronome et ceux de la montre, tantôt en phase, tantôt non. Il se demande s'il serait possible, en comptabilisant les intervalles en phase et ceux en discordance, puis en mesurant le balancier apparent du métronome, de déduire la longueur de celui dissimulé dans l'horloge. Il conclut que oui. Le docteur n'a pas cessé son monologue, entretemps :

— Un son avec ta bouche, Hannibal. N'importe lequel.

Les yeux obstinément fixés sur le métronome, Hannibal produit un bruit de pet, dans les graves, en soufflant de l'air entre sa langue et sa lèvre inférieure.

— Excellent ! approuve le docteur. En état de sommeil éveillé, tu restes calme. Et maintenant, quel son allons-nous utiliser pour « non », Hannibal ? « Non », Hannibal, « non »…

Cette fois, c'est un pet dans les aigus, obtenu par expulsion de l'air contre la gencive supérieure, lèvre inférieure pincée sous les dents.

— C'est informant, Hannibal, très informant. Bien. Penses-tu que nous pouvons continuer, toi et moi ? Ensemble ?

La réponse affirmative est émise avec une telle vigueur qu'elle parvient à la salle d'attente, où les patients échangent des regards inquiets. Le comte Lecter va jusqu'à croiser les jambes en toussotant discrètement. Dame Murasaki lève lentement ses adorables yeux au plafond.

Un homme à tête d'écureuil souffle à la ronde.

— C'était pas moi…

— Je sais que tu as le sommeil souvent contrarié, Hannibal, continue le docteur. Tout en restant calmement dans l'état second où tu es maintenant, peux-tu me décrire un peu ce que tu vois en rêve ?

Sans cesser de compter les tic-tac, Hannibal le gratifie d'une flatulence affirmative.

Le cadran de l'horloge porte le IV romain plutôt que le IIII traditionnel, dans un souci de symétrie avec le VII de la partie gauche. Hannibal se demande si cela indique qu'elle est aussi munie de la sonnerie romaine : deux tons de cloche différents, un marquant cinq unités, l'autre une.

Le docteur Rufin lui tend un bloc-notes.

— Pourrais-tu écrire ici quelques-unes des visions que tu as ? Tu cries souvent le nom de ta petite sœur, m'a-t-on dit ; est-ce que tu la vois ?

Hannibal fait oui de la tête.

Au château Lecter, certaines horloges avaient la sonnerie romaine, d'autres non, mais toutes celles qui en étaient équipées présentaient un IV au lieu d'un IIII. Quand M. Jakov en avait ouvert une pour lui expliquer la fonction d'échappement, il lui avait parlé de Joseph Knibb et de ses montres à sonnerie romaine… Hannibal est tenté d'aller sur-le-champ visiter la galerie des montres dans son esprit, afin de vérifier quelques détails, mais le docteur Rufin ne pourrait plus l'atteindre, là-bas…

— Hannibal, Hannibal… Quand tu penses à la dernière fois où tu as été en présence de ta sœur, qu'est-ce que tu vois ? Peux-tu l'écrire ? Peux-tu écrire ce que tu imagines voir ?

Hannibal fait courir le stylo sans même regarder la page, toujours occupé à compter les battements du métronome et ceux de l'horloge. Après avoir examiné les trois mots qu'il a tracés, le docteur prend un air satisfait :

— Ce sont ses dents de lait que tu vois ? Rien d'autre ? Où les vois-tu, ces dents de petit enfant, Hannibal ?

Tendant la main, il arrête le balancier, évalue sa longueur, retient la position du poids sur l'échelle graduée du métronome. Puis il écrit sur la feuille : « Dans une fosse à purin, Docteur. Est-ce que je peux ouvrir cette horloge ? »

C'est maintenant Hannibal qui attend avec les autres patients.

— C'était toi, pas moi, lui glisse l'homme à tête d'écureuil. Autant l'admettre sans faire d'histoire. Est-ce que tu aurais du chewing-gum ?

Pendant ce temps, dans le cabinet du docteur :

— J'ai tenté de l'interroger plus avant au sujet de sa sœur, explique Rufin, mais il s'est refermé sur lui-même.

Le comte se tient debout derrière le fauteuil où Dame Murasaki a pris place.

— Pour être très franc, ce garçon m'échappe complètement. Je l'ai ausculté. Sur le plan physique, il est tout à fait bien. J'ai trouvé des cicatrices sur son cuir chevelu mais aucune trace de fracture déprimée. Cependant, je ne serais pas étonné que les deux hémisphères cérébraux fonctionnent séparément, comme c'est parfois le cas après un traumatisme crânien si celui-ci a affecté la communication entre eux. Il suit plusieurs enchaînements de pensées à la fois, en restant concentré sur chacun d'eux, et au moins un d'entre eux ne vise qu'à la distraction, à son amusement. La cicatrice sur son cou est la marque d'une chaîne qui a gelé contre la peau. J'en ai vu de similaires, juste à la fin de la guerre, quand les rescapés des camps ont commencé à revenir. Il ne dira pas ce qui est arrivé à sa sœur. Mon impression est qu'il le sait mais qu'il n'en a peut-être pas conscience, et c'est là le danger : l'esprit se souvient seulement de ce qu'il peut assumer, et selon son propre rythme. Il va se rappeler ce qui s'est passé lorsqu'il sera capable d'y faire face. Je ne veux pas hâter ce processus. Essayer de l'hypnotiser serait sans objet. Si la mémoire lui revient trop vite, il risque de se bloquer à jamais, de se retrancher en lui-même afin d'échapper à la souffrance. Allez-vous le garder chez vous ?

— Oui, répondent-ils à l'unisson.

— Très bien. Impliquez-le dans la vie de famille autant que vous le pourrez. Lorsqu'il commencera à sortir de sa coquille, il va s'attacher à vous à un point que vous ne pouvez imaginer.

18

Le plein été de France. Brume de pollen sur les eaux de l'Essonne, canards dans les roseaux. Hannibal ne parle toujours pas mais son sommeil est sans rêve et son appétit celui d'un gamin de treize ans en pleine croissance.

Son oncle, Robert Lecter, est plus démonstratif et chaleureux que ne l'avait été son père. Il garde en lui une insouciance d'artiste qui s'est combinée à celle qui vient avec les années.

Il y a sur le toit un long balcon où ils peuvent marcher. Ici, le pollen teinte en doré la mousse des ardoises et le vent gonfle les toiles d'araignée en parachutes. En contrebas, le fleuve fait une courbe argentée à travers les arbres.

Le comte est grand et mince, pareil à un oiseau. Dans la vive lumière du toit, son teint semble gris. Ses mains sur la balustrade sont fragiles mais ressemblent tout de même à celles du père d'Hannibal.

— Dans notre famille, nous sommes plutôt hors normes, Hannibal, dit-il. C'est une chose que nous apprenons vite, et j'espère que tu en es déjà conscient. Si cela te préoccupe, pour l'instant, tu finiras par t'en arranger avec le temps. Tu as perdu tes proches et ton foyer mais tu nous as, Sheba et moi. N'est-elle pas merveilleuse ? Son père l'avait amenée à l'une de mes expositions au musée de Tokyo, il y a vingt-cinq ans. Je n'avais jamais vu une aussi belle enfant… Et quinze ans plus tard, quand il a été nommé ambassadeur en France, elle est venue avec lui. Je n'arrivais pas à croire à ma chance ! Je me suis aussitôt présenté à l'ambassade, en proclamant mon intention de me convertir au shintoïsme. Il m'a répondu que mes convictions religieuses n'étaient pas ce qui le préoccupait le plus. Il ne m'a jamais vraiment accepté mais il apprécie mes tableaux… La peinture ! Viens !

Ils descendent dans une grande salle passée à la chaux, juste sous les toits. Des toiles en cours de réalisation se dressent sur des chevalets, d'autres sont posées contre les murs. Un divan est juché sur une estrade basse et, à côté, un porte-manteau auquel est pendu un kimono. La toile sur le tréteau qui leur fait face a été masquée d'un drap.

Ils continuent jusqu'à la pièce suivante. Ici, un chevalet supporte une liasse de grandes feuilles de papier-journal vierges, des fusains et des tubes de peinture.

— Je t'ai ménagé un espace à toi, annonce le comte. Ton propre studio. Tu peux y trouver la paix, Hannibal. Lorsque tu sens que tu risques d'exploser, viens ici et dessine ! Peins ! Avec des gestes larges, dans une débauche de couleurs ! N'essaie pas de te restreindre, ne recherche pas la finesse, quand tu t'y mets. Tu recevras bien assez de subtilité de Sheba. – Il laisse son regard dériver sur le fleuve, par-delà les arbres. – Je te retrouve à déjeuner. Demande à Madame Brigitte de te trouver un chapeau. Après tes cours, cet après-midi, nous irons ramer.

Une fois le comte parti, Hannibal ne se met pas tout de suite au travail. Il flâne dans le studio principal, contemplant les ébauches du comte, effleure le divan de sa main, prend un pan du kimono entre ses doigts et le rapproche de son visage. Il va soulever le bout de tissu qui couvre la toile. Le comte a commencé un tableau de Dame Murasaki allongée sur le divan, nue. L'image pénètre dans ses yeux écarquillés. Des points lumineux dansent sur ses pupilles, des lucioles se mettent à briller dans sa nuit.

L'automne approche. Dame Murasaki organise des dîners en plein air pendant lesquels ils peuvent admirer la Lune des moissons, écouter les insectes de septembre. Pendant qu'ils attendent que l'astre paraisse, Chiyoh joue du luth dans la pénombre et les grillons se taisent peu à peu. Avec pour seuls guides le bruissement de la soie et un certain parfum, Hannibal sait toujours exactement où Dame Murasaki se trouve.

Le comte lui a expliqué que les gryllides français ne peuvent rivaliser avec le sublime grillon-cloche du Japon, le *souzoumoushi*, mais il faut s'en contenter. Avant-guerre, il a plusieurs fois tenté de faire venir des *souzoumoushis* pour Dame Murusaki ; aucun n'a survécu au voyage, cependant, et il a préféré ne jamais lui en parler.

Les soirs d'orage, quand l'air reste chargé d'humidité après une averse, ils jouent au jeu des arômes : Hannibal brûle diverses sortes d'écorces et d'encens sur une plaque de mica, et Chiyoh doit les nommer. Dans ces moments, c'est Dame Murasaki qui prend le luth pour permettre à sa suivante de se concentrer ; interprète accomplie – c'est elle qui a initié Chiyoh à l'instrument –, elle développe parfois des phrases musicales venues d'un répertoire qu'Hannibal ne connaît pas.

Il a été envoyé à l'école du village suivre des cours particuliers, devenant l'objet de la curiosité générale parce qu'il ne peut réciter à haute voix. Le deuxième jour, un chenapan d'une grande classe a craché dans les cheveux d'un petit nouveau. Hannibal lui a cassé le coccyx et le nez. On l'a renvoyé chez lui. Son expression ne s'est modifiée à aucun moment.

Depuis, il reste à la maison et suit les cours destinés à Chiyoh. Celle-ci est promise depuis des années au fils d'une famille de diplomates japonais. Âgée de treize ans, elle reçoit de Dame Murasaki l'enseignement dont elle aura besoin.

Si les matières et la méthode diffèrent beaucoup du magistère de M. Jakov, elles ont la même beauté subtile que les mathématiques telles que les expliquait son ancien maître, et Hannibal est en tout point fasciné.

Debout devant les fenêtres de son boudoir, dans la lumière du jour, Dame Murasaki leur apprend la calligraphie et la peinture sur les pages du journal du matin. Elle est capable d'obtenir des effets remarquablement délicats avec un large pinceau. Voici le symbole de l'éternité, annonce-t-elle en traçant une forme triangulaire agréable à l'œil. En contrebas du gracieux dessin, le gros titre du quotidien proclame : LES MÉDECINS DE LA MORT CONDAMNÉS À NUREMBERG.

— Cet exercice est appelé « l'éternité en huit traits de pinceau », dit-elle. Essayez !

À la fin du cours, Dame Murasaki et Chiyoh plient chacune une grue d'origami, qui rejoindront les autres sur l'autel du grenier.

Quand Hannibal saisit une feuille de papier japonais pour fabriquer un oiseau lui aussi, le regard perplexe que Chiyoh lance à sa maîtresse le décontenance. Il se sent de trop, un court instant. Dame Murasaki lui tend les ciseaux. Plus tard, elle reprendra la jeune fille pour ce manque d'égard, qui serait jugé intolérable dans un milieu pétri de courtoisie diplomatique.

— Chiyoh a une cousine à Hiroshima, explique Dame Murasaki au garçon. Son nom est Sadako. Elle est en train de mourir, à cause des radiations. Mais elle est persuadée que si elle parvient à confectionner mille grues en papier, elle aura la vie sauve. Ses forces ne cessent de décliner, alors nous l'aidons chaque jour à parvenir à ce but. Que les grues aient un effet curatif ou non, elle est dans nos pensées quand nous plions ces oiseaux, elle et tous ceux qui dans le monde ont été empoisonnés par la guerre. Vous fabriqueriez des grues pour nous, Hannibal, et nous pour vous. Allons, faisons-en tous ensemble, pour Sadako.

19

Chaque jeudi, un joli marché installe ses auvents autour de la fontaine du village et de sa statue du maréchal Foch. La brise porte le vinaigre iodé des barils du marchand de cornichons, et le parfum d'océan venu des poissons et des crustacés sur leur lit d'algues.

Quelques postes de radio se livrent à une compétition de chansons à la mode. Le joueur d'orgue de Barbarie et son singe, relâchés après le petit déjeuner de l'une de leurs fréquentes nuits à la prison locale, égrènent interminablement les notes de *Sous les ponts de Paris* jusqu'à ce que quelqu'un donne un verre de vin au premier, un bout de nougat aux cacahuètes au second. L'homme avale le vin d'un trait et s'empare de la moitié du nougat tandis que le singe, de ses petits yeux malins, note dans quelle poche son maître fourre la sucrerie. Deux gendarmes s'approchent, communiquent au musicien les avertissements habituels, et comme toujours sans effet. Ils trouvent que le nougat a un goût de ranci.

L'objectif de Dame Murasaki est l'étal des « Légumes Bulot ». Ce maraîcher aux produits exceptionnels propose de la fougère crosses de violon, dont le comte raffole mais qui se vend très rapidement quand il en a.

Hannibal traîne derrière elle, un panier au bras. Il s'arrête pour regarder un fromager passer un chiffon huilé sur une corde de piano, avec laquelle il coupe dans une grosse roue de gruyère. Après lui en avoir proposé un copeau, le marchand le prie d'en faire l'éloge à Madame.

Ne voyant pas de fougères à l'étalage, Dame Murasaki n'a pas le temps de s'enquérir : déjà Bulot, celui-des-légumes, sort un seau de stolons caché sous ses tréteaux :

— Elles sont tellement exceptionnelles que je ne voulais pas que le soleil les touche, Madame. En attendant que vous veniez, je les ai couvertes de ce linge, que j'ai humecté non pas avec de l'eau, mais avec la rosée du jardin !

De l'autre côté de l'allée, en face du maraîcher, Paul Momund est assis à son billot de boucher dans son tablier taché de sang, occupé à vider de la volaille. Il jette les viscères dans un seau, garde les foies et les gésiers dans deux bocaux. C'est un grand gaillard corpulent dont l'avant-bras est marqué d'un tatouage, une cerise accompagnée de la formule : « C'est la mienne, où est la tienne ? » Le rouge de la cerise s'est fané, désormais plus pâle que le sang sur ses mains. Plus à même d'accueillir la clientèle, le frère de Paul le Boucher tient le comptoir sous l'écriteau « Momund, boucherie de qualité ».

Il apporte à son frère une oie à plumer. Après avoir bu une rasade à la bouteille de marc posée à ses pieds, Paul passe sa main sale sur sa bouche, laissant une traînée de sang et de plumes à travers son visage.

— Vas-y doucement, Paul, lui conseille l'autre. Nous avons une longue journée devant nous.

— Pourquoi tu la trousses pas toi-même, la foutue bestiole ? rétorque Paul, ajoutant : C'est que tu trousses rien du tout, toi ! – et il se trouve très drôle.

Hannibal est en train d'observer une tête de porc dans la vitrine quand il entend la voix de Paul s'enfler soudain :

— Hé, la Japonaise !

Bulot maintenant, des « légumes Bulot » :

— Je vous en prie, monsieur ! Ça ne se fait pas !

Et, Paul, à nouveau :

— Hé, la Jap' ! Dis-moi un peu, c'est pas vrai que vous avez la chatte fendue dans le sens de vos yeux bridés, vous autres ? Avec un petit nuage de poils bien raides par en dessus, pareil qu'un champignon atomique ?

C'est alors qu'Hannibal voit Paul, sa trogne maculée de sang et de plumes, *comme celle de Yeux-Bleus, comme Yeux-Bleus en train de ronger une dépouille d'oiseau…*

Paul se tourne déjà vers son frère :

— Je vais te raconter ! Une fois, j'en ai eu une, à Marseille, elle était capable de t'attraper tout ton…

La cuisse de mouton l'atteint en pleine figure et le fait tomber en arrière, dans les intestins de volaille renversés. Hannibal est sur lui, martelant sa face avec le gigot jusqu'à ce que celui-ci lui échappe de la main, qu'il tend derrière lui pour saisir le couteau sur le billot. Il ne le trouve pas mais ses doigts tombent sur un amas de viscères de poulet qu'il attrape et qu'il écrase sur le visage du boucher. Paul qui riposte avec ses grosses paluches sanglantes, le frère de Paul qui assène un coup de pied dans la nuque d'Hannibal et s'empare d'un maillet à viande sur le comptoir, Dame

Murasaki qui surgit soudain, le repousse, et puis un cri : « *Kiaï !* »

Dame Murasaki a posé sur la gorge du frère du boucher la pointe d'un grand couteau, à l'endroit exact où un boucher saignerait un cochon. « Pas un seul geste, monsieur », commande-t-elle. Ils restent ainsi un long moment, parfaitement immobiles, pendant que des coups de sifflet de la maréchaussée se rapprochent. Les larges mains de Paul qui se ferment sur la gorge d'Hannibal, l'œil affolé du frère qui essaie d'apercevoir la base de son cou menacé par l'acier, Hannibal qui tâtonne sur la table derrière lui, tâtonne… Leurs souliers glissant sur les entrailles de volaille, deux gendarmes séparent Paul le Boucher et le garçon. L'un d'eux soulève Hannibal et le repose de l'autre côté du comptoir.

Même si la voix d'Hannibal est rouillée à force de ne pas avoir servi, le boucher comprend sans mal. Il a dit « Animal », sur un ton parfaitement calme. Cela sonne comme un constat de taxinomie plutôt qu'une insulte.

La gendarmerie donne sur la place du marché. Un planton se tient derrière le comptoir à l'entrée. Le commandant est en civil, un costume tropical en lin tout fripé. La cinquantaine, vieilli par la guerre. Dans son bureau, il offre des sièges à Dame Murasaki et à Hannibal avant de s'asseoir lui-même. Sa table est vide, à l'exception d'un cendrier Cinzano et d'un flacon de Clanzoflat, une potion contre les maux d'estomac. Il propose à Dame Murasaki une cigarette qu'elle refuse avec courtoisie.

Les deux gendarmes qui sont intervenus dans l'altercation font leur entrée. Ils vont se placer contre le mur, d'où ils jettent des regards en biais à l'exotique visiteuse.

— Quelqu'un vous a résisté, a fait usage de violence contre vous ? demande l'officier à ses hommes.

— Non, mon commandant.

D'un geste, il leur fait signe de poursuivre leur déposition. Le plus âgé des gendarmes sort son calepin.

— D'après Bulot, des « Légumes Bulot », le boucher a perdu la raison et il a cherché à prendre le couteau. Il criait qu'il allait tuer tout le monde, y compris… toutes les bonnes sœurs dans l'église.

Le commandant roule des yeux excédés mais se contient.

— Il était avec Vichy, ce boucher, explique-t-il. Tout le monde le déteste, comme vous le savez sans doute. Je vais m'occuper de lui personnellement. Je suis désolé que vous ayez eu à subir cet affront, madame Murasaki. Si tu es à nouveau témoin d'un comportement inacceptable envers cette dame, jeune homme, je veux que tu viennes me prévenir tout de suite. Tu as compris ? – Hannibal fait oui de la tête. L'officier de gendarmerie se lève et va se poster derrière la chaise du garçon. – Je ne laisserai personne se faire attaquer dans ce village. Sinon par moi. Excusez-moi, Madame. Suis-moi, Hannibal.

Dame Murasaki lui adresse un regard interrogateur auquel il répond par un bref signe de tête négatif.

Le commandant entraîne Hannibal à l'arrière du bâtiment. Deux cellules, l'une occupée par un ivrogne en train de ronfler, l'autre récemment abandonnée par le joueur d'orgue de Barbarie et son singe, dont le bol d'eau est resté par terre.

— Entre là-dedans.

Hannibal se tient au milieu de la cellule, dont le commandant referme la grille. Le bruit dérange l'ivrogne dans son sommeil. Il s'agite en marmonnant.

— Regarde le sol. Tu vois comme les lattes du plancher sont tachées et gondolées ? Ce sont les larmes qui ont corrodé le bois. Essaie d'ouvrir cette grille. Tu vois, c'est impossible, de l'intérieur. Avoir du caractère, c'est un don utile mais parfois dangereux. Sers-toi de ton bon sens et tu n'auras jamais à croupir dans une cellule comme celle-là. Je ne donne toujours qu'une chance, une seule. C'est la tienne, maintenant. Mais ne recommence pas. Ne fouette plus personne avec de la viande.

Le commandant reconduit Dame Murasaki et Hannibal à leur voiture. Pendant que le garçon s'installe, elle prend le gendarme à part :

— Je ne veux pas que le comte soit mis au courant, commandant. Le docteur Rufin pourrait vous expliquer pourquoi.

Il s'incline.

— Si cette affaire parvient aux oreilles du comte et qu'il m'interroge, je lui dirai qu'il y a eu une rixe d'ivrognes et qu'Hannibal s'est retrouvé au milieu. Je suis désolé que la santé du comte laisse à désirer. Pour le reste, il est le plus fortuné des hommes.

Dans l'isolement de son château et de son art, il est très possible que le comte n'ait jamais appris ce qui s'est passé. Mais le soir même, alors qu'il est en train de fumer un cigare, Serge, le chauffeur, revient du village avec le journal du soir et demande à lui dire quelques mots.

Le marché du lendemain est à Villiers, à une quinzaine de kilomètres du château. Gris d'insomnie, le comte descend de voiture au moment où Paul le Boucher décharge un demi-mouton sur son étal. La canne de Robert Lecter le fouette sur la bouche, une fois, puis le comte continue à le rouer de coups.

— Ordure ! Oser insulter ma femme !

Laissant tomber la carcasse, Paul repousse brutalement le comte, dont il envoie la frêle silhouette heurter le comptoir. Mais Lecter revient sur lui, canne levée, avant de s'immobiliser avec une expression stupéfaite sur les traits. Il a à peine le temps de porter ses deux mains sur son gilet, à hauteur de poitrine, avant de s'effondrer tête la première derrière l'étal du boucher.

20

Révulsé par le bêlement pleurnicheur des hymnes et l'absurdité monocorde du rituel funéraire, Hannibal Lecter, treize ans et dernier de sa lignée, se tient près de Dame Murasaki et de Chiyoh à l'entrée de la nef, serrant machinalement la main aux endeuillés qui passent devant eux en quittant l'église. Sitôt dehors, les femmes se hâtent de retirer le châle de leur tête, conscientes du risque d'être prises à parti en raison des préjugés de l'après-guerre quant aux crânes rasés.

Une cohue de journalistes parisiens et de reporters d'agences de presse est là pour rendre compte de la disparition d'un artiste qui les a évités durant toute sa vie. Dame Murasaki n'a rien à leur dire.

Plus tard dans cette journée interminable, l'avocat du comte se présente au château en compagnie d'un fonctionnaire des impôts. La maîtresse de maison leur offre le thé.

— Je regrette de venir vous importuner dans votre deuil, Madame, déclare le fonctionnaire, mais je tenais à vous assurer que vous disposerez de tout le temps nécessaire afin de prendre vos dispositions avant la mise aux enchères du château, en vue de couvrir les droits de succession. Nous aurions été heureux de nous contenter de votre solvabilité à cet égard mais c'est hélas impossible, désormais que votre statut de résidente en France est remis en question…

La nuit arrive, enfin. Hannibal accompagne Dame Murasaki jusqu'à la porte de ses appartements, où Chiyoh a improvisé un lit supplémentaire pour rester avec elle.

Il reste longtemps éveillé dans sa chambre. Quand le sommeil consent à venir, il est accompagné de rêves.

Le visage de Yeux-Bleus taché de sang et de plumes se transforme en celui de Paul le boucher, puis retourne à sa première apparence, puis…

Hannibal se réveille dans le noir mais les trognes continuent à se succéder comme des hologrammes sur le plafond. Maintenant qu'il a retrouvé l'usage de la parole, il ne crie pas.

Il se lève et monte à pas de loup au studio du comte. Il allume les candélabres de part et d'autre du chevalet. Depuis que leur créateur n'est plus là, les portraits suspendus aux murs ont gagné plus de présence, qu'ils soient achevés ou encore à l'état d'ébauches. Hannibal les sent se tendre vers l'esprit du comte, comme s'ils s'attendaient à le trouver vivant.

Les pinceaux bien nettoyés de son oncle sont debout dans une boîte en métal, ses craies et fusains alignés sur leur support. Le tableau de Dame Murasaki a disparu. Elle a également emporté le kimono qu'elle avait laissé sur le crochet.

Hannibal se met à peindre avec de grands gestes du bras, ainsi que le comte le lui avait conseillé. Il essaie de libérer l'énergie par de vastes diagonales sur le papier journal vierge qu'il taillade de couleurs. Ça ne marche pas. Un peu avant l'aube, il renonce à forcer ses effets : il laisse sa main aller, se contentant de regarder ce qu'elle lui révèle.

21

Assis sur une souche dans une petite sommière en bordure du fleuve, Hannibal pince les cordes du luth et regarde une araignée tisser. C'est une splendide faiseuse d'orbes, jaune et noire, qui travaille sans relâche. La toile tout entière vibre de son activité. L'araignée semble stimulée par les notes qu'Hannibal égrène sur l'instrument ; elle court à chaque extrémité de son piège, à la recherche de captifs.

Même s'il n'est pas loin de la ligne mélodique japonaise, Hannibal ne peut éviter quelques couacs. Il pense à la suave voix d'alto de Dame Murasaki quand elle s'exprime en anglais, à ses rares mais frappantes déviations de l'harmonique occidentale. Sans cesser de jouer, il approche le luth de la toile, l'éloigne. Une coccinelle trop lente percute le filet ; l'araignée se précipite sur elle pour l'emprisonner.

L'air est chaud, immobile, le fleuve sans une ride. Près de la rive, les puces d'eau sautent à la surface, les libellules filent au-dessus des roseaux. Paul le Boucher rame d'une seule main et laisse sa petite barque dériver sous les saules qui pleurent sur la berge. Des grillons stridulent en doubles croches dans son panier d'appâts, attirant une mouche verte qui échappe à la grosse patte de Paul lorsqu'il ouvre le panier pour s'emparer d'un grillon et le passer sur son hameçon. Il lance sous les arbres ; aussitôt, le flotteur plonge et sa canne prend vie.

Il ramène son poisson, l'accroche avec ses autres prises sur le filin qui court le long de l'embarcation. Trop occupé pour prêter attention à une sonorité de cordes pincées qui flotte au loin, il suce une goutte de sang de carpe restée sur son pouce, reprend sa rame et gagne un ponton sur la rive boisée, là où il a laissé sa camionnette. Penché au bord de la jetée, il lave les plus grosses pièces en les frottant contre la pierre rugueuse et les jette dans un sac en toile qui contient quelques blocs de glace. Les autres poissons, encore vivants, se débattent contre les mailles, cherchant vainement à se cacher.

Un accord vibrant, étrangement faux, venu d'un monde très loin de la France. Paul jette un coup d'œil à la camionnette, comme si le bruit pouvait être d'origine mécanique. Son couteau de pêcheur toujours à la main, il remonte jusqu'au véhicule, inspecte l'antenne-radio, les pneus, s'assure que les portières sont verrouillées. Le son se reproduit, indubitablement musical, maintenant.

Se fiant à son oreille, Paul contourne quelques buissons et se retrouve dans une modeste clairière où Hannibal, assis sur une souche, gratte le luth japonais dont l'étui est posé debout contre la roue d'une motocyclette. Il a un carnet de croquis à côté de lui. Méfiant, le boucher s'en retourne aussitôt à sa camionnette, ouvre le capot et vérifie le carburateur, au cas où on aurait versé du sucre dans l'essence. Hannibal ne relève pas les yeux de son instrument jusqu'à ce que Paul, revenu sur ses pas, apparaisse devant lui.

— Paul Momund, boucherie de qualité, énonce Hannibal posément.

Sa vision est d'une particulière acuité, chaque forme découpée en rouge comme dans la réfraction du givre sur une vitre, ou sur les bords d'une lentille.

— Alors tu t'es mis à parler, muet de mes deux ! Si jamais tu as pissé dans le radiateur de mon camion, je t'arrache ta putain de tête. Et il n'y a pas de flics pour t'aider, par ici !

— Ni pour vous aider, non plus. – Un arpège sur le luth, – Votre conduite a été impardonnable.

Déposant son instrument à ses pieds, Hannibal saisit le carnet de croquis en regardant fixement Paul. Il se sert de la pulpe de son petit doigt pour ombrer un détail sur son dessin, tourne la page et tend au boucher le carnet ouvert sur une feuille vierge :

— Vous devez des excuses écrites à une certaine dame.

Paul sent mauvais, trouve-t-il. Sébum et cheveux sales.

— Tu es complètement fou d'être venu ici, mon gars.

— Écrivez. Que vous regrettez, que vous vous rendez compte à quel point vous êtes méprisable, que vous ne vous permettrez plus jamais de lui adresser un regard ou un mot au marché.

— Faire des excuses à la Jap' ? – Paul s'esclaffe. – Ce que je vais faire, pour commencer, c'est te foutre à la baille pour te dessaler un peu. – Il sort le couteau de sa poche. – Et ensuite, peut-être que je découperai ton falzar pour te faire sentir cette lame là où t'en as pas du tout envie…

Il avance d'un pas menaçant, Hannibal recule vers la moto et l'étui du *koto*, s'arrête brusquement :

— Vous vous êtes interrogé au sujet de sa chatte, si je me rappelle bien. Dans quel sens disiez-vous qu'elle était fendue ?

— Hein ? C'est ta mère, ou quoi ? Les chattes de Jap' sont fendues en… en travers, ouais ! T'as qu'à baiser la petite bridée et tu verras bien !

Il charge Hannibal, ses énormes paluches prêtes à broyer, mais d'un seul mouvement le garçon retire l'épée courbe de l'étui et taillade la bedaine du boucher à l'horizontale.

— En travers comme ça ?

Répercuté par les arbres, le hurlement fait fuir les oiseaux alentour. Paul plaque ses deux mains sur son ventre, les écarte : elles sont couvertes d'un sang épais. Il baisse les yeux sur la plaie ouverte et tente de se contenir, d'arrêter les intestins qui fusent entre ses doigts, l'abandonnent. Faisant un pas de côté, entraîné par son arme, Hannibal le sabre à nouveau, cette fois sur les reins.

— Ou bien plus tangentiel à la colonne vertébrale ?

Il brandit maintenant l'épée pour le larder de X. Les yeux béants de stupeur, Paul tente de s'échapper, la lame crisse sur la clavicule, un chuintement artériel qui éclablousse Hannibal au visage, les deux coups suivants lui coupent les jarrets, littéralement, et le boucher s'effondre en mugissant comme un bœuf.

Il a son dos contre la souche. Ses bras ne réagissent plus. Hannibal se penche sur lui.

— Voudriez-vous voir mon dessin ?

Il lui présente le carnet. Il a dessiné la tête de Paul le Boucher sur un plateau, une étiquette dans les cheveux sur laquelle on lit : PAUL MOMUND, BOUCHERIE DE

QUALITÉ. La vue de Paul Momund s'obscurcit à la périphérie. Hannibal balance l'épée dans les airs et l'espace d'un instant tout devient penché pour Paul, jusqu'à ce que la pression sanguine s'épuise et que le noir complet se fasse.

Dans ses ténèbres personnelles, Hannibal entend la voix de Mischa à l'approche furibonde du cygne, et il répète tout haut :

— Oh, Anniba' !

L'après-midi s'éteint. Hannibal s'attarde dans la lumière déclinante, les yeux fermés, adossé à la souche sur laquelle repose la tête du boucher. Il ouvre les paupières et reste encore immobile de longues minutes. Enfin, il se lève et descend au ponton. Le filin auquel les poissons sont retenus est une mince chaîne. En la voyant, il frotte machinalement la cicatrice autour de son cou. Les poissons vivent encore. Il trempe sa main dans l'eau avant de les toucher, de les libérer un par un.

— Allez ! leur dit-il. Allez !

Et il jette la chaîne vide dans le fleuve, très loin

Il rend aussi leur liberté aux grillons.

— Allez, allez ! répète-t-il.

Puis il regarde dans le sac de toile. La vue d'une pièce charnue et luisante éveille soudain son appétit.

— Miam.

22

Dans un village dont le maire et plusieurs de ses adjoints ont été fusillés par les Allemands en représailles à des opérations de la Résistance, la mort violente de Paul le boucher n'est guère prise au tragique.

L'essentiel dudit Paul repose maintenant sur la table d'embaumement en zinc des pompes funèbres Roget, où il succède à feu le comte Lecter. Dans le crépuscule, une Citroën traction avant s'arrête devant les locaux du croque-mort. Le gendarme en faction se précipite pour ouvrir la portière.

— Bonsoir, monsieur l'inspecteur.

L'homme qui émerge de la voiture a la quarantaine, et de la prestance dans son costume bien coupé. Après avoir répondu au salut du gendarme par un signe de tête bienveillant, il se retourne vers le chauffeur de la Citroën et un autre policier installé sur la banquette arrière :

— Vous emmenez les dossiers à la gendarmerie, maintenant.

Il rencontre le directeur des pompes funèbres, M. Roget, et le commandant des gendarmes dans la salle d'embaumement, toute de carreaux en faïence étincelants, avec moult robinets, tuyaux et instruments rangés dans des casiers en verre.

À la vue de l'important personnage tout juste arrivé de Paris, le commandant rayonne :

— Inspecteur Popil ! Je suis tellement heureux que vous ayez pu venir ! Vous ne vous souvenez pas de moi, évidemment, mais je…

— Bien sûr que si, le coupe l'inspecteur en le jaugeant posément. Commandant Balmain. C'est vous qui avez conduit De Rais à Nuremberg. Vous étiez assis juste derrière lui, au procès.

— J'ai vu que vous aviez apporté les preuves. Quel honneur, monsieur l'inspecteur…

— Oui… Voyons un peu.

Laurent, l'assistant de M. Roget, retire le drap. Le cadavre est encore vêtu. Des raies écarlates le traversent en diagonale là où ses habits ne sont pas noirs de sang. Il a perdu sa tête.

— Paul Momund, ou ce qu'il en reste, annonce le commandant. C'est son dossier ?

Popil acquiesce du bonnet.

— Bref, mais très laid. Il traquait les juifs et les envoyait aux Boches depuis Orléans…

Il contemple le corps en tournant lentement autour de lui, soulève le bras sur lequel le tatouage grossier semble plus coloré au milieu de la pâleur cadavérique, et continue comme s'il réfléchissait à voix haute.

— Ces blessures aux mains, quand il essayait de se défendre, de toute évidence… Mais ces marques sur les phalanges, là, datent de plusieurs jours. Il s'était battu récemment.

— Et souvent ! complète l'entrepreneur des pompes funèbres.

Laurent, le subalterne, se risque :

— Samedi dernier, une rixe dans un bar. Il a fait sauter des dents à un bonhomme, bang, et à une fille, bang-bang !

Il illustre la violence des impacts en rejetant brutalement sa tête en arrière, ce qui fait tressauter ses frisettes sur son crâne étroit.

— La liste, s'il vous plaît. La liste de ses adversaires les plus récents. – L'inspecteur s'incline encore plus sur la dépouille et renifle ostensiblement. – Vous n'êtes pas intervenu sur ce corps, n'est-ce pas, monsieur Roget ?

— Mais non, monsieur l'inspecteur ! Le commandant m'a explicitement demandé de ne pas y toucher tant que…

Popil lui fait signe de s'approcher de la table. Il s'exécute, imité par Laurent.

— Cette odeur… Est-ce quelque chose dont vous avez l'habitude de vous servir ?

— Eh bien… Ça sent le cyanure, pour moi ! s'exclame Roget. Il a d'abord été empoisonné !

— Cyanure, observe l'inspecteur. Une odeur d'amandes brûlées.

— Ou de… de médicament contre le mal de dents, souffle Laurent en portant instinctivement la main à sa mâchoire.

M. Roget jette un regard courroucé à son assistant.

— Imbécile ! Et où vois-tu ses dents ?

— Il a raison, intercède l'inspecteur. De l'extrait de clous de girofles. Commandant ? J'aimerais voir le pharmacien du village, ainsi que ses registres.

Sous la supervision du cuisinier en chef, Hannibal met au four le superbe poisson avec ses écailles, couvert d'herbes aromatiques, dans une croûte de sel de Guérande. Une fois sortie, le chef brise la croûte d'un coup sec du manche de son couteau. La peau et les écailles partent avec. La cuisine s'emplit d'une délicieuse odeur.

— Observe, Hannibal, lui enjoint-il : ce qu'il y a de meilleur, dans un poisson, ce sont les joues. C'est souvent le cas pour nombre de créatures vivantes… Si tu le découpes à table, tu sers l'une des joues à Madame, l'autre à l'invité d'honneur. Si tu prépares les assiettes à l'office, tu te les gardes toutes les deux pour toi et tu te les manges, évidemment !

Serge revient du marché, chargé de courses. Il commence à vider les sacs et à ranger les produits de base. Derrière lui, Dame Murasaki entre sans bruit dans la cuisine.

— J'ai vu Laurent au Petit Zinc, est en train de raconter le chauffeur. Ils n'ont toujours pas retrouvé la sale tête du boucher, figurez-vous ! Il dit que le corps a été parfumé avec de l'huile de clous de girofle ! Non mais, vous vous rendez compte ? Le truc contre le mal de dents ! Il dit que…

Apercevant Dame Murasaki, Hannibal interrompt Serge.

— Vous devriez vraiment vous alimenter un peu, ma dame. Ce poisson a l'air excellent.

— Et j'ai rapporté du sorbet à la pêche, aussi, intervient Serge. Avec des pêches fraîches.

Elle regarde longuement Hannibal dans les yeux. Il lui sourit, très à l'aise.

— Pêche ! s'exclame-t-il.

23

Minuit. Dame Murasaki est étendue dans son lit. La fenêtre ouverte laisse entrer une douce brise qui apporte les effluves d'un mimosa en fleurs dans un coin de la cour. Elle repousse les couvertures pour sentir l'air passer sur ses bras, ses pieds. Les yeux levés vers le plafond sombre, elle entend le petit bruit sec que font ses cils à chaque battement.

En bas, au milieu de la cour, la vieille chienne s'ébroue dans son sommeil, dilate ses narines et inspire profondément. Quelques plis se forment sur son front charnu, puis elle se détend en retournant à d'agréables rêves de chasse et d'un goût de sang dans sa gueule.

Au-dessus de la chambre de Dame Murasaki, le parquet du grenier grince dans la nuit. Ce n'est pas le piaillement d'une souris ; les lattes ont bougé sous un poids. Prenant sa respiration, elle pose les pieds sur les dalles froides. Elle enfile un kimono léger, retouche sa coiffure, prend quelques fleurs dans un vase du couloir et s'engage dans l'escalier, une bougie à la main.

Le masque antique taillé dans la porte lui sourit. Se raidissant, Dame Murasaki pose ses doigts sur le visage en bois et le pousse. Le courant d'air plaque le tissu sur son dos, exerce une infime poussée. Très loin dans les combles obscurs, elle aperçoit une faible lumière vaciller. Tandis qu'elle se dirige vers ce point lumineux, la flamme de sa chandelle se reflète sur les masques nô qui la regardent passer et les grandes marionnettes s'agitent un peu dans l'air déplacé. Laissant derrière elle les panières en osier et les malles couvertes d'étiquettes qui contiennent ses nombreuses années en compagnie de Robert, elle approche de l'autel familial et de l'armure, éclairés par des veilleuses.

D'une forme indistincte, à peine définie par la lueur des bougies, un objet a été posé sur l'autel, face à l'armure. Posant sa lumière sur une caisse, elle regarde fixement la tête de Paul le Boucher installée sur une large coupe à fleurs *suiban*. Les traits de Paul sont propres et pâles, ses lèvres intactes, mais ses joues ont disparu et un filet de sang s'est échappé de sa bouche, formant une flaque à la base du cou comme l'eau sous un arrangement floral. Une étiquette est accrochée à ses cheveux, avec la mention soigneusement calligraphiée : MOMUND, BOUCHERIE DE QUALITÉ.

La tête fait face à l'armure, ses yeux levés vers le masque du samouraï. C'est dans cette direction que Dame Murasaki se tourne elle aussi lorsqu'elle prend la parole en japonais :

— Bonsoir, honorable ancêtre. Veuillez excuser ce bouquet inconvenant. Avec tout le respect que je vous dois, ce n'est pas ce genre d'aide que j'attendais de vous.

Machinalement, elle ramasse une fleur fanée et un ruban tombés sur le sol, les cache dans sa manche pendant que ses yeux inspectent le présentoir avec rapidité. L'épée longue est toujours à sa place, avec la hache de guerre, mais la courte n'est plus là.

Reculant d'un pas, elle ouvre la lucarne, aspire l'air nocturne de tous ses poumons. Son cœur bat sourdement dans ses tympans. La brise agite son kimono et les flammes des bougies.

Un mouvement léger parmi les costumes de nô. L'un des masques a des yeux et la regarde.

— Bonsoir, Hannibal, dit-elle, toujours en japonais.

La réponse s'élève de la pénombre, en japonais également :

— Bonsoir, gente dame.

— Pouvons-nous continuer dans une autre langue, Hannibal ? Il est certains sujets que je ne tiens pas à partager avec mon aïeul.

— À votre guise, ma dame. Nous venons d'épuiser mes ressources dans la vôtre, de toute façon.

Il avance dans la lumière, la courte épée et un linge à la main. Dame Murasaki va vers lui. L'autre épée est là, tout près sur son support, et elle peut la saisir à tout instant, si elle en a besoin.

— J'aurais pu me servir du couteau du boucher, explique Hannibal, mais l'épée de Masamuné-dono m'a paru tellement plus appropriée… J'espère que vous ne m'en voulez pas. La lame n'a pas une seule éraflure, je vous le promets. Ce boucher était comme du beurre.

— Vous me faites peur.

— Ne vous souciez de rien, je vous en prie. Je me chargerai de faire disparaître la… chose.

— Vous n'aviez pas à aller jusque-là pour moi.

— Je l'ai fait pour moi, Dame Murasaki, pour le respect que votre personne m'inspire. Si blâme il y a, il ne vous concerne pas. Je pense que Masamuné-dono a permis que je me serve de son épée. Un instrument fort extraordinaire, je dois dire.

Après l'avoir remise dans son fourreau, il la pose sur le présentoir en s'inclinant brièvement devant l'armure.

— Vous tremblez, reprend-il. Vous restez en possession complète de vos moyens et pourtant vous frissonnez comme un oiseau. Je ne me serais jamais présenté devant vous sans fleurs. Je vous aime, Dame Murasaki.

En bas, dans la cour, le cri à deux tons d'une sirène française résonne, une seule fois. La chienne se lève et rejette la tête en arrière pour aboyer.

Dame Murasaki vient à lui en hâte, prend ses mains dans les siennes, les soulève à hauteur d'yeux. Elle place un baiser sur son front puis, dans un chuchotement vibrant :

— Vite ! Il faut laver ces mains ! Chiyoh a des citrons dans sa chambre.

Plusieurs étages sous leurs pieds, le heurtoir tonne.

24

Dame Murasaki laisse attendre l'inspecteur Popil l'espace de cent battements de son cœur avant d'apparaître dans l'escalier. Debout au milieu du vestibule au plafond très haut, flanqué de son adjoint, il la regarde franchir le palier. Elle le découvre ainsi, immobile et aux aguets comme une élégante araignée montant la garde devant les fenêtres en ogives. Derrière les vitres, ce qu'elle voit est une nuit sans fin.

La respiration de l'inspecteur s'altère un peu quand il la regarde arriver. C'est un son subtil, mais amplifié par le dôme de l'entrée, et elle est à l'écoute du moindre bruit.

Sa descente est fluide, sans un mouvement superflu. Elle a les mains dans ses manches.

Les yeux rougis par le manque de sommeil, Serge se tient sur le côté.

— Madame Murasaki, ces messieurs sont de la police.

— Bonsoir.

— Bonsoir, chère madame. Je suis désolé de vous déranger si tard mais je dois vous poser quelques questions au sujet de votre… neveu ?

— Neveu, oui. Puis-je voir un document vous identifiant ?

Sa main émerge lentement du pli du kimono, se dénude devant eux. Elle déchiffre chaque ligne de la carte d'identité, examine la photographie avec attention.

— Inspecteur Pop-il ?

— Po-pil, Madame.

— Vous portez le ruban de la Légion d'honneur sur cette photographie, inspecteur.

— Oui, Madame.

— Merci de vous être déplacé en personne.

Un arôme fugace et frais flotte vers Popil quand elle tend le bras pour lui rendre la carte. Elle surveille son arrivée sur les traits de l'inspecteur, comprend qu'il l'a atteint à un minuscule froncement des narines, à une brèvissime contraction des pupilles.

— Madame… ?

— Murasaki Shikibu.

— Madame est la comtesse Lecter mais on emploie généralement son titre japonais, qui est Dame Murasaki, s'interpose Serge, réunissant son courage pour prendre la parole devant un policier.

— Eh bien, Dame Murasaki, j'aimerais m'entretenir avec vous en privé, et ensuite avec votre neveu en tête à tête.

— Avec tout le respect dû à vos fonctions, inspecteur, je crains que cela ne soit impossible.

— Oh, mais c'est très possible, au contraire, chère madame.

— Vous êtes le bienvenu sous notre toit, et nous répondrons à vos questions très volontiers. Ensemble.

Une voix venue du haut de la première volée de marches s'interpose :

— Bonsoir, inspecteur.

Popil se tourne vers Hannibal.

— Je veux que vous veniez avec moi, jeune homme.

— Certainement, inspecteur.

— Pouvez-vous m'apporter mon châle ? demande Dame Murasaki à Serge.

— Cela ne sera pas nécessaire, madame, tranche Popil. Vous restez ici. Je reviendrai vous parler demain. Aucun mal ne sera fait à votre neveu.

— C'est bien ainsi, ma dame, assure Hannibal.

À l'abri de ses manches, un relatif soulagement lui fait relâcher un peu les poignets qu'elle serrait entre ses doigts.

25

La salle d'embaumement est plongée dans l'obscurité et dans un silence seulement troublé par le robinet de l'évier qui goutte lentement. L'inspecteur apparaît sur le seuil, accompagné d'Hannibal. La pluie a teinté de lumière les épaules et les chaussures.

Momund est là, lui aussi. Hannibal capte son odeur. Il attend que Popil allume, curieux de découvrir ce que l'inspecteur juge si dramatique.

— Pourrais-tu reconnaître Paul Momund, si tu devais le revoir ?

— Je ferai de mon mieux, inspecteur.

Popil abaisse l'interrupteur. L'entrepreneur des pompes funèbres a déshabillé le cadavre et rangé ses vêtements dans des sacs en papier, conformément aux instructions. Il a aussi recousu l'abdomen en se servant d'une pièce de toile cirée pour bandage. Et il a enveloppé le cou d'une serviette, là où la tête manque.

— Te souviens-tu du tatouage du boucher ?

Hannibal fait quelques pas autour du cadavre.

— Oui. Je n'ai pas lu ce qui était écrit.

Il lance un coup d'œil à l'inspecteur par-dessus la dépouille, note la nuance matoise dans son regard.

— Eh bien, que lisez-vous, Hannibal ?

— « C'est la mienne, où est la tienne ? »

— Peut-être aurait-il fallu, à la place : « C'est la tienne, où est la mienne ? » « Voici ta première tuerie, où est ma tête ? » Qu'en pensez-vous ?

— J'en pense que vous valez mieux que cela. C'est ce que j'espère, en tout cas. Attendez-vous que ses plaies se remettent à saigner en ma présence ?

— Qu'est-ce que ce boucher a pu dire à la dame pour vous mettre dans cet état ?

— Il ne m'a mis dans aucun état, inspecteur. Il ne sortait que des ordures de sa bouche, insupportables pour tous, y compris moi. C'était un grossier personnage.

— Qu'a-t-il dit exactement, Hannibal ?

— Il a demandé s'il était vrai que les chattes japonaises étaient fendues dans l'autre sens. Il l'a hélée : « Hé, la Jap' ! »

— Dans l'autre sens… – Popil suit du doigt les lésions sur la bedaine du boucher, en les touchant presque. – Dans *ce* sens ?

Il scrute le visage d'Hannibal. Avec insistance. Incapable d'y déceler quoi que ce soit, il se rabat sur une autre question :

— Comment vous sentez-vous. De le voir mort ?

Le garçon jette un coup d'œil sous la serviette qui cache le cou sectionné.

— Je me sens détaché.

À la plus grande curiosité des villageois, qui n'ont jamais rien vu de tel, un polygraphe est installé au poste de gendarmerie. Arrivé de Paris avec l'inspecteur, le technicien procède à un grand nombre de réglages, certains uniquement destinés à la galerie. Les tubes chauffent, l'odeur de coton brûlé du matériau d'isolation venant s'ajouter à celle de la sueur masculine et des cigarettes. L'inspecteur lance un coup d'œil à Hannibal en train d'examiner la machine et demande à tous les autres de quitter la pièce. L'opérateur attache le détecteur de mensonges au bras d'Hannibal.

— Donnez votre nom, lui demande-t-il.

— Hannibal Lecter, répond celui-ci d'une voix rauque.

— Votre âge ?

— Treize ans.

Les stylets à encre courent sans hâte sur le rouleau de papier quadrillé.

— Depuis combien de temps résidez-vous en France ?

— Six mois.

— Connaissiez-vous Paul Momund, le boucher ?

— Nous n'avons jamais été présentés.

Les pointes sur le papier ne frémissent pas.

— Mais vous saviez qui il était.

— Oui.

— Avez-vous eu une altercation… Vous êtes-vous battu avec Paul Momund jeudi dernier, au marché ?

— Oui.

— Allez-vous à l'école ?

— Oui.

— Est-ce un établissement qui exige un uniforme ?

— Non.

— Gardez-vous par devers vous des informations compromettantes au sujet de la mort de Paul Momund ?

— Des informations… compromettantes ?

— Contentez-vous de répondre par oui ou non.

— Non.

Les pics et les vallées sur les lignes d'encre restent constantes : pas de variation de la pression artérielle, pouls régulier, respiration normale.

— Vous savez que le boucher est mort.

— Oui.

L'opérateur paraît s'affairer un instant sur les manettes de réglage du polygraphe.

— Avez-vous étudié les mathématiques ?

— Oui.

— La géographie ?

— Oui.

— Avez-vous vu le corps de Paul Momund après son décès ?

— Oui.

— Avez-vous tué Paul Momund ?

— Non.

Pas de trouble notable sur les tracés. Le technicien retire ses lunettes, un signal convenu avec l'inspecteur qui met fin à l'interrogatoire.

Un cambrioleur d'Orléans bien connu des services de police, au casier judiciaire déjà chargé, succède à Hannibal sur le fauteuil. Il patiente pendant que les deux hommes sortent dans le couloir se consulter. Popil déroule la bande de papier.

— Peau de lapin, murmure-t-il.

— Ce garçon ne réagit à rien ! se plaint l'opérateur. Ou bien c'est un orphelin de guerre qui a perdu toute capacité d'émotion, ou bien il a un sang-froid monstrueux.

— Monstrueux, répète l'inspecteur.

— Voulez-vous interroger le malfrat en premier ?

— Il ne m'intéresse pas, mais je veux quand même que vous le soumettiez au polygraphe. Et je vais peut-être le gifler deux ou trois fois en présence du garçon. Vous me suivez ?

Dans la descente qui précède le village, une motocyclette avance en roue libre, moteur et tous phares éteints. Le motard est en combinaison noire, une cagoule noire sur la tête. En silence, il contourne un coin de la place déserte, disparaît un instant derrière un camion postal garé en face de la poste et continue en s'aidant de ses deux pieds sur la chaussée. C'est seulement lorsqu'il atteint la montée au bout de l'agglomération qu'il remet les gaz.

L'inspecteur Popil et Hannibal sont assis dans le bureau du commandant de gendarmerie. Le policier lit attentivement les instructions sur l'étiquette du flacon de Clanzoflat. Il est tenté d'en prendre une dose, se ravise, pose la bobine de papier sur la table et lui donne une petite poussée de ses doigts pour qu'elle dévide ses lignes parallèles, dont les dentures lui font penser aux contreforts d'une montagne couronnée de nuages.

— Avez-vous tué le boucher, Hannibal ?

— Puis-je vous poser une question ?

— Oui.

— C'est un long voyage, depuis Paris… Êtes-vous spécialisé dans les morts de bouchers ?

— Non. Ma spécialité, ce sont les criminels de guerre. Et Paul Momund était soupçonné d'en être un. Les crimes de guerre ne s'effacent pas une fois la paix revenue, Hannibal… – Il s'interrompt pour étudier le slogan publicitaire sur chaque côté du cendrier Cinzano. – Je comprends peut-être mieux ta situation que tu ne le crois, sais-tu ?

— Et quelle est ma situation, inspecteur ?

— Tu es orphelin de guerre. Tu as vécu à la dure, tu t'es retranché en toi-même, ta famille a été décimée… Et puis enfin, enfin, ta belle-mère, une femme splendide en vérité, est venue te donner de quoi surmonter tout cela… – Il pose sa main sur l'épaule du garçon, cherchant à établir un lien entre eux. – À lui seul, son parfum a suffi à dissiper la pestilence du camp… Mais voici que le boucher crache son venin sur elle, ses immondices… Si c'est toi qui l'as tué, je puis comprendre. Parle-moi. Ensemble, nous pourrions expliquer au juge ce qui…

Hannibal se radosse à sa chaise, échappant au contact de Popil.

— « À lui seul, son parfum a suffi à dissiper la pestilence du camp »… Seriez-vous poète à vos heures, inspecteur ?

— Est-ce toi qui l'as tué ?

— Paul Momund s'est tué tout seul. Il a été victime de sa grossièreté et de sa stupidité.

Disposant d'une considérable expérience et d'une connaissance intime de l'horreur humaine, Popil dresse l'oreille. Il l'a enfin entendue, cette voix qu'il guettait depuis tout ce temps ! Son timbre est légèrement différent et elle ne manque pas d'être surprenante, sortie de la bouche d'un si jeune garçon. S'il n'a encore jamais capté cette fréquence spécifique, il en reconnaît aussitôt la nature : c'est la voix de l'Autre. Voilà longtemps qu'il n'avait plus éprouvé l'émotion du chasseur, la présence palpable d'un cerveau luttant contre le sien. Il la ressent sur la peau de son crâne et de ses avant-bras. C'est sa raison de vivre.

Une partie de lui-même avait désiré que l'auteur du crime fût le cambrioleur qui attend dehors, pourtant. Une autre imagine comment Dame Murasaki va se sentir seule et désireuse d'avoir de la compagnie si le garçon finit dans un centre de détention pour délinquants juvéniles…

— Le boucher était en train de pêcher. Il y avait du sang de poisson et des écailles sur son couteau, mais on n'a retrouvé aucune prise dans ses affaires. Or, votre cuisinier m'a raconté que tu avais rapporté une magnifique pièce pour le dîner. Où l'avais-tu trouvée ?

— Mais dans le fleuve, inspecteur. En pêchant. Nous gardons toujours une ligne avec des amorces derrière le hangar à bateaux. Je vous montrerai, si vous voulez. Est-ce vous qui avez choisi votre spécialité, inspecteur ? Les crimes de guerre ?

— Oui.

— Parce que vous avez perdu votre famille pendant la guerre ?

— Oui.

— Puis-je vous demander comment ?

— Certains sont tombés en combattant. D'autres ont été déportés à l'Est.

— Avez-vous attrapé les coupables ?

— Non.

— Mais c'était des hommes de Vichy. Des hommes comme le boucher.

— Oui.

— Pouvons-nous être absolument francs l'un envers l'autre ?

— Absolument.

— Regrettez-vous que Paul Momund ne soit plus de ce monde ?

Sortant d'une ruelle ombrée d'arbres à l'autre bout de la place, le coiffeur du village, M. Rubin, s'engage sur l'esplanade pour la promenade du soir de son petit fox terrier. Après avoir soûlé de paroles ses clients pendant la journée, M. Rubin en fait de même avec son chien la nuit venue. Il tire sur la laisse lorsque l'animal fait mine de s'attarder sur la bande d'herbe devant la poste.

— Tu devais accomplir ton devoir tout à l'heure, sur la pelouse de Philippe, quand personne ne regardait, tance-t-il le chien. Ici, tu risques de m'attirer une amende. Tu n'as pas d'argent, toi, donc ce serait à moi de payer !

Le terrier peine sur la laisse pour s'approcher de la boîte aux lettres installée sur le trottoir, s'empresse de lever la patte contre la colonne de base. Apercevant une tête au-dessus de la boîte rectangulaire, M. Rubin lance poliment dans la pénombre :

— Bonsoir, monsieur ! – Puis, à l'animal : – Ne t'avise pas de souiller monsieur, toi !

Le chien pousse un gémissement plaintif. C'est alors que Rubin se rend compte qu'il n'y a pas de paire de jambes de l'autre côté de la boîte aux lettres.

La moto fonce sur l'étroite route de campagne. Parfois, elle semble aller presque plus vite que le faible pinceau de son phare avant. Lorsqu'une rare voiture apparaît dans l'autre sens, le motard se cache dans les fourrés jusqu'à ce que ses feux arrière aient disparu.

Dans le hangar obscur du château, le phare s'éteint, les cylindres cliquètent en se refroidissant peu à peu. Retirant la cagoule noire, Dame Murasaki refait son chignon.

Les faisceaux des torches policières convergent sur la tête de Paul Momund au-dessus de la boîte aux lettres. Juste sous les cheveux, son front a été barré d'un seul mot : BOCHE. Soûlards noctambules et travailleurs de nuit se rendant à leur quart ont formé un cercle autour.

L'inspecteur Popil entraîne Hannibal tout près de la macabre composition, scrute ses traits dans la lueur reflétée par le visage livide du mort. L'expression du garçon n'est aucunement altérée.

— La Résistance a enfin eu Momund ! proclame le coiffeur, qui recommence pour qui veut l'entendre le récit de sa découverte, sans y inclure bien entendu l'infraction commise par son toutou.

Certains dans l'assistance estiment qu'un petit garçon comme Hannibal ne devrait pas être exposé à pareil spectacle. Une dame d'un certain âge, infirmière de la clinique en train de rentrer chez elle, l'affirme à voix haute.

Popil renvoie Hannibal au château dans une voiture de la gendarmerie. L'aube teinte déjà le ciel de rose. Avant d'entrer, il cueille quelques fleurs et les arrange dans son poing selon la hauteur de leur tige. Le poème qui doit les accompagner se forme dans son esprit alors qu'il égalise les queues. Trouvant le pinceau de Dame Murasaki encore humide sur un tréteau du salon-atelier, il s'en sert pour calligraphier les vers suivants :

Le héron bihoreau révélé
Par la lune ascendante des moissons,
Qui des deux est le plus gracieux ?

Ensuite, il bascule rapidement dans un sommeil plaisant. Il rêve de Mischa pendant l'été qui a précédé la guerre. Nounou avait installé sa baignoire dans le jardin du relais de chasse, laissant le soleil réchauffer l'eau du bain. Des papillons blancs des choux tournaient autour de la tête de l'enfant en train de barboter. Il avait cueilli une aubergine pour elle. Elle avait serré avec ravissement le légume violet, chauffé par les rayons.

Lorsqu'il se réveille, un message a été glissé sous sa porte, avec quelques fleurs de glycine chinoise. Sur la feuille : « Si l'on était harcelé par les grenouilles, on choisirait le héron. »

26

En perspective de son retour au Japon, Chiyoh offre à Hannibal un cours accéléré de japonais élémentaire dans l'espoir qu'il pourra ainsi faire un peu la conversation à Dame Murasaki et lui épargner le tracas de s'exprimer en anglais.

Découvrant en lui un élève doué pour la tradition Heian du dialogue par poèmes interposés, elle l'encourage à pratiquer ces échanges poétiques et lui confie que c'est un art en lequel son futur fiancé se montre tristement déficient. Elle lui fait jurer de toujours veiller sur Dame Murasaki, serments prêtés sur des objets qu'elle présume sacrés pour les Occidentaux mais aussi sur l'autel de grenier, et elle l'invite également à un pacte de sang qui nécessite de recueillir et de mêler quelques gouttes écarlates sur leur index respectif après l'avoir piqué avec une épingle.

Mais serments et pactes ne peuvent ralentir la fuite du temps, et quand Dame Murasaki et Hannibal font leurs valises pour Paris, Chiyoh prépare les siennes pour le Japon. À la gare de Lyon, Serge et Hannibal hissent sa malle dans le train qui va la conduire au port d'embarquement. Dame Murasaki reste à côté d'elle dans le compartiment jusqu'à la dernière minute, tenant la main de la jeune fille dans la sienne. Lorsqu'elles s'inclinent une dernière fois l'une devant l'autre, un observateur non initié pourrait croire qu'elles sont dénuées de toute émotion.

Sur le chemin de la maison, Dame Murasaki et Hannibal ressentent douloureusement l'absence de Chiyoh. Il n'y a plus qu'eux deux, désormais.

L'appartement parisien que le père de Dame Murasaki a quitté avant la guerre est très japonais, avec ses jeux subtils d'ombres et de laques. Si les meubles qu'elle déhousse un par un lui ramènent des souvenirs de son père, elle ne le laisse pas transparaître.

Avec l'aide d'Hannibal, elle drape à nouveau les lourds rideaux sur les côtés et le soleil entre à flots. Le garçon regarde la place des Vosges en bas, toute de lumière, d'espace ouvert et du rouge vibrant de la brique – l'une des plus belles places de Paris malgré son jardin qui porte encore les stigmates de la guerre.

Tout près d'ici, lors d'un tournoi où il portait les couleurs de Diane de Poitiers, le roi Henri II fut mortellement blessé à l'œil par les éclats d'une lance, et même Vésale accouru de Belgique à son chevet ne put le sauver.

Fermant une paupière, Hannibal tente d'évaluer l'endroit exact où Henri tomba, et c'est… Oui, sans doute juste là où l'inspecteur Popil vient de surgir. Une fleur en pot dans les mains, il lève la tête vers leur fenêtre. Hannibal ne lui fait pas signe.

— Je crois que vous avez de la visite, ma dame, dit-il par-dessus son épaule.

Dame Murasaki ne cherche pas à savoir qui c'est, et quand on frappe à la porte elle laisse s'écouler un moment avant d'aller ouvrir.

Popil entre, chargé de sa plante et d'un carton de friandises de chez Fauchon. Quand il tente de retirer son chapeau alors que ses mains sont ainsi encombrées, une certaine confusion s'ensuit, dissipée par Dame Murasaki qui finit par s'emparer elle-même de son couvre-chef.

— Bienvenue à Paris, madame. Le fleuriste m'a assuré que cette plante allait beaucoup se plaire sur votre terrasse.

— Ma terrasse ? J'ai l'impression que vous m'avez placée sous surveillance, inspecteur. Quoi, vous savez déjà que j'ai une terrasse !

— Plus encore. Je viens de vérifier de mes propres yeux que vous disposez d'un vestibule. Et je me crois autorisé à soupçonner que vous avez une cuisine.

— Vous procédez donc ainsi, de pièce en pièce ?

— Oui. C'est ma méthode. De pièce en pièce.

— Jusqu'à parvenir… où ? – Notant une certaine rougeur sur son front, elle décide de le laisser tranquille. – Eh bien, allons-nous l'installer à la lumière, cette plante ?

Quand ils s'approchent de lui, Hannibal est occupé à déballer l'armure. Debout à côté de la caisse, il tient le masque de samouraï. Le corps immobile, il ne tourne que la tête vers l'inspecteur, tel un oiseau de nuit. Ses yeux tombent sur le chapeau de Popil entre les mains de Dame Murasaki. Il estime la circonférence et le poids du crâne officiel à dix-neuf centimètres et demi, et six kilos.

— T'arrive-t-il de le mettre, ce masque ? lui demande l'inspecteur.

— Je ne l'ai pas mérité.

— Vraiment ?

— Vous arrive-t-il de porter vos nombreuses décorations, monsieur l'inspecteur ?

— Mais oui, à des cérémonies, quand le protocole l'exige.

— Des chocolats de chez Fauchon ! Très aimable à vous, inspecteur Popil. Ils vont dissiper la pestilence du camp, j'en suis sûr.

— Mais non l'odeur insistante des clous de girofle. Dame Murasaki ? Il faut que je vous parle de votre autorisation de résidence.

Ils sortent tous deux sur la terrasse. Hannibal les observe à travers la fenêtre. Il corrige son estimation de la boîte crânienne de Popil : vingt centimètres, assurément. Tout en conversant, l'inspecteur et Dame Murasaki déplacent la plante à plusieurs reprises, variant l'intensité de son exposition au soleil. Ils semblent avoir besoin de s'occuper.

Interrompant son travail, Hannibal s'agenouille près de la caisse et pose une main sur le pommeau en peau de requin de l'épée courte. Il regarde le policier par la fente des yeux du masque.

Dame Murasaki est en train de rire. L'inspecteur a dû faire une piètre tentative de se montrer spirituel qu'elle a eu l'amabilité de trouver drôle, suppose Hannibal. Lorsqu'ils reviennent dans le salon, elle les laisse aussitôt en tête-à-tête.

— Au moment de sa mort, Hannibal, ton oncle cherchait toujours à apprendre ce qui est arrivé à ta sœur en Lithuanie. Je peux essayer, moi aussi. Ce n'est pas facile, d'obtenir des informations des pays baltes. Les Soviétiques sont parfois coopératifs mais la plupart du temps ils font la sourde oreille. Je les relancerai sans cesse.

— Merci.

— De quoi te souviens-tu ?

— Nous habitions le relais de chasse. Il y a eu une explosion. Ensuite, je me rappelle que des soldats m'ont emmené avec eux et que je suis arrivé au village sur un tank. Ce qui s'est passé entre les deux moments, je ne m'en souviens pas. J'essaie, mais je n'y arrive pas.

— Oui. J'ai parlé au docteur Rufin. – Aucune réaction apparente. – Il ne donnera aucun détail sur vos conversations, bien sûr. – Le garçon demeure impassible. – Mais il m'a dit que tu étais très inquiet pour ta sœur, naturellement. D'après lui, il est très possible que la mémoire te revienne, un jour. Si jamais c'est le cas, si tu te rappelles quoi que ce soit, tu me le diras, n'est-ce pas ?

Hannibal regarde fixement Popil.

— Pour quelle raison je ne le ferais pas ?

Il aimait entendre le tic-tac d'une horloge. Ce serait plus facile, avec le tic-tac d'une horloge.

— Quand nous nous sommes entretenus après la… après l'incident Paul Momund, je t'ai dit que j'ai perdu ma famille pendant la guerre. Cela m'est très pénible d'y penser, très. Sais-tu pourquoi ?

— Dites-le-moi, inspecteur.

— Parce que je pense toujours que j'aurais dû les aider à survivre. Il y a toujours cette horrible possibilité de découvrir une chose que j'aurais pu faire pour eux et qui m'a échappé, que je n'ai pas vue… Si c'est cette même crainte que tu éprouves, je t'en prie, ne la laisse pas repousser un souvenir, une image de ta mémoire qui pourrait être une aide pour Mischa, aujourd'hui encore. Tu peux tout me raconter, absolument tout…

Voyant Dame Murasaki revenir dans la pièce, il se lève et s'empresse de changer de sujet.

— C'est un excellent lycée, oui, et tu y as bien mérité ta place. Si je peux te rendre service d'une manière ou d'une autre, je n'y manquerai pas. Je passerai te voir au lycée de temps en temps, d'accord ?

— Mais vous préférerez passer ici, note froidement Hannibal.

— Et vous serez toujours le bienvenu, s'empresse d'ajouter Dame Murasaki.

— Bonne journée, inspecteur, coupe le garçon.

Après avoir raccompagné Popil à la porte, Dame Murasaki réapparaît. La colère se lit sur ses traits.

— L'inspecteur a un faible pour vous, constate Hannibal. Je peux le voir sur son visage.

— Et que voit-il sur le vôtre ? Éveiller sa méfiance est dangereux.

— Vous allez le trouver ennuyeux.

— Et je vous trouve grossier. C'est surprenant, de votre part. Si vous voulez vous montrer grossier envers un visiteur, faites-le sous votre toit.

— Je veux rester ici, Dame Murasaki. Avec vous.

Le courroux l'abandonne.

— Non. Nous passerons les vacances ensemble, et les fins de semaine, mais vous devez rester à l'internat comme l'exige le règlement du lycée. Vous savez que ma main sera toujours sur votre cœur.

Et c'est là qu'elle la pose.

Sur son cœur. La main qui a tenu le chapeau de Popil, sur son cœur ! La main qui a pointé le couteau sur la gorge du frère de Momund ! La main qui a saisi la tête du boucher par les cheveux, l'a jetée dans un sac, puis installée sur la boîte aux lettres ! Le cœur d'Hannibal bat fort contre la paume de la femme, dont les traits sont indéchiffrables.

27

Les grenouilles ont été mises dans le formol avant-guerre. Si leurs organes ont jamais pu être différenciés par leurs couleurs, celles-ci ont disparu depuis longtemps. Dans l'odeur nauséabonde du laboratoire scolaire, il y en a une par groupe de six lycéens, penchés en cercle autour des plateaux sur lesquels chaque petit cadavre repose. Tandis qu'ils dessinent, des pellicules de gomme noircies tombent en saupoudrant la table. La salle est froide, car le charbon manque encore, et certains élèves portent des gants dont on a coupé le bout des doigts.

Hannibal se lève de son bureau, vient jeter un coup d'œil à la grenouille et retourne à sa place. Il n'a besoin de se déplacer ainsi qu'à deux reprises. Mû par sa méfiance professionnelle à l'encontre de ceux qui préfèrent s'asseoir tout au fond de la classe, le professeur Bienville s'approche discrètement de lui. Ses soupçons se voient justifiés : au lieu d'une grenouille, le garçon est en train de dessiner un visage.

— Hannibal Lecter ? Pourquoi ne travaillez-vous pas sur le spécimen ?

— Je l'ai fini, monsieur.

Il soulève la feuille, révélant une grenouille, parfaitement reproduite avec la précision et les contours assurés d'une planche anatomique de Leonardo da Vinci, les organes internes finement hachurés et ombrés.

L'enseignant dévisage longuement le lycéen, rajuste son dentier du bout de la langue et annonce :

— Je vais prendre ce travail avec moi. Il faut que je le montre à certaine personne. Vous en serez crédité, bien entendu. – Il replace la première feuille sur la tablette, l'observe un instant : – Et celui-ci, qui est-ce ?

— Je ne sais pas vraiment, monsieur. Un visage que j'ai aperçu quelque part…

En fait, c'est celui de Vladis Grutas mais Hannibal ignore son nom. Des traits qu'il a vus sur la face de la lune, et sur le plafond de sa chambre à minuit.

Une année de lumière grisâtre à travers les fenêtres d'une salle de classe. Elle est suffisante pour dessiner, au moins, et les salles changent au fur et à mesure que les enseignants évaluent ses capacités.

Enfin des congés, qui l'éloignent de l'école.

C'est le premier automne depuis la mort du comte et le départ de Chiyoh. Dame Murasaki ressent cette double perte avec plus d'acuité, soudain. Quand son mari était en vie, elle organisait à cette saison des soupers dans la prairie derrière le château, avec le comte, Hannibal et Chiyoh, pour admirer la lune des moissons et écouter les insectes de septembre. Maintenant, sur la terrasse de son appartement parisien, elle lit à Hannibal une lettre de Chiyoh dans laquelle celle-ci décrit les préparatifs de son mariage et ils regardent la lune presque pleine, mais aucun grillon n'est audible.

Le lendemain matin, très tôt, Hannibal referme son lit pliant dans le salon et traverse la Seine à bicyclette, jusqu'au Jardin des Plantes et à sa ménagerie, où il passe souvent s'enquérir. Il y a du nouveau, ce jour-là : un mot a été laissé pour lui, avec une adresse griffonnée dessus…

À dix minutes plus au sud, au coin de la Place Monge et de la rue Ortolan, il trouve la boutique. POISSONS TROPICAUX, OISEAUX ET ANIMAUX EXOTIQUES.

Après avoir pris un petit porte-documents dans la sacoche, il entre dans l'étroit magasin, envahi par des rangées d'aquariums et de cages. Pépiements, gazouillis, vrombissement des roues à hamster… Ça sent les graines, les plumes chaudes et la nourriture pour poissons.

De sa cage derrière la caisse enregistreuse, un grand perroquet s'adresse à Hannibal en japonais. Un homme d'un certain âge, aux traits orientaux, sort en souriant de l'arrière-boutique où il était en train de faire la cuisine.

— *Gomékoudasaï*, monsieur ?

— *Irashaïmasé*, monsieur.

— *Irashaïmasé*, monsieur ! répète le perroquet.

— Auriez-vous un grillon *souzoumoushi* à vendre, monsieur ?

— *Non, je suis désolé, monsieur*[1], répond le patron du magasin.

— *Non, je suis désolé, monsieur*, coasse le perroquet.

Fronçant les sourcils à l'adresse de l'indiscret volatile, le propriétaire passe à l'anglais pour ne plus être importuné.

1. En français dans le texte.

— Mais j'ai ici un grand choix de grillons de combat. Intrépides, toujours victorieux, célèbres dans tous les rassemblements de grillons !

— C'est pour offrir à une dame japonaise qui se languit d'entendre le chant d'un *souzoumoushi* à cette époque de l'année, explique Hannibal. Un grillon commun ne conviendrait pas.

— Je me garderais certes de suggérer un grillon de France, dont le chant n'est agréable que parce qu'il évoque la saison chaude. Mais hélas je n'ai pas de *souzoumoushi* à vendre. Peut-être cette dame serait-elle amusée par un perroquet disposant d'un ample vocabulaire en japonais, avec des expressions appropriées à toute situation ?

— Auriez-vous un *souzoumoushi* pour votre agrément personnel, monsieur ?

Le marchand regarde dans le vide pendant un moment. Sous la nouvelle République qui vient à peine de voir le jour, la législation régissant l'importation des insectes et de leurs œufs reste floue. Il se risque, finalement :

— Voudriez-vous l'entendre ?

— Ce serait un honneur, répond Hannibal.

Le Japonais disparaît derrière un rideau au fond de la boutique, et revient bientôt avec un grillon dans une petite cage, un concombre et un couteau. Il pose la cage sur le comptoir, coupe une infime tranche de concombre sous l'œil goulu du perroquet et le place devant l'insecte. Aussitôt, le chant du *souzoumoushi* s'élève, cristallin comme une clochette de traîneau. Le marchand écoute, une expression béate sur les traits.

Le perroquet tente d'imiter le grillon de son mieux, avec une bruyante insistance. Ses efforts ne lui apportant aucune récompense, il se met à tempêter dans sa prison jusqu'à ce qu'Hannibal en vienne à penser à son oncle Elgar et que le marchand recouvre la cage d'une housse.

— Merde ! peste l'oiseau sous le tissu.

— Croyez-vous que je pourrais payer les services d'un *souzoumoushi ?* En « louer » un, si je puis dire ? À la semaine ?

— Quel montant vous semblerait convenable ?

— Je pensais plutôt à un échange, dit Hannibal en sortant du porte-documents un petit dessin à l'encre et au fusain, une coccinelle sur une tige courbée.

Saisissant délicatement la feuille par les bords, l'homme la contemple dans la lumière, puis la pose contre la caisse enregistreuse.

— Je pourrais me renseigner auprès de mes collègues. Voulez-vous revenir après le déjeuner ?

Hannibal erre dans le quartier. Il achète quelques prunes à un étal du marché, les mange. Il s'arrête devant un magasin d'articles de chasse à la vitrine décorée de trophées, dont une tête de bouquetin des Pyrénées aux longues cornes. Posée dans un coin, il y a une très belle carabine à canon double, une Holland & Holland magnifiquement assemblée, sa crosse en bois si bien travaillée qu'elle paraît faire corps avec le métal et former un serpent aux courbes sinueuses. C'est une arme qui a l'élégance et un aspect de la beauté multiple de Dame Murasaki, pense-t-il, et là, sous le regard mort des trophées, l'idée le met plutôt mal à l'aise.

À son retour, le propriétaire de la boutique d'animaux exotiques l'attend avec le grillon.

— Me rapporterez-vous la cage après octobre ?

— N'y a-t-il aucune chance qu'il survive tout l'automne ?

— Il peut supporter même le début de l'hiver, si vous le gardez toujours au chaud. Vous me rendrez la cage… en temps voulu, donc. – Il offre le concombre à Hannibal. – Ne le donnez pas au *souzoumoushi* en une seule fois, je vous prie !

Dame Murasaki vient sur la terrasse une fois ses prières terminées, des pensées d'automne s'attardent sur ses traits.

Le dîner est servi sur la table basse, dans un crépuscule lumineux. Ils ont presque terminé leurs nouilles quand le grillon, caché dans l'ombre parmi les fleurs et revigoré par le concombre, la surprend avec son chant cristallin. Dame Murasaki paraît croire qu'elle l'a entendu dans un rêve éveillé mais voici qu'il s'élève encore, le son du *souzoumoushi*, clair comme une clochette de traîneau !

Ses yeux s'éclairent, elle revient au présent et sourit à Hannibal :

— Je vous vois, et le grillon chante à l'unisson de mon cœur.

— Mon cœur bondit à votre vue, vous qui lui avez appris à chanter.

La lune s'élève au chant du *souzoumoushi* et la terrasse semble monter, elle aussi, enveloppée dans la lueur palpable de l'astre, les entraînant loin au-dessus de la terre et de ses spectres, dans une sphère qui n'est pas hantée et où il leur suffit d'être ensemble.

Au moment voulu, il expliquera que le grillon a été emprunté et qu'il doit le rendre avant que la lune ne soit à son dernier quartier. Mieux vaut ne pas le garder trop avant dans la saison d'automne.

28

L'existence de Dame Murasaki est empreinte d'une élégance qui ne tient qu'à la sûreté de son goût et de ses choix. Elle la poursuit de la même manière avec ses modestes ressources après la vente du château et le prélèvement des droits de succession. Elle accorderait à Hannibal tout ce qu'il voudrait, mais il ne demande rien.

Robert Lecter a tout juste laissé de quoi couvrir les frais de scolarité du garçon.

L'élément le plus important des ressources d'Hannibal est une lettre qu'il a lui-même composée et signée : DR GAMILJOLIPOLI, ALLERGOLOGUE ; ; elle prévient la direction de son école qu'Hannibal est sujet à de sérieuses réactions à la poussière de craie et qu'il doit avoir une place aussi éloignée que possible du tableau noir, en classe.

Comme ses résultats sont exceptionnels, il sait que les enseignants préfèrent ne pas trop s'intéresser à lui, du moment que ses camarades ne cherchent pas à suivre son mauvais exemple.

Libre de s'asseoir tout seul au dernier rang, il peut réaliser à loisir des aquarelles et des esquisses d'oiseaux à l'encre, dans le style du peintre guerrier Musashi Miyamoto, tout en écoutant le cours d'une oreille distraite.

À Paris, l'art japonais est alors très en vogue. Ses dessins de petit format conviennent idéalement à l'espace réduit des logements parisiens et peuvent être facilement glissés dans une valise de touriste. Il les signe d'un caractère épuré qui représente : L'ÉTERNITÉ EN HUIT TRAITS DE PINCEAU.

Les amateurs de ce genre de peinture connaissent les petites galeries du Quartier latin où ils peuvent les trouver, le long de la rue des Saints-Pères et de la rue Jacob. Certains négociants lui demandent d'apporter ses dessins après la fermeture, ne voulant pas que leurs clients puissent découvrir qu'ils sont l'œuvre d'un enfant.

L'été venu, quand le soleil continue à briller sur les jardins du Luxembourg bien après la fin des cours, il peint les voiliers en bois sur le bassin jusqu'à ce que le parc ferme, puis descend à Saint-Germain-des-Prés proposer son travail : l'anniversaire de Dame Murasaki approche et il a repéré pour elle, dans une vitrine de la place Furstenberg, certaine pièce en jade. Les vues du jardin seront vendues à une boutique de décoration de la rue Jacob, mais il garde ses « japonaiseries » pour une petite galerie d'art de la rue des Saints-Pères tenue par un fieffé coquin. Ayant compris que ses dessins obtiennent plus d'effet une fois encadrés, il a trouvé un excellent encadreur disposé à lui faire crédit.

Il est maintenant boulevard Saint-Germain, portant ses œuvres dans son sac à dos. Les terrasses des cafés sont prises d'assaut. Pour amuser la clientèle du Café de Flore, les clowns ambulants importunent les passants. Dans les étroites artères plus proches du fleuve, rue Saint-Benoit ou rue de l'Abbaye, les clubs de jazz sont encore silencieux derrière leurs volets hermétiques mais les restaurants ont ouvert. Essayant d'oublier son déjeuner à la cantine du lycée – un plat surnommé « Reliques des martyrs » par les potaches –, il étudie les menus dans les devantures. Il espère être bientôt assez en fonds pour un dîner d'anniversaire, et éprouve une envie d'oursins.

Lorsqu'Hannibal sonne en bas, monsieur Leet, le directeur de la galerie Leet, est en train de se raser en vue d'un rendez-vous dans la soirée. La salle d'exposition est encore allumée mais les rideaux ont été tirés. Leet porte sur les Français le regard critique d'un Belge, tout en étant animé par un désir insatiable de filouter les Américains, qui selon lui seraient prêts à acheter n'importe quoi. Sa galerie, spécialisée dans les peintres figuratifs les plus cotés, la petite statuaire et les antiquités, est réputée pour sa collection de marines.

— Bonsoir, monsieur Lecter. Ravi de vous voir. J'espère que vous allez bien ? Je vais devoir vous demander de m'attendre un instant, le temps que je mette en caisse un tableau qui doit absolument être expédié ce soir à Philadelphie, États-Unis d'Amérique.

L'expérience a appris à Hannibal qu'un accueil aussi chaleureux déguise généralement de contestables intentions. Il remet à Leet ses dessins et leur prix inscrit d'une main ferme sur une feuille de papier.

— Je jetterai un coup d'œil, si vous permettez…

Comme il est agréable d'avoir échappé à l'école et de contempler de la bonne peinture ! Après des heures passées à peindre les voiliers sur le bassin, Hannibal en est venu à méditer sur la représentation de l'eau, ses techniques et ses difficultés. Pensant aux nuances de

Turner et à l'impossibilité d'approcher leur subtilité, il passe d'œuvre en œuvre en étudiant les flots, le ciel par-dessus les flots…

Un tableau de modeste dimension sur un chevalet arrête ses pas. Le Grand Canal sous un vif soleil, Santa Maria della Salute en arrière-plan… C'est le Francesco Guardi du château Lecter. Hannibal le reconnaît avant d'avoir conscience de le reconnaître, par une fulgurance de sa mémoire derrière ses paupières. Ce tableau si familier, dans un cadre différent… Serait-ce une copie ? Il le prend entre ses mains, le rapproche de ses yeux. Dans le coin supérieur gauche, le passe-partout présente une série de petites taches brûnatres. Enfant, il avait entendu ses parents commenter que le papier était un peu « faisandé » et il avait cherché à entrevoir l'image d'un faisan, ou au moins la marque d'une patte d'oiseau.

Ce n'est pas une copie, non. Le cadre lui brûle les doigts.

M. Leet entre dans la salle et s'avance vers lui, les sourcils froncés :

— À moins d'être prêt à acheter, on ne touche à rien, ici. Voici un chèque pour vous. – Il lâche un petit rire. – C'est plus qu'il ne faudrait, mais pas suffisamment pour avoir ce Guardi.

— Pas aujourd'hui, non. À la prochaine, monsieur Leet.

29

Impatienté par le timbre trop doux de la sonnette, l'inspecteur Popil frappe plusieurs fois à la porte de la galerie Leet, rue des Saints-Pères. Accueilli par le directeur en personne, il va droit au fait :

— Où avez-vous eu le Guardi ?

— Mais… Je l'ai racheté à Kopnik quand nous avons divisé l'affaire, répond Leet tout en s'épongeant le visage et en se disant que l'inspecteur a l'air tellement français, horriblement français dans son veston sans découpes dans le dos. Il m'a dit qu'il l'avait eu d'un Finlandais. Il n'a pas donné de nom.

— Montrez-moi la facture, ordonne Popil. Vous êtes censé avoir en votre possession le Répertoire des biens spoliés que la Commission alliée aux Arts et Monuments tient à jour. Montrez-le-moi aussi.

Leet compare la liste au catalogue de la galerie :

— Regardez ! Ici ! Le Guardi recherché apparaît sous un intitulé différent. Robert Lecter l'avait signalé sous le titre de *Vue de Santa Maria della Salute*, alors que je l'ai acheté, moi, sous celui de *Vue du Grand Canal !*

— Oui ? J'ai un mandat de saisie pour ce tableau, quel que soit son nom. Je vais vous donner un reçu. Et vous avez intérêt à me retrouver ce… Kopnik, monsieur Leet, si vous voulez vous épargner bien des désagréments.

— Kopnik est mort, inspecteur. Il a été mon associé pendant un temps. L'affaire s'appelait « Kopnik & Leet ». Quoique « Leet & Kopnik » eût été plus euphonique, je trouve…

— Vous avez gardé ses dossiers ?

— Son avoué pourrait les avoir.

— Cherchez-les, monsieur Leet. Cherchez-les partout. Je veux savoir comment ce tableau est passé du château Lecter à la galerie Leet.

— Lecter ? Mais c'est le nom du garçon qui fait ces dessins, n'est-ce pas ?

— En effet.

— Extraordinaire ! s'exclame Leet.

— Oui, très extraordinaire. Emballez-moi ce tableau, je vous prie.

Deux jours plus tard, Leet se présente au Quai des Orfèvres avec certains papiers. Popil veille à le faire attendre dans le couloir en face d'une pièce dont la plaque indique « Audition 2 » ; à travers la porte fermée, le bruyant interrogatoire d'un prévenu accusé de viol est ponctué de cris et de coups sourds. L'inspecteur le laisse mariner dans cette inconfortable ambiance pendant une quinzaine de minutes avant de le recevoir.

Le marchand d'art lui tend un reçu qui montre que Kopnik avait acheté le Francesco Guardi à un certain Emppu Makinen pour la somme de huit mille livres-sterling.

— Et vous trouvez ça convaincant ? demande Popil. Moi pas !

Leet se râcle la gorge, baisse les yeux au sol. Vingt secondes s'écoulent en silence.

— Le procureur de la République est résolu à intenter une action en justice contre vous, monsieur Leet. C'est un calviniste de très stricte obédience, le saviez-vous ?

— Le tableau était…

De sa main levée, l'inspecteur le fait taire.

— Je veux que vous oubliiez vos difficultés, pour le moment. Supposons que j'intercéderai en votre faveur, si j'en décide ainsi. Tout de suite, j'ai besoin de votre aide. Examinez ceci. – Il lui remet une liasse de feuilles pelure d'oignon, dactylographiées sans espace. – C'est la liste de pièces que la Commission va faire venir du point de collecte de Munich à Paris. Des œuvres volées, de la première à la dernière.

— Et qui vont être exposées au Jeu de Paume.

— Exactement. Pour que les ayants-droit puissent les voir. Seconde page, au milieu ? Je l'ai cerclé.

— Voyons… *Le Pont des soupirs*, de Bernardo Bellotto, 36 x 30 cm, huile sur bois.

— Connaissez-vous ce tableau, monsieur Leet ?

— J'en ai entendu parler, évidemment.

— S'il s'agit de l'œuvre originale, elle a été volée au château Lecter. Vous n'ignorez pas qu'elle est traditionnellement associée à une autre vue de ce pont, bien entendu ?

— De Canaletto, oui. Composée le même jour.

— Et également dérobée au château Lecter, sans doute au même moment et par le même individu. Si vous vendez la paire, et non chaque tableau séparément, combien obtiendriez-vous de plus ?

— Quatre fois plus ! Il faudrait être fou pour les dissocier !

— Donc, ils ont été séparés par ignorance, ou par la force des choses. Deux représentations célèbres du Pont des Soupirs… Si celui qui les a dérobées est encore en possession de l'une d'elles, ne cherchera-t-il pas à récupérer l'autre ?

— Oui, très certainement !

— Ce tableau va attirer l'attention, une fois qu'il sera visible au Jeu de Paume. Vous allez m'accompagner à l'exposition. Nous verrons bien qui vient rôder autour…

30

Grâce à son invitation personnelle, Dame Murasaki peut passer avant la foule considérable qui se presse dans les jardins des Tuileries, aux abords du musée du Jeu de Paume. Tous sont pressés d'admirer plus de cinq cents œuvres spoliées par les Nazis que la Commission mise en place par les Alliés a fait venir du « point de collecte » constitué à Munich dans l'espoir de retrouver leurs légitimes propriétaires.

Certaines de ses pièces en sont à leur troisième voyage entre la France et l'Allemagne : pillées outre-Rhin et ramenées par Napoléon, d'abord, puis spoliées par les occupants allemands, puis récupérées et renvoyées à Paris par les forces alliées…

Au rez-de-chaussée du musée, Dame Murasaki se retrouve devant un assemblage effarant d'images constitutives de l'esthétique occidentale. Tout un pan de la salle est couvert de tableaux à thèmes religieux sanguinolents, un étalage viandard de Christs crucifiés.

Afin de dissiper son malaise, elle s'arrête devant *Le banquet carnivore*, un buffet somptueux sans autre commensal qu'un épagneul springer qui s'apprête à s'emparer d'un beau jambon. Plus loin, sur de vastes toiles attribuées à « l'École de Rubens », des nourrissons joufflus et ailés volètent autour d'abondantes chairs féminines rosées.

C'est là, sur un fond de nus volumineux à la Rubens, que Popil aperçoit Dame Murasaki, impeccable et mince dans son faux tailleur Chanel. Bientôt, l'inspecteur repère Hannibal en train de descendre l'escalier qui conduit à l'étage supérieur. Il les observe sans se montrer.

Voici la rencontre de la belle Japonaise et de son pupille ! Popil suit la scène avec intérêt. Après s'être arrêtés à quelques pas de distance, ils se saluent non par une inclinaison du torse mais par un sourire plein de cérémonie. L'instant d'après, ils tombent dans les bras l'un de l'autre, elle embrasse Hannibal sur le front, lui caresse une joue et ils se lancent déjà dans une conversation animée.

Sur le mur au-dessus d'eux, le tableau qui préside à leurs retrouvailles est une copie correcte du Caravage, Judith tranchant la tête d'Holopherne. Avant la guerre, Popil aurait pu trouver la coïncidence amusante ; là, sa nuque se hérisse.

Ayant capté le regard d'Hannibal, il lui montre d'un geste la porte d'un bureau près de l'entrée, où Leet est en train d'attendre.

— Les gens du point de collecte de Munich disent que le tableau a été saisi à un contrebandier qui s'apprêtait à passer la frontière polonaise, il y a un an et demi, annonce Popil.

— Est-ce qu'il a craché le morceau ? interroge Leet. Est-ce qu'il a dit qui était son fournisseur ?

— Non. Il a été étranglé par un indicateur allemand qui se trouvait dans la même prison de l'armée américaine à Munich. L'indic' s'est envolé la même nuit.

Grâce à la filière Dragonovic, supposons-nous. La piste s'est arrêtée là. – Popil se tourne vers Hannibal. – Le tableau est à l'emplacement numéro 88, au coin de la salle. M. Leet estime qu'il est probablement authentique. Tu peux dire si c'est celui qui était chez tes parents, n'est-ce pas, Hannibal ?

— Oui.

— Si c'est le cas, tu te touches le menton. Si quelqu'un t'aborde, tu fais semblant d'être très heureux de l'avoir retrouvé, c'est tout. Qui l'a volé ? C'est juste une question qui t'intrigue en passant, par simple curiosité. Ce qui t'intéresse, c'est l'argent ! Tu veux le récupérer et le vendre dès que possible, mais tu veux aussi l'autre tableau, son pendant… – Son excitation devient gênante, maintenant. – Montre-toi insupportable, Hannibal ! Egoïste, gâté… Tu crois que tu peux y arriver ? Parce qu'il faut qu'il sente qu'il y a de la tension entre ta tutrice et toi. Il va exiger de pouvoir te contacter à sa guise, sans te permettre de le localiser, lui… Il sera moins méfiant s'il décèle que vous n'êtes pas en bons termes, elle et toi. Gagne du temps, insiste pour qu'il te donne un moyen de le joindre, toi aussi. Compris ? Leet et moi, nous allons ressortir, maintenant. Laisse-nous deux ou trois minutes avant d'entrer dans la danse. – L'inspecteur montre la porte au marchand d'art. – Nous sommes d'honnêtes citoyens, pas vrai ? Alors pas besoin de raser les murs !

Hannibal et Dame Murasaki passent d'œuvre en œuvre, longeant une succession de petits tableaux. Ils regardent, regardent… Soudain, à hauteur d'yeux, *Le Pont des soupirs*. Hannibal en est encore plus affecté que d'être tombé sur le Guardi : dans celui-ci, c'est le visage de sa mère qu'il revoit.

Un flot de visiteurs les entoure, listes numérotées en main, justificatifs de propriété sous le bras. Parmi eux, un homme de haute taille dans un costume de coupe tellement anglaise que son veston semble se terminer par des ailerons à l'arrière. Le visage enfoui dans son catalogue polycopié, il se rapproche suffisamment d'Hannibal pour écouter ce que le garçon est en train de dire :

— Ce tableau ! Avec un autre, il était dans le salon particulier de ma mère. Quand nous avons dû abandonner le château, elle m'a demandé de le prendre et de le donner au cuisinier. Elle m'a dit, ne salis pas le dos de la toile…

Il détache le cadre du mur, le retourne. Des étincelles jaillissent dans ses pupilles : là, au dos du tableau, le contour à la craie d'une main de bébé, presque entièrement effacé car seuls le pouce et l'index restent visibles. Un bout de papier translucide a été apposé dessus.

Hannibal regarde et regarde. Au moment le plus intense, il est sûr que les doigts ont bougé, lui adressant le plus infime des bonjours.

Il s'ébroue, force son esprit à revenir aux instructions de Popil : « Si c'est le cas, tu te touches le menton. » Reprenant son souffle, il donne le signal convenu.

— C'est la main de Mischa, explique-t-il à Dame Murasaki. J'avais huit ans, les murs venaient d'être repassés à la chaux. Ce tableau et son… cousin avaient été posés sur un divan dans la chambre de ma mère, et recouverts d'un drap. Mischa et moi, nous nous sommes glissés dessous : c'était notre tente, nous étions des nomades dans le désert… J'ai trouvé un bout de craie dans ma poche et j'ai dessiné sa main sur le dos de la toile. Pour éloigner le mauvais œil. Quand ils l'ont découvert, papa et maman ont été fâchés mais le tableau n'avait pas été abîmé, après tout, et je crois qu'ils ont fini par trouver cela amusant.

Un homme en gabardine et coiffé d'un feutre se hâte vers eux. Suspendue à un cordon autour de son cou, sa pièce d'identité se balance en tous sens.

Qu'avait dit Popil, déjà ? « Un fonctionnaire des Musées de France va te tomber dessus. Tu l'enverras promener ostensiblement. »

— S'il vous plaît ! On ne touche pas ! Défense de toucher !

— Je ne me permettrais pas, s'il n'était pas à moi, réplique Hannibal fermement.

— Tant que vous n'avez pas prouvé votre titre de propriété, vous n'avez pas le droit ! Autrement, je vous fais expulser derechef. Laissez-moi prévenir un représentant de la Commission, s'il vous plaît…

Dès qu'il est reparti, le visiteur vêtu d'un costume londonien – non français, en tout cas – se faufile à côté d'Hannibal.

— Je me présente : Alec Trebelaux. Je puis vous être utile.

À une vingtaine de mètres de là, Popil et Leet ne les perdent pas des yeux.

— Vous connaissez ce type ? interroge l'inspecteur.

— Non.

Trebelaux fait signe à Hannibal et à Dame Murasaki de le suivre dans l'alcôve d'une fenêtre à trois pans. La cinquantaine, son crâne chauve aussi hâlé que ses mains, des pellicules prises dans ses sourcils… Hannibal est sûr de ne l'avoir jamais vu.

La plupart des hommes ne sont que trop contents de se retrouver en présence de Dame Murasaki. Trebelaux est une exception et elle le perçoit immédiatement, en dépit de la politesse onctueuse qu'il lui manifeste.

— Je suis ravi de faire votre connaissance, madame. Y a-t-il une question de tutelle, ici ?

— Madame est mon inestimable conseillère, mais c'est avec moi que vous traitez.

Les instructions de Popil lui reviennent encore : « Ce qui te guide, c'est la cupidité. Dame Murasaki sera la voix de la raison. »

— Il y a en effet une question de tutelle, monsieur, réplique-t-elle froidement.

— Mais c'est « mon » tableau ! proteste Hannibal.

— Vous devrez présenter votre requête à une audience de la Commission, et il n'y a plus une place de libre avant un an et demi. Entretemps, le tableau sera placé sous séquestre.

— C'est que je suis lycéen, monsieur Trebelaux, et je comptais pouvoir…

— Je suis en mesure de vous aider.

— Dites-moi comment, s'il vous plaît.

— Je dois passer devant la Commission pour une autre pièce dans trois semaines.

— Êtes-vous marchand d'art, monsieur ? s'enquiert Dame Murasaki.

— Plutôt collectionneur, madame, si seulement j'en avais les moyens… Mais pour acheter, je dois vendre. J'ai plaisir à voir de belles pièces passer entre mes mains, même si elles n'y restent pas. Quoique limitée, votre collection de famille au château Lecter témoignait d'un goût exquis.

— Vous la connaissiez, donc ? s'étonne Dame Murasaki.

— Les œuvres pillées au château Lecter ont été répertoriées par la Commission alliée aux Arts, Monuments et Archives, madame. Sur les indications de votre… de feu Robert Lecter, je crois.

— Et vous pourriez plaider ma cause lors de votre convocation, alors ? intervient Hannibal.

— Je serais en mesure de le faire au titre de la Convention de La Haye de 1907, oui. Laissez-moi vous expliquer de quoi il…

— Oui, l'article 46 ! Nous en avons beaucoup parlé, n'est-ce pas ? lance impétueusement Hannibal avec un coup d'œil à Dame Murasaki et en passant sa langue sur ses lèvres comme s'il voyait déjà le tableau se transformer en espèces sonnantes et trébuchantes.

— Mais nous avons envisagé plusieurs possibilités, Hannibal, le reprend-elle.

— Oui… Et si je ne désire pas vendre, monsieur Trebelaux ?

— Vous devrez attendre que votre tour arrive pour que la Commission vous entende. Vous serez sans doute déjà adulte, à ce moment…

— D'après ce que mon mari m'avait expliqué, cette œuvre fait partie d'une paire, déclare Dame Murasaki. Ensemble, les deux tableaux ont une valeur encore plus considérable. Sauriez-vous où se trouve l'autre, par hasard ? Le Canaletto ?

— Non, madame.

— Vous seriez très fortuné si vous parveniez à le localiser, M. Trebelaux, prononce-t-elle en le fixant droit dans les yeux. Me direz-vous où je pourrais vous laisser un mot, le cas échéant ? poursuit-elle en insistant de manière presque imperceptible sur le « je ».

Après avoir nommé un petit hôtel proche de la gare de l'Est, il serre la main d'Hannibal sans le regarder et, sans autre forme de congé, se fond parmi la foule.

Après s'être fait enregistrer comme requérant, Hannibal continue à déambuler parmi cette débauche d'œuvres d'art en compagnie de Dame Murasaki. Depuis qu'il a vu le tracé de la main de Mischa, il ne sent plus rien, sinon sa joue lorsque sa protectrice la tapote gentiment.

Il fait halte devant *Le sacrifice d'Isaac*, une tapisserie qu'il contemple longuement.

— Les couloirs des étages étaient tendus de tapisseries, chez nous, dit-il tout bas à Dame Murasaki. Je me mettais sur la pointe des pieds et j'atteignais le bas, comme ça… – Il prend le coin inférieur de la pièce et la retourne. – C'est ce côté que je préfère, depuis toujours. Le canevas et les fils derrière le motif. Ce qui « fait » le motif.

— Comme des pensées entremêlées, suggère Dame Murasaki.

Quand il relâche la tapisserie, Abraham frissonne et semble resserrer sa poigne sur la gorge de son fils tandis que l'ange tend une main pour arrêter le couteau.

— Pensez-vous que Dieu avait l'intention de manger Isaac, que c'est pour cette raison qu'il a ordonné à Abraham de le tuer ?

— Non, Hannibal. Bien sûr que non. L'ange s'interpose à temps.

— Pas toujours, murmure le garçon.

Après s'être assuré qu'ils ont quitté le bâtiment, Trebelaux se rend aux toilettes, passe son mouchoir sous le robinet et revient au tableau. Il jette un bref coup d'œil à la ronde. Pas de gardien dans le secteur. Avec un léger pincement au cœur, il s'empare du cadre, le retourne, écarte le papier translucide, efface la forme de la main de Mischa avec le tissu humide. À mettre au compte d'une négligence des manutentionnaires quand l'œuvre sera transportée à la réserve nationale en attente du règlement de litige. Juste de quoi simplifier l'affaire en la privant de sa valeur sentimentale.

31

Sur le trottoir en face de l'hôtel de Trebelaux, le policier en civil René Aden attend de voir la lumière s'éteindre sur le palier du quatrième étage avant de gagner le buffet de la gare, où il se restaure rapidement. Par chance, il est de retour à son poste juste au moment où Trebelaux quitte à nouveau l'immeuble, un sac de sport à la main.

La cible prend un taxi dans la file devant la gare de l'Est, traverse la Seine et se fait déposer à un établissement de bains de la rue de Babylone. Après avoir garé son véhicule banalisé sur une zone de stationnement interdit, Aden compte jusqu'à cinquante et entre à son tour. Un air chaud et pesant lui saute au visage, encore alourdi par l'odeur des huiles de massage. Des habitués en peignoir sont plongés dans la lecture de journaux en diverses langues.

Il n'a aucune envie de se déshabiller pour suivre Trebelaux dans le bain de vapeur. Il ne manque pas de détermination, certes, mais son père est mort d'avoir eu les pieds trop longtemps dans l'eau croupie des tranchées et il répugne à retirer ses chaussures au milieu de toute cette humidité. Il préfère attraper un quotidien monté sur une perche en bois et s'asseoir dans le hall.

Trottinant sur des sabots trop petits pour lui, Trebelaux traverse plusieurs salles où des hommes vautrés sur les bancs carrelés s'abandonnent à la chaleur engourdissante. Des hammams privés sont en location pour une durée de quinze minutes. Il entre dans le second de la rangée, aussitôt obligé d'essuyer ses lunettes avec la serviette qu'il porte sur l'épaule.

— Il était temps ! s'exclame Leet, à moitié invisible dans la brume étouffante. Je suis en train de fondre !

— Le réceptionniste m'a apporté le message quand j'étais déjà couché, explique Trebelaux.

— Bon. Tout à l'heure, au Jeu de Paume, vous étiez surveillé par la police. Ils savent que le Guardi que vous m'avez vendu est plus que louche.

— Qui les a mis sur ma piste ? Vous ?

— Quelle idée ! Mais ils pensent que vous connaissez celui ou ceux qui ont les tableaux pris au château Lecter. Est-ce vrai ?

— Non. Mon client, peut-être...

— Si vous mettez la main sur l'autre *Pont des soupirs*, je me fais fort de me charger des deux.

— Où ? Où les vendriez-vous ?

— C'est mon affaire. Un acheteur de catégorie supérieure, en Amérique... Une institution, disons. Eh bien, savez-vous quelque chose ou suis-je là à suer pour rien ?

— Je vous recontacterai bientôt, assure Trebelaux.

Le lendemain après-midi, René Aden le surveille tandis qu'il achète un billet pour Luxembourg à la gare de l'Est, puis se hisse dans le train et reprend sa valise.

Le porteur n'a pas l'air enchanté par le pourboire. Après avoir téléphoné en hâte au quai des Orfèvres, Aden saute dans un wagon au dernier moment. Au contrôleur qui s'apprêtait à protester, il montre son insigne dissimulé au creux de sa main.

La nuit est en train de tomber lorsque l'express s'arrête à Meaux. Trebelaux se dirige vers les toilettes, son nécessaire à raser sous le bras. Il saute du wagon qui vient de s'ébranler à nouveau, abandonnant ses bagages.

À deux rues de la gare, une voiture l'attend.

— Pourquoi Meaux ? demande-t-il dès qu'il s'est installé à côté du conducteur. J'aurais pu aussi bien me rendre chez toi, à Fontainebleau.

— Nous avons une affaire à régler ici, répond l'homme au volant, que Trebelaux connaît sous le nom de Christophe Kléber. Une très bonne affaire…

Kléber s'arrête à un restaurant tout proche. Pendant qu'il entame un copieux dîner, levant son bol pour boire la vichyssoise jusqu'à la dernière goutte, Trebelaux chipote une salade niçoise. D'un air absent, il compose ses initiales avec des haricots verts sur le bord de son assiette puis, une fois que le paillard de veau commandé par Kléber lui a été servi, il se lance :

— La police a saisi le Guardi.

— C'est ce que tu as dit à Hercule. Tu n'aurais pas dû parler de choses pareilles au téléphone. Quel est le problème ?

— Ils ont dit à Leet que le tableau a été volé sur le front de l'Est. C'est exact ?

— Bien sûr que non ! Qui dit ça ?

— Un inspecteur qui a une liste de la Commission alliée. Il prétend que le Guardi fait partie des œuvres spoliées. C'est vrai ?

— Tu n'as pas vu le tampon ?

— Un tampon du Commissariat soviétique à l'instruction publique ! Quelle valeur cela aurait ?

— Est-ce que ce flic a dit à qui il appartenait, à l'Est ? Si c'était à un juif, le problème est réglé : les Alliés ne rendent pas les œuvres d'art prises aux juifs. Ils sont morts, les juifs ! Et les Soviétiques, ils gardent ce qu'ils ont, de toute façon.

— Ce n'est pas un « flic », c'est un inspecteur de police, objecte Trebelaux.

— Ah, remarque typique d'un Suisse, ça ! Comment s'appelle-t-il, ton « inspecteur » ?

— Popil. C'est tout ce que je sais, son nom de famille.

— Booon ! soupire d'aise Kléber en passant sa serviette sur sa bouche. C'est bien ce que je pensais. Rien à craindre, alors. Il est à mon service depuis des années, celui-là. C'est juste qu'il essaie de palper un peu de grisbi. Qu'est-ce que Leet lui a raconté ?

— Rien, pour l'instant, mais il n'est pas tranquille. Jusqu'ici, il a tout mis sur le compte de Kopnik, son associé qui n'est plus de ce monde.

— Il est dans le noir, c'est sûr ? Pas la queue d'une idée sur l'endroit d'où tu as sorti le tableau ?

— Il croit que je l'ai acheté à Lausanne. C'est ce dont nous étions convenus, non ? Mais il pleurniche pour récupérer son argent. Je lui ai dit que je devais consulter mon client.

— Popil, je l'ai à ma botte, tu comprends ? Je vais me charger de ça, oublie… J'ai quelque chose d'autrement plus important à discuter avec toi. Est-ce que c'est faisable pour toi, un voyage en Amérique ?

— Je ne passe rien à la douane, moi.

— Oublie la douane ! Ce qui te concerne, c'est de négocier une fois là-bas. Il suffit que tu voies la marchandise avant qu'elle soit expédiée, et ensuite là-bas, sur la table de la salle de conférences d'une certaine banque. Tu pourrais y aller en avion. Ce serait réglé en une semaine.

— Quel genre de « marchandise » ?

— Quelques antiquités, rien d'encombrant. Des icônes, un coffre à sel… On va jeter un œil et tu me diras ce que tu en penses.

— Et… pour le reste ?

— Tu peux dormir sur tes deux oreilles, je te le garantis, affirme Kléber.

Il ne s'appelle Christophe Kléber que depuis qu'il est en France. Auparavant, et depuis sa naissance, il était Petras Kolnas. Et s'il connaît en effet le nom de l'inspecteur Popil, ce n'est pas parce que celui-ci figurerait sur son registre du personnel.

32

Seule une amarre retient encore la péniche *Christabel* au quai des bords de Marne, et les moteurs sont lancés dès que Trebelaux est à bord. C'est un bateau de fabrication hollandaise à la coque noire, aux superstructures rabaissées pour pouvoir passer sous les ponts. À la poupe, il y a un véritable jardin de buissons fleuris dans des bacs.

Le propriétaire, un homme fluet aux yeux d'un bleu très pâle et au visage amène, l'a accueilli au bout de la passerelle. Il le salue, l'invite à descendre dans la cabine. Sur ses mains, les poils poussent en sens inverse, vers le poignet, ce qui donne le frisson au Suisse.

— Suivez monsieur Milko, l'instruit son hôte. J'ai fait préparer la marchandise en bas.

Le propriétaire s'attarde sur le pont avec Kolnas. Ils se promènent un instant entre les grands pots en terre cuite. Dans ce jardin flottant bien entretenu, le seul élément désagréable à l'œil est un gros barril à pétrole de cent litres posé sur une bâche ; il a été percé en plusieurs endroits de trous assez larges pour laisser passer des poissons et le haut, découpé au chalumeau, a été rattaché grossièrement au reste avec du fil de fer.

Quand il tapote son flanc métallique, le barril résonne bruyamment.

— Allez, souffle-t-il.

Ils descendent au poste de pilotage. Le propriétaire ouvre un placard haut et étroit qui contient une véritable armurerie : un fusil de précision Dragunov, une mitraillette américaine Thompson, deux Schmeissers allemands, cinq mortiers anti-char Panzerfaust à utiliser contre d'autres embarcations et une série d'armes de poing. Il sort un trident de pêche aux pointes acérées et le tend à Kolnas :

— Je ne vais pas trop le charcuter, annonce-t-il en gardant un ton posé, aimable : Eva n'est pas là pour nettoyer, donc... Quand nous aurons appris ce qu'il a raconté, tu le piqueras là-haut, sur le pont. Larde-le bien, que le barril ne flotte pas, après.

— Milko pourrait s'en...

— C'était ton idée, c'est ta merde, il est à toi, l'interrompt l'autre. Tu coupes bien de la viande tous les jours, non ? Quand Milko va le remonter, il sera mort. Il t'aidera à le fourrer dans le barril mais je répète : il faut bien le piquer, avant. Tu gardes ses clés et tu vas fouiller sa piaule. On fera de même avec Leet, si nécessaire. Pas de canards boiteux autour de nous. Et le trafic d'art, c'est fini, pour l'instant.

En France, le propriétaire s'appelle Victor Gustavson. C'est un homme d'affaires très prospère, spécialisé dans le commerce de morphine provenant des réserves SS et dans la prostitution, essentiellement féminine. Son véritable nom : Vladis Grutas.

Leet reste en vie mais sans aucun des tableaux, qui vont rester sous séquestre pendant des années, le juge d'instruction n'arrivant pas à décider si la convention sur les réparations de guerre adoptée à propos de la Croatie peut s'appliquer à la Lithuanie. Trebelaux, lui, fixe le néant de ses orbites vides dans un barril au fond de la Marne ; jadis chauve, il a maintenant sur la tête une tignasse hirsute d'algues vertes et brunes qui flottent dans le courant comme les mèches de sa jeunesse.

Des années durant, pas une seule autre pièce en provenance du château Lecter n'est signalée.

Grâce aux bons soins de l'inspecteur Popil, Hannibal a été autorisé à rendre de temps en temps visite aux tableaux. C'est une épreuve, de rester assis dans le morne silence d'une chambre forte, soumis à l'œil soupçonneux du gardien et à son haleine chargée d'adénovirus.

En contemplant le tableau qu'il a reçu un jour des mains de sa mère, Hannibal comprend que le passé n'est pas du tout derrière nous, au contraire : la bête qui exhalait son souffle pestilentiel sur sa peau et celle de Mischa a continué à respirer, respire encore. Il retourne *Le Pont des soupirs* contre le mur et regarde fixement le dos de la toile, par intervalles de plusieurs minutes. Maintenant que la main de Mischa a été effacée, ce n'est plus qu'un carré vide sur lequel il projette ses rêves enflammés.

Hannibal grandit. Il change, ou peut-être émerge-t-il peu à peu tel qu'il a toujours été.

II

Quand j'ai dit que la Miséricorde
Se tenait au bord de la forêt,
Je pensais à la bête placide et griffue
Dont les mâchoires sanglantes font de
    vous une bouchée.

Lawrence SPINGARN

33

Au centre de la scène de l'Opéra de Paris, le pacte que le docteur Faust a signé avec le diable tire à sa fin. D'une loge douillette sur la gauche, Hannibal Lecter et Dame Murasaki le regardent supplier, tenter d'échapper aux flammes qui s'élèvent jusqu'au plafond ignifugé de l'imposant Théâtre Garnier.

À dix-huit ans, Hannibal n'a qu'admiration pour Méphistophélès, et mépris pour Faust, mais il n'écoute qu'à moitié le tragique dénouement, trop occupé à contempler et à humer Dame Murasaki, très en beauté pour cette soirée lyrique. Des éclats lumineux jaillissent des balcons d'en face quand les messieurs détournent leurs jumelles de la scène pour la regarder, eux aussi.

Sur le fond brillamment éclairé, elle n'est qu'une silhouette, exactement comme il l'a vue pour la première fois à son arrivée au château, encore gamin. Les images lui reviennent dans leur ordre original : *la belle corneille lustrée buvant dans la gouttière, l'éclat de la chevelure de Dame Murasaki ; seulement sa silhouette, d'abord, puis elle ouvre un vitrail et la lumière se pose sur ses traits…*

Quelle distance il a déjà franchie, sur le Pont des rêves ! Il s'est développé jusqu'à pouvoir emplir la tenue de soirée de feu le comte, alors qu'en apparence Dame Murasaki n'a en rien changé.

Lorsqu'elle crispe sa main sur le tissu de sa robe, l'oreille d'Hannibal en perçoit le froissement par-dessus la musique. Ne voulant pas qu'elle sente son regard peser sur elle, il le détourne et observe les lieux autour d'eux. Elle a du caractère, cette loge : au fond, cachée aux spectateurs du côté opposé par un rideau, il y a un coquin petit divan aux pattes fourchues sur lequel des amants peuvent s'isoler pendant que l'orchestre en contrebas leur donne la cadence. À la saison précédente, un monsieur d'un âge certain a succombé à un arrêt cardiaque sur l'un de ces canapés alors que les mesures finales du *Vol du bourdon* retentissaient, ainsi qu'Hannibal a pu l'apprendre d'un ambulancier en veine de confidences.

Ils ne sont pas seuls, dans cette loge. Les deux chaises de devant sont occupées par le commissaire de police principal de la préfecture de Paris et par son épouse, ce qui laisse peu de doute sur la manière dont Dame Murasaki a obtenu leurs billets : l'inspecteur Popil, bien sûr ! Fort heureusement, Popil n'a pu assister à la représentation, sans doute retenu par un crime que l'on espère odieux et complexe, une enquête qui, la chance aidant, le retiendra très longtemps, si possible au-dehors et sous la pluie, voire avec le risque d'être frappé par la foudre…

La salle se rallume. Le ténor Beniamino Gigli reçoit une ovation méritée, et venue d'un public très exigeant. Le commissaire principal et sa femme se lèvent et distribuent des poignées de mains à la ronde, des mains engourdies par tant d'applaudissements.

L'épouse du commissaire a des yeux brillants et fureteurs qu'elle braque sur Hannibal, impeccablement sanglé dans l'habit de soirée du comte défunt. Aiguillonnée par la curiosité, elle ne peut s'empêcher de l'interroger :

— Mon mari m'a dit que vous étiez le plus jeune étudiant en France à avoir été admis à la faculté de médecine, mon ami…

— Les statistiques sont incomplètes, madame. Il y a très certainement eu des apprentis-chirurgiens qui…

— Est-il vrai aussi qu'il vous suffit de lire vos manuels une seule fois, que vous les rendez à la librairie au bout d'une semaine et que vous vous faites rembourser ?

— Oh, non, madame, répond Hannibal en souriant. Ce n'est pas tout à fait exact…

« D'où a-t-elle eu cette information ? », pense-t-il en lui-même, « facile à deviner : la même provenance que nos billets d'opéra ! » S'inclinant sur la main de la dame et cherchant un bon mot pour s'esquiver, il lance un coup d'œil comiquement effrayé au mari et chuchote très haut :

— Ce serait un grave délit, je crois…

Le commissaire principal, qui vient de voir Faust puni pour ses péchés, est d'excellente humeur :

— Je fermerai les yeux là-dessus, jeune homme. À condition que vous confessiez tout à ma femme sur-le-champ.

— Eh bien, la vérité, madame, c'est que je ne récupère pas tout mon argent. La librairie me retient deux cents francs en frais de manutention…

Hannibal et Dame Murasaki se hâtent de prendre congé. À la lumière des torchères, ils descendent le grand escalier plus vite que Faust, pressés d'échapper à la foule. Au-dessus d'eux, les plafonds décorés par Pils paraissent se mouvoir, soutenus dans les airs par une multitude d'ailes peintes ou taillées dans la pierre. Quelques taxis ont fait leur apparition sur la place de l'Opéra. Le brasero à charbon d'un marchand ambulant répand des effluves de cauchemar faustien. Hannibal arrête un taxi.

— Je m'étonne que vous ayez parlé de mes livres à l'inspecteur Popil, annonce-t-il une fois qu'ils sont installés à l'intérieur.

— Il l'a découvert tout seul, réplique Dame Murasaki. Il en a parlé au commissaire, qui en a parlé à sa femme, qui a besoin de jouer les coquettes. Vous n'êtes pourtant pas obtus, Hannibal…

« Elle est mal à l'aise quand elle est dans un endroit confiné avec moi, maintenant », se dit-il, « et elle l'exprime par de l'irritation. »

— Pardon.

Elle lui jette un bref regard au moment où le taxi passe près d'un réverbère.

— Votre hostilité émousse votre bon sens. Si l'inspecteur Popil suit ainsi vos faits et gestes, c'est parce que vous l'intriguez.

— Non, ma dame, c'est « vous » qui le fascinez. J'imagine qu'il vous importune avec ses vers de mirliton…

Dame Muraski ne satisfait pas sa curiosité, sur ce point.

— Il sait que vous êtes le meilleur élément de votre promotion. Il en est fier. Son intérêt est globalement bénin.

— « Globalement bénin », ce n'est pas un diagnostic encourageant.

Place des Vosges, les arbres bourgeonnent, embaumant l'air printanier. Hannibal renvoie le taxi. En dépit de l'obscurité qui règne dans l'entrée, il capte le rapide coup d'œil qu'elle lui lance. Il n'est plus un enfant. Il n'est plus invité à passer la nuit chez elle.

— J'ai une heure devant moi, déclare-t-il. J'ai envie de marcher.

34

— Vous avez le temps de boire un thé, affirme Dame Murasaki.

Elle l'entraîne aussitôt sur la terrasse, préférant de toute évidence se tenir dehors quand elle est avec lui. Il ne sait ce qu'il doit en penser. Il a changé, elle non. Un souffle de brise. La flamme de la lampe à pétrole s'étire vers le ciel. Quand elle verse le thé vert, il aperçoit le pouls battre sur son poignet et le discret parfum venu de sa manche l'envahit comme une pensée qu'il aurait lui-même formée.

— J'ai eu une lettre de Chiyoh, lui apprend-elle. Elle a rompu ses fiançailles. La diplomatie ne lui convient plus.

— Est-elle heureuse ?

— Je crois. C'était un bon mariage selon les vieilles conventions. Comment pourrais-je désapprouver que… Elle écrit qu'elle agit comme moi en mon temps… La blâmer de suivre son cœur ?

— Suivre son cœur où ?

— Un garçon de l'université de Kyoto, l'école d'ingénieurs.

— J'aimerais la savoir heureuse.

— Et moi vous savoir heureux. Est-ce qu'il vous arrive de dormir, Hannibal ?

— Quand j'ai le temps. Je fais un somme sur une civière, si je ne peux pas aller me coucher dans ma chambre.

— Vous comprenez ce que je voulais dire.

— Est-ce qu'il m'arrive de rêver ? Oui, bien sûr. Ne retournez-vous pas à Hiroshima, dans vos rêves ?

— Je ne les convoque pas.

— Et moi, il faut que je me souvienne. Par tous les moyens.

À la porte, elle lui offre un boîtier *bento* contenant un en-cas pour la nuit et des sachets de camomille.

— Pour « mieux » dormir, explique-t-elle.

Il lui baise la main. Non le petit simulacre voulu par l'étiquette française : il presse ses lèvres sur le dos de la main de Dame Murasaki, pour en saisir le goût.

Il répète le haiku composé il y a si longtemps, cette nuit-là, la nuit du boucher.

Le héron bihoreau révélé
Par la lune ascendante des moissons,
Qui des deux est le plus gracieux ?

— Ce n'est pas la saison des moissons, objecte-t-elle avec un sourire, puis elle pose sa main sur le cœur du jeune homme comme elle l'a fait depuis qu'il a eu treize ans.

Mais elle la retire presque tout de suite et là, à l'endroit de sa poitrine qu'elle vient d'abandonner, il a soudain froid.

— Est-ce vrai, que vous rendez vos livres ?

— Oui.

— C'est donc que vous êtes capable de vous souvenir de tout ce qu'ils contiennent.

— Tout ce qu'ils contiennent d'important.

— Alors vous pouvez aussi vous rappeler qu'il est important de ne pas agacer l'inspecteur Popil. Si on ne le provoque pas, il ne présente aucun danger pour vous. Ni pour moi.

Elle s'est à nouveau drapée dans son irritation comme dans un kimono d'hiver. Est-ce que je peux me servir de cela pour m'empêcher de penser à elle dans le bain japonais du château, il y a tant d'années, son-visage-et-ses-seins-tels-des-fleurs-aquatiques ? Tels les lys rose et crème au bord des douves ? Est-ce que j'en suis capable ? Non, je ne le suis pas.

Il sort dans la nuit. Au début, sa démarche est raide, forcée. Descendant les rues étroites du Marais, il atteint les arcades de la rue de Rivoli, gagne la Seine qui glisse sous les ponts argentés par la lune, revient vers l'est en longeant le fleuve jusqu'à avoir la pointe de l'île Saint-Louis devant lui.

D'ici, Notre-Dame fait penser à une immense araignée ramassée sur ses pattes en arc-boutants, les mille yeux de ses vitraux arrondis aux aguets. Hannibal imagine l'arachnide de pierre déambulant dans la pénombre à travers la ville, attrapant au passage quelque train sorti de la gare d'Orsay pour le gober tel un délectable ver de terre, repérant un appétissant inspecteur de police qui vient de quitter son bureau du quai des Orfèvres et constitue une proie des plus aisées…

De la cathédrale lui parviennent les voix d'un chœur en train de répéter.

Il s'arrête un instant sous les arches du portail principal. Ses yeux courent sur le Jugement dernier en relief qui orne le tympan et les linteaux et qu'il verrait bien dans une salle de son palais de la mémoire, exposé afin de marquer le souvenir d'une dissection de la gorge particulièrement complexe. Là-haut, saint Michel tient une balance comme s'il était lui-même en train de réaliser une autopsie, une balance qui n'est pas sans rappeler la forme de l'os hyoïde… Au-dessus de sa tête, ce sont les saints du Processus mastoïdien qui le contemplent ! Et le linteau inférieur, là où les damnés enchaînés marchent vers les feux de l'enfer, pourrait être la clavicule, tandis que les arches superposées formeraient les strates structurelles de la gorge selon un catéchisme facile à mémoriser : *sternohyoïde omohyoïde thyrohyoïde juuuuuugulaire, amen !*

Non, ça n'irait pas. Le problème, c'est l'éclairage. Dans un palais de la mémoire, les pièces exposées doivent être correctement illuminées et séparées par un espace conséquent. Et puis cette pierre sale manque de nuance, ne présente qu'une seule couleur monotone. Une fois, Hannibal a raté une interrogation écrite parce que la réponse était sombre et qu'il l'avait placée sur un fond également obscur, dans son esprit. La délicate dissection du triangle cervical qui est prévue pour la semaine suivante exige un arrangement clair, bien espacé.

Les derniers choristes sortent de la cathédrale, leur surplis sur le bras. Hannibal entre dans la nef plongée dans une obscurité que des chandelles votives percent çà et là. Il se dirige vers la Jeanne d'Arc de marbre qui se tient près d'une issue au sud. Devant elle, des rangées de bougies frémissent dans le courant d'air venu du portail. Adossé à une colonne, il contemple le visage de Jeanne à travers les flammes. *Le feu sur les habits de sa mère...* Les bougies se reflètent en rouge dans ses yeux.

Le jeu des flammes sur les traits de Jeanne leur donne des expressions changeantes, volatiles comme les séquences de musique venues de clochettes éoliennes. Mémoire. Souvenirs. Hannibal se demande si Jeanne d'Arc, avec les souvenirs qui sont les siens, ne préférerait pas que l'on rende hommage à sa mémoire autrement que par du feu. Il est sûr que, pour sa mère, ce serait le cas…

Les pas d'un bedeau se rapprochent. Les tintements de son trousseau de clés éveillent d'abord des échos sur les murs proches, puis d'autres dans les hautes voûtes, et le son de ses pas se dédouble aussi, résonne à la fois sur les dalles de pierre et dans la vaste pénombre au-dessus d'eux.

D'Hannibal, le bedeau n'aperçoit au début que les yeux, étincelants d'écarlate dans la lueur des chandelles, et une crainte instinctive l'envahit. Sa nuque se tend douloureusement. Il se signe avec son trousseau, mais… Ce n'est pas un démon, juste un homme, et très jeune qui plus est ! Le bedeau balance ses clés devant lui comme il le ferait avec un encensoir.

— C'est l'heure, dit-il en montrant la porte du menton.

— Oui, c'est l'heure, et même passée, répond Hannibal avant de tourner les talons et de se fondre dans la nuit.

35

Franchissant la Seine sur le Pont au Double, il descend la rue de la Bûcherie lorsqu'il entend un saxophone et des rires montant d'un caveau de jazz. Dans l'escalier, un couple est en train de fumer. Une légère odeur de kif flotte autour d'eux. Quand la fille se met sur la pointe des pieds et embrasse son cavalier sur la joue, c'est sur la sienne qu'Hannibal ressent très distinctement le baiser. Les bribes de musique se mêlent à celle qui lui court dans la tête, c'est l'heure, garder le tempo, ne pas perdre de temps. Le temps.

Rue Dante, maintenant, puis traverser le boulevard Saint-Germain, le clair de lune lui caresse la tête, passer le *Cluny*, remonter la rue de l'École-de-Médecine. L'entrée de nuit de la faculté est à peine éclairée. Hannibal déverrouille la porte et se glisse à l'intérieur.

Dans le bâtiment désert, il enfile une blouse blanche, prend le bloc-notes qui porte la liste de ses tâches à venir.

Son directeur d'études à la faculté est le Dr Dumas, un talentueux anatomiste qui a choisi d'enseigner plutôt que de pratiquer son art sur les êtres vivants. C'est un grand esprit, enclin à l'abstraction, qui manque du panache et de l'intrépidité propres aux chirurgiens. Il a coutume de demander à chacun de ses étudiants de rédiger une lettre adressée au cadavre anonyme qu'il ou elle s'apprête à disséquer, dans laquelle la personne qui a fait don de son corps est remerciée pour le privilège d'être autorisé à l'étudier et reçoit l'assurance que sa dépouille sera traitée avec le plus grand respect, sans qu'aucune partie autre que celle immédiatement soumise à la dissection ne soit laissée découverte.

Pour les cours du lendemain, Hannibal doit préparer deux visualisations : une coupe de la cage thoracique exposant le péricarde intact, ainsi qu'une dissection crânienne compliquée.

Le laboratoire d'anatomie dans toute sa brutale crudité. Avec ses hautes fenêtres et ses larges conduits d'aération, la salle reste assez froide pour que les cadavres, recouverts d'un drap et aspergés d'une solution de formaldéhyde, puissent demeurer sur les vingt tables d'examen jusqu'au matin. En été, par contre, ils devront être replongés dans la cuve de conservation chaque soir. Pauvres petits corps rabougris sous leur grossier linceul, vagabonds sans attache découverts morts de faim dans quelque ruelle, ils se recroquevillent encore sur eux-mêmes jusqu'à ce que le raidissement cadavérique se relâche et qu'ils se détendent enfin dans le bain de formol où ils flottent avec leurs semblables. Frêles et flétris comme des oiseaux gelés et tombés sur la neige que des humains affamés déchiquètent de leurs dents.

Alors que la guerre vient de laisser quarante millions de morts derrière elle, il paraît étrange à Hannibal que les étudiants aient à travailler sur des cadavres restés si longtemps dans les cuves que le formol a rongé toutes leurs couleurs, toutes leurs nuances. Mais la faculté a parfois la chance de recevoir la dépouille encore fraîche d'un condamné à mort en provenance du gibet ou du peloton d'exécution du fort de Montrouge ou de la prison de Fresnes, ou encore de la guillotine de la Santé. Pour sa dissection crânienne, ainsi, Hannibal a été gratifié de la tête d'un ex-pensionnaire de la Santé qui le regarde maintenant de sa place dans l'évier, son expression figée sous une pâte de sang coagulée et de brins de paille.

Alors que la scie chirurgicale attend un nouveau moteur dont la livraison est retardée depuis des mois, Hannibal a modifié une perceuse électrique de fabrication américaine en installant dessus une petite lame rotative ; elle est raccordée à un transformateur aussi volumineux qu'une boîte à pain, au ronronnement presque aussi bruyant que la scie elle-même.

Il a terminé l'incision horizontale quand l'une des fréquentes pannes de courant se produit. Tout s'éteint. Il va à l'évier et, à la lumière d'une lampe-tempête, nettoie le sang et la paille sur la face de la tête coupée en attendant que l'électricité revienne. Dès que le courant est rétabli, il se hâte de retirer le cuir chevelu et d'opérer une coupe coronale qui révèle la masse cérébrale. Il injecte un liquide traçant dans les principaux vaisseaux sanguins en prenant soin de perforer au minimum la dure-mère. C'est une procédure plus difficile, certes, mais il sait que son professeur, friand d'effets dramatiques, voudra retirer lui-même la membrane devant tous les étudiants réunis – lever le rideau sur le mystère cérébral, en quelque sorte –, et donc il la laisse aussi intacte que possible.

Il pose légèrement sa main gantée sur le cerveau. Obsédé de mémoire, tourmenté par les espaces manquants dans ses réminiscences, il espère peut-être pouvoir lire du toucher les pensées d'un mort, et explorer les siennes dans un effort de volonté.

Le laboratoire est propice à la réflexion dans le silence de la nuit seulement troublé par le tintement des instruments et, plus rarement, le grognement d'un sujet qui vient d'être ouvert et dont les organes contenaient encore un peu d'air.

Après avoir méticuleusement disséqué le côté gauche du visage, Hannibal entreprend de dessiner la tête à moitié intacte et à moitié anatomisée. Le croquis ira rejoindre le reste du dossier qu'il doit réaliser au cours de son année universitaire.

Maintenant, il veut mémoriser pour toujours les structures musculaire, nerveuse et artérielle du visage. Sa main gantée immobile sur l'encéphale du sujet, Hannibal voyage jusqu'au centre de son esprit, jusqu'au vestibule de son palais de la mémoire. Ayant choisi la musique qui l'accompagnera à travers les corridors, une fugue de Bach, il traverse rapidement la Salle des mathématiques, puis celle de la chimie, pour arriver à une pièce qu'il a reprise au musée Carnavalet il y a peu et qu'il a rebaptisée la Galerie du pariétal. Il ne lui faut que quelques minutes pour tout y installer, intégrer les détails anatomiques aux vitrines d'exposition en provenance de Carnavalet, sans commettre l'erreur de présenter les veines bleuâtres du visage sur le fond bleu des tapisseries.

Son travail terminé, il s'arrête un instant à la Salle des mathématiques, proche de l'entrée, l'une des plus anciennes de son palais mental. Il a envie de s'offrir à nouveau l'émotion intense qui l'avait étreint à sept ans, quand M. Jakov lui avait montré la preuve du théorème. Si toutes les leçons dispensées par le précepteur au château Lecter sont conservées ici, rien de leurs conversations durant leur exil au relais de chasse n'a subsisté.

En fait, tout ce qui est lié au relais de chasse est resté en dehors du palais, encore là mais teinté des nuances sombres de ses rêves, noirci par l'incendie comme la maison dans les bois elle-même, et pour s'y rendre il faudrait ressortir, traverser le champ de neige où les pages dispersées du *Traité* de Christiaan Huyghens se sont collées aux éclaboussures de cervelle et de sang, la cervelle et le sang de M. Jakov agglomérés à la neige…

Dans les couloirs du palais, il est maître de choisir qu'il y ait de la musique ou non. Dans ces parages obscurs, au contraire, il n'a aucun contrôle sur ce qui s'entend et il y a un son, en particulier, un seul son qui serait capable de le tuer.

Il émerge de son palais de la mémoire, à nouveau dans son cerveau, à nouveau derrière ses yeux, à nouveau en possession de son corps de dix-huit ans qui est pour l'heure assis à une table de laboratoire anatomique, la main posée sur une masse cérébrale anonyme.

Il dessine pendant une heure encore. À la fin, le schéma de la partie disséquée est rigoureusement semblable au sujet devant lui, à la veine et au nerf près, mais celui de la moitié intacte ne lui ressemble en rien. De ce côté, c'est un visage monté de la pénombre de ses cauchemars. C'est celui de Vladis Grutas, en tout point, même si dans sa tête Hannibal le connaît sous un autre nom, Yeux-Bleus…

Cinq volées de marches étroites jusqu'à sa chambre au-dessus de la faculté de médecine. Il faut dormir.

Dans sa partie la plus basse, sous le plafond mansardé, la pièce est simple ; harmonieusement dépouillée, à la japonaise, elle accueille un lit bas. De l'autre côté, celui qui a la plus grande hauteur sous le toit, il y a son bureau ; là, tout autour, les murs sont exubérants, couverts de croquis de dissection, de planches anatomiques inachevées. Immanquablement, les vues en écorché sont très fidèles à l'aspect des muscles et des vaisseaux mais à chaque fois surmontées de visages autres, issus de ses rêves. Sur une étagère, le crâne d'un gibbon aux longs crocs observe l'ensemble.

Il peut se frictionner pour ôter l'odeur du formol, et dans le vieil immeuble traversé de courants d'air les relents chimiques du laboratoire ne montent jamais à son étage. Il ne conserve pas sur ses rétines l'apparence grotesque des cadavres à moitié disséqués, ni celle des criminels décapités ou pendus qu'il va parfois chercher dans des prisons parisiennes. Non, seuls une image et un son s'avèrent capables de l'arracher au sommeil. Et il ne sait jamais quand ils vont l'assaillir.

Avant de se coucher, la lune darde ses derniers rayons que l'épais verre bullé de la lucarne répand sur les traits d'Hannibal endormi et qui grimpent lentement au mur, en silence, caressant la main de Mischa sur un dessin au-dessus de son lit, effleurant les visages dédoublés des planches anatomiques, visages écorchés et visages rêvés, atteignant enfin le crâne du gibbon dont ils font étinceler les crocs, puis le front blanchi au-dessus des orbites insondables. Du fond obscur de son crâne, le singe observe le dormeur. Hannibal a une expression enfantine, maintenant. Il pousse une sorte de cri, se retourne brusquement sur le flanc et lance son bras en arrière pour se dégager d'une poigne invisible.

Avec Mischa debout dans la grange du relais de chasse, serrant contre lui la petite secouée par la toux. Yeux-Bleus tâte la chair de leurs bras et dit quelque chose sans qu'aucun son ne sorte de sa bouche, seulement son souffle fétide que l'air glacial rend visible. Mischa cache son visage dans l'étreinte d'Hannibal pour échapper à l'haleine corrosive. Yeux-Bleus parle en silence et maintenant ils chantent, ils susurrent des invites mielleuses. La hache apparaît, et le bol. D'un bond sur Yeux-Bleus, goût de sang et de poils de barbe. Ils emmènent Mischa. Ils ont la hache, ils ont le bol. Se libérer, courir après eux mais ses jambes ne sont pas assez rapides, pas, assez, rapides… Yeux-Bleux et l'Homme au Bol balancent Mischa par les poignets au-dessus du sol enneigé, maintenant, elle tord désespérément le cou pour le voir encore et elle crie…

Hannibal se réveille le souffle coupé, se raccrochant à la fin du rêve, forçant ses paupières à rester fermées, essayant de revenir en arrière, au moment précédant son retour à la conscience. Mordant la taie d'oreiller, il s'oblige à regagner son cauchemar. Quels noms se donnaient-ils entre eux, ces gens ? Comment s'appelaient-ils ? À quel stade a-t-il perdu le son de la scène ? Il ne sait plus quand mais il veut se souvenir des noms, il doit aller jusqu'au bout de ce rêve…

Le voilà à nouveau dans son palais de la mémoire et maintenant il tente de franchir ce qui le sépare des ombres, en contournant la cervelle de M. Jakov sur la neige, mais il n'y arrive pas.

Il est capable de supporter les habits de sa mère en feu, la vue de ses parents, de Berndt, de M. Jakov étendus morts dans la cour, et les pillards s'agitant en bas dans le relais de chasse, mais il ne peut aller plus loin que Mischa suspendue en l'air, la tête éperdument tournée vers lui. Après, il ne se souvient plus de rien, sauf de lui-même, longtemps après, sur le char d'assaut, récupéré par les soldats avec le cou encore entravé d'une chaîne. Il voudrait se rappeler, il doit se rappeler.

Dentsdelaitdansfosseàpurin. Dentsd'laitd'fossapurin. Cet éclair de la mémoire n'est pas courant, non, et il se redresse d'un bond dans son lit. Son regard se pose sur le gibbon encore baigné de lune.

Bien plus petites que celles-ci, les dents... Des dents de bébé. Rien d'effrayant. Pas comme les miennes, des fois... Il faut, il faut que j'écoute les voix portées par ces haleines puantes. Je connais déjà l'odeur de leurs paroles mais je dois encore me souvenir de leurs noms, et ensuite les chercher, et les trouver... J'y arriverai. Comment fait-on pour se soumettre soi-même à la question ?

36

L'écriture du professeur Dumas est étonnamment ronde et régulière, pour un médecin. Son message est bref : « Hannibal, pouvez-vous voir ce qu'il vous est possible de faire au sujet de Louis Ferrat à la Santé ? Merci. »

Il a joint à son mot une coupure de presse rendant compte de la récente condamnation à mort de Ferrat et récapitulant son parcours : petit fonctionnaire du régime pétainiste à Lyon, collaborateur sans envergure, il a été arrêté par les Allemands pour falsification et trafic de tickets de rationnement, puis inculpé de complicité dans des crimes de guerre à la Libération, mais relâché faute de preuves ; condamné à la peine capitale pour le meurtre de deux jeunes femmes en 1949 et 1950, il doit être exécuté d'ici trois jours.

Parti d'un bon pas de l'école de médecine, Hannibal atteint en une trentaine de minutes la prison de la Santé, dans le XIVe arrondissement. Des ouvriers sont en train de réparer les canalisations dans la cour, site des exécutions à la guillotine depuis que celles-ci ont été interdites au public en 1939. À l'entrée, les gardiens connaissent de vue le jeune homme et le laissent passer. Lorsqu'il signe le registre des visiteurs, il aperçoit le nom et la signature de l'inspecteur Popil plus haut sur la page.

Des coups de marteaux retentissent dans une grande salle qui donne sur le couloir principal. Par la porte ouverte, Hannibal avise un homme qu'il a déjà vu. C'est le bourreau de la République en personne, Anatole Tourneau, connu sous le sobriquet de « monsieur Paris ». Il est occupé à monter la guillotine qu'il a apportée en pièces détachées de son garage de la rue de la Tombe-Issoire. À cet instant, il règle les rouages sur le support de la lame, dit « le mouton » dans le jargon des spécialistes, dispositif qui vise à empêcher le couperet de se bloquer dans sa descente fatale. M. Paris est un perfectionniste : il prend toujours soin de couvrir le haut du support afin que le condamné ne voie pas la lame tomber.

Louis Ferrat est enfermé dans une cellule séparée des autres par un corridor, dans une section au premier étage du bâtiment un. Si le tumulte de la prison surpeuplée ne lui parvient qu'en une lointaine rumeur de cris, de murmures et de portes claquées, il entend distinctement le maillet de M. Paris s'activer au rez-de-chaussée.

C'est un homme mince dont les cheveux sombres viennent d'être rasés sur la nuque mais ont été gardés longs au sommet du crâne afin de donner à l'assistant de M. Paris une prise plus efficace que ses petites oreilles. Assis sur sa couchette, revêtu d'un maillot et caleçon d'une seule pièce, il tripote pensivement le crucifix qui pend à une chaîne autour de son cou. Sa chemise et son pantalon sont soigneusement étalés sur une chaise, comme si celui qui les remplissait s'était soudain évaporé dans les airs, ne laissant sur le siège que cette composition anatomique en tissu. Même les chaussures sont alignées juste en dessous des revers du pantalon.

— Bonjour, monsieur Louis Ferrat, salue Hannibal.

— M. Ferrat est sorti de sa cellule, réplique le prisonnier. Je suis chargé de le représenter. Qu'est-ce que vous lui voulez ?

Hannibal note la curieuse mise en scène des vêtements sans avoir à quitter Ferrat du regard.

— Je voulais lui demander de faire don de son corps à la faculté de médecine, à la science. Il serait traité avec tout le respect qu'il se doit.

— Vous allez le lui prendre, de toute façon. Lui prendre de force.

— Je n'envisagerais même pas de le faire sans sa permission. Et encore moins de force.

— Ah, voilà mon client ! lance Ferrat. – S'écartant d'Hannibal, il va conférer avec la chemise et le pantalon comme s'ils venaient de revenir dans la cellule et de s'installer sur cette chaise. Il retourne bientôt devant la grille. – Il demande pour quelle raison il vous le donnerait.

— Quinze mille francs, versés à ses proches.

Ferrat se retourne brièvement vers les habits vides.

— M. Ferrat dit ceci : « Mes proches peuvent aller se faire foutre. Ils tendent la main et je chie dedans. » – Il baisse la voix. – Vous excuserez son langage. Il n'a plus toute sa tête… Et puis c'est un sujet tellement grave que je suis obligé de le citer mot pour mot.

— Je comprends. Je comprends parfaitement. Pensez-vous qu'il aimerait mieux offrir cette somme à une cause que sa famille réprouve ? Est-ce que cela lui semblerait satisfaisant, monsieur… ?

— Vous pouvez m'appeler Louis… Oui, nous avons le même prénom, M. Ferrat et moi. Non, je crois que son refus est catégorique. C'est que M. Ferrat n'est plus tout à fait… lui-même. Il dit qu'il a du mal à garder une influence sur sa propre volonté.

— Je vois. Il n'est pas le seul dans ce cas.

— Et moi je ne vois pas ce que vous pouvez bien comprendre à quoi que ce soit. Vous n'êtes guère plus qu'un mor… qu'un collégien, après tout.

— C'est là que vous pourriez m'aider, justement. Chaque étudiant de la faculté doit écrire une lettre d'éloge du donataire avec lequel il a traité. Puisque vous connaissez bien M. Ferrat, vous pourriez peut-être m'aider à la composer ? Dans le cas où il répondrait positivement, bien sûr…

Ferrat se frotte les joues. On croirait que ses mains ont une rangée de phalanges supplémentaires, là où elles ont été cassées et se sont ressoudées n'importe comment, il y a des années.

— Qui la lirait, à part M. Ferrat lui-même ? s'enquiert-il, méfiant.

— Elle serait affichée à l'école, si telle était sa volonté. Toute la faculté la verrait. Des gens importants, influents. Il pourrait l'envoyer au *Canard Enchaîné* pour qu'ils le publient.

— Qu'est-ce que vous écririez dedans ?

— Je parlerais de son désintéressement, de sa générosité, de sa contribution à la science, de son dévouement au peuple français, de son aide au progrès médical qui sera si bénéfique pour la prochaine génération d'enfants…

— Quoi, les enfants ? Oubliez les enfants.

Hannibal compose rapidement un brouillon dans son carnet de notes.

— Pensez-vous que c'est lui rendre assez justice ?

Il soulève le carnet à sa hauteur, pour que Ferrat puisse lire à travers la grille mais aussi pour que lui, Hannibal, estime ainsi la longueur de son nez.

« Le cou est plutôt bref, note-t-il par devers lui. À moins que M. Paris ne l'attrape hardiment par les cheveux, il ne restera pas grand-chose en dessous de l'os hyoïde, pas assez pour une bonne présentation du triangle cervical frontal… »

— Il ne faut surtout pas laisser de côté son patriotisme, affirme Ferrat-qui-n'est-pas-Ferrat. Quand le grand Charles a lancé son appel à la radio de Londres, qui a répondu présent ? Ferrat, aussitôt monté aux barricades ! Vive la France !

Hannibal regarde la ferveur chauvine gonfler l'artère sur la tempe du traître, tendre jugulaire et carotide sur son cou… Une tête éminemment propice aux injections, en vérité ! Il redouble de zèle :

— Oui, vive la France ! Donc, notre lettre devrait souligner qu'on le dit vichyste mais qu'il a été un héros de la Résistance, c'est bien cela ?

— Certainement.

— Qui a sauvé des pilotes de chasse abattus en vol, je présume ?

— Et plus d'une fois !

— Qui a accompli les actes de sabotage coutumiers ?

— Souvent, et sans jamais se soucier de sa propre vie !

— Qui a essayé de protéger les juifs ?

Un soupçon de froncement de sourcils.

— Au mépris du risque, en effet.

— Qui a été torturé, peut-être ? Qui a eu les mains brisées à cause de sa lutte pour la France libre ?

— Il ne s'en est pas moins servi pour saluer le grand Charles à son retour, proclame Ferrat.

Hannibal griffonne encore deux ou trois lignes.

— Voilà. Je n'ai retenu ici que les points saillants. Vous pensez que vous pourriez lui montrer cette ébauche ?

Ferrat scrute la feuille, suit du doigt la liste des actes de bravoure, hoche la tête.

— Vous feriez sans doute bien d'ajouter quelques témoignages de ses camarades de Résistance. Je serais en mesure de vous les fournir. Un moment, s'il vous plaît ! – Il tourne le dos à Hannibal, se penche sur ses habits, marmonne un peu, revient avec une décision. – La réponse de mon client est : « Merde ! Dites au petit connard que j'aurai eu la came et que je m'en serai frotté les gencives avant de signer ce papelard ! » Pardon, encore, mais ceci est *verbatim* et *literatim.* – Il se penche sur les barreaux de la grille d'un air de conspirateur. – Des prisonniers du bâtiment lui ont assuré qu'il aurait du laudanum, assez de laudanum pour ne pas sentir la lame. « Pour rêver et ne pas hurler », ainsi que je l'exprimerais devant un tribunal. C'est l'école de médecine Saint-Pierre qui offre le laudanum en échange de… de son accord. Et vous, vous en proposez aussi ?

— Je vais revenir vous voir avec une réponse à ce sujet pour M. Ferrat.

— Je ne tarderais pas trop, si j'étais vous. Ils sont très insistants, ceux de Saint-Pierre. – Attrapant un pan de son maillot comme s'il s'agissait de son gilet au cours d'une plaidoirie en public, il élève à nouveau la voix : – M. Ferrat m'a donné carte blanche pour négocier avec Saint-Pierre, également. – Tout bas, encore : – Seulement trois jours et le malheureux sera mort, et moi je porterai le deuil et j'aurai un client de moins… Vous qui êtes de la faculté, croyez-vous qu'il va souffrir ? Physiologiquement parlant, est-ce qu'il… ?

— En aucun cas. Le moment le plus désagréable, c'est avant. Maintenant. La chose en elle-même n'est rien. Même pas une seconde.

Il s'éloigne déjà mais Ferrat le rappellc et il revient devant la grille.

— Les étudiants se moqueraient de lui. Ils riraient de… de ses parties.

— Absolument pas. À part la zone étudiée, le sujet reste en permanence couvert.

— Même s'il avait quelque chose… d'unique ?

— C'est-à-dire ?

— Même s'il avait des parties, euh… qui ne correspondent pas à un adulte ?

— C'est un état assez courant, en aucun cas prétexte à plaisanterie, jamais, affirme Hannibal tout en se disant : « Voici un candidat pour le musée d'anatomie, où les donataires ne sont jamais mentionnés. »

Le martèlement obstiné du maillet du bourreau se mue en tic au coin de l'œil de Louis Ferrat. Il se rassoit sur sa couchette, une main effleurant la manche de son compagnon de cellule en tissu. Hannibal le regarde imaginer les différentes pièces qu'on assemble peu à peu à l'étage en dessous, les bras dressés, la lame dont le tranchant est gainé par un simple bout de tuyau d'arrosage, le réceptacle à la base… Hannibal sursaute. Il vient de le voir en esprit, lui aussi, le macabre récipient, et c'est… *une baignoire de bébé*.

Tel un couperet tombant de tout son poids, sa raison coupe court à cette idée. Dans le silence qui s'ensuit, l'angoisse de Louis lui devient aussi familière que les veines sur la face de cet homme, que les artères sur son propre visage.

— Je lui procurerai le laudanum, murmure-t-il.

Et sinon, il pourra toujours acheter une boulette d'opium sous un porche d'immeuble.

— Laissez-moi le formulaire de consentement.

Hannibal observe le condamné, lit ses traits aussi soigneusement qu'il a étudié son cou tout à l'heure. Son odorat capte la peur qui suinte de lui.

— Une question à méditer pour votre client, Louis toutes les guerres, toutes les souffrances qui se sont accumulées au cours des siècles avant sa naissance, avant qu'il ne vienne au monde… à quel point cela l'a-t-il troublé ?

— En aucune manière.

— Alors pourquoi se soucierait-il de ce qui viendra « après » sa vie ? Ce sera un sommeil paisible. Et la différence, c'est qu'il ne se réveillera pas pour voir… tout ça.

37

Les planches sur bois originales du *De humani corporis fabrica*, l'œuvre fondamentale du grand Vésale, ont été détruites à Munich au cours de la Seconde Guerre mondiale. Inconsolé et outragé par la perte de ce qui était pour lui des reliques saintes, le Dr Dumas a résolu de compiler lui-même un nouvel atlas anatomique, le meilleur de tous ceux qui ont succédé au traité vésalien en l'espace de quatre cents ans.

Il trouve que le dessin est supérieur à la photographie lorsqu'il s'agit d'illustrer la recherche anatomique, et notamment quand il s'agit de clarifier des radiographies brouillées. Anatomiste distingué, le Dr Dumas n'est qu'un piètre dessinateur. Pour sa plus grande chance, cependant, il est tombé par hasard sur le croquis d'une grenouille disséquée dû à Hannibal Lecter, alors encore lycéen et, suivant pas à pas ses progrès, il lui a obtenu une dérogation pour l'intégrer à la faculté de médecine, avec une bourse d'études.

Début de soirée au laboratoire. Un peu plus tôt, lors de son cours magistral quotidien, le professeur Dumas a disséqué une oreille interne qu'il a ensuite laissée à Hannibal, lequel exécute maintenant le dessin de la cochlée sur le tableau noir, grossie cinq fois.

La sonnette de nuit retentit. Hannibal, qui attend une livraison en provenance de la cour des fusillés de Fresnes, s'empare d'une civière roulante et s'engage dans le long couloir qui conduit à l'entrée de service. L'une des roues râcle sur le sol en pierre. Il se promet de la réparer quand il aura le temps.

Le cadavre est à la porte, flanqué de l'inspecteur Popil. Deux ambulanciers transfèrent leur flasque et fétide fardeau de leur litière à celle du laboratoire avant de repartir en trombe.

Dame Murasaki a soutenu un jour, au grand déplaisir d'Hannibal, que Popil ressemblait beaucoup au séduisant acteur Louis Jourdan.

— Bonsoir, inspecteur.

— J'ai un mot à te dire, lâche Popil qui n'a rien à voir avec Jourdan, décidément.

— Voyez-vous une objection à ce que je poursuive mon travail pendant que nous parlons ?

— Non.

— Alors venez.

Hannibal pousse devant lui la civière, encore plus bruyante maintenant. Il faudra probablement changer le roulement à billes, pense-t-il.

Popil tient la double porte battante ouverte pour lui.

Ainsi qu'Hannibal s'y attendait, les lésions massives à la poitrine occasionnées par le peloton d'exécution de Fresnes ont très bien drainé le corps, qui est donc fin prêt pour la cuve de conservation. Son transfert pourrait attendre, certes, mais il est curieux de voir si Popil ressemblera encore moins à Louis Jourdan une fois qu'il sera devant le bac à macchabées, et si l'environnement affectera quelque peu son teint de pêche.

Une salle en béton brut, mitoyenne du laboratoire dont elle est séparée par une autre porte battante garnie de gaines en caoutchouc. La cuve de formol dilué, d'environ quatre mètres de diamètre, est encastrée dans le sol et recouverte d'une plaque en zinc percée de plusieurs trappes montées sur des charnières. Dans le coin opposé, un incinérateur est en train de faire disparaître les rebuts de la journée, dans le cas présent une collection d'oreilles humaines.

Au-dessus du réservoir, un palan est prêt à hisser l'une des chaînes auxquelles chaque cadavre est rattaché par un harnais numéroté, et qui pour l'heure sont fixées à la barre entourant la circonférence de la cuve. Un gros ventilateur aux pales maculées de poussière grasse perce le mur. Hannibal le met en route, ouvre l'une des lourdes trappes, fixe une plaque d'identification sur le corps, lui passe un harnais libre. La chaîne se dévide sur le palan, jusqu'à plonger le nouveau venu dans le bain de formaldéhyde.

— Êtes-vous venu de Fresnes avec lui ? s'enquiert Hannibal tandis que des bulles commencent à remonter à la surface.

— Oui.

— Vous avez assisté à l'exécution ?

— Oui.

— Pour quelle raison, inspecteur ?

— C'est moi qui l'ai coffré. Quand je les ai conduits là-bas, j'assiste à leur fin.

— Est-ce votre conscience qui vous le dicte, inspecteur ?

— Leur mort est la conséquence de mon intervention. Je crois aux conséquences. Est-ce que tu as promis du laudanum à Louis Ferrat ?

— Du laudanum obtenu très légalement, inspecteur.

— Mais non « prescrit » légalement.

— C’est une pratique courante, avec les condamnés à la peine capitale. En échange de leur consentement posthume. Ne me dites pas que vous l’ignorez.

— Non. Mais tu ne lui en donneras pas.

— Ah ? Ferrat serait-il l’une de vos « conséquences » ? Vous voulez qu’il soit lucide jusqu’au bout ?

— Oui.

— Vous voulez qu’il assume toutes les conséquences, c’est cela ? Allez-vous demander à monsieur Paris qu’il laisse la guillotine à découvert pour que Ferrat voie bien la lame tomber, avec une lucidité intacte ?

— J’ai mes raisons. Et toi, tu ne lui procureras pas de laudanum. C’est tout. Si je constate qu’il est sous l’effet de la drogue, je veillerai à ce que tu n’obtiennes jamais le droit d’exercer la médecine en France. Considère cet avertissement avec ta lucidité intacte…

Hannibal doit admettre que le contexte de la salle de conservation n’a aucun impact sur Popil. Il observe l’inspecteur faire un effort sur lui-même, se rappeler au sens du devoir. Quand il reprend la parole, Popil évite le regard du garçon.

— Ce serait très dommage, car tu promets. Je te félicite de tes remarquables résultats, dès à présent. Tu as fait très plaisir à… Je veux dire que ta famille serait… est très fière de toi. Et… bonne nuit.

— Bonne nuit, inspecteur. Et merci pour les billets d’opéra.

38

Un soir de Paris. Pluie lente sur les pavés luisants. Avant la fermeture, les boutiquiers balaient l'eau des trottoirs dans les caniveaux ponctués de petits bouts de moquette enroulée, les chutes de la journée.

Le mince essuie-glace de la camionnette de l'école étant actionné par le circuit des gaz, Hannibal doit de temps à autre relâcher l'accélérateur pour que le pare-brise se dégage. Heureusement, la prison de la Santé n'est pas loin.

Il s'engage en marche arrière dans la cour, les gouttes de pluie lui glaçant la nuque lorsqu'il sort la tête par la vitre afin de manœuvrer, car le gardien en faction ne quitte pas sa guérite pour le guider.

Dans le couloir d'entrée, l'assistant de monsieur Paris l'invite d'un signe à le rejoindre dans la pièce où la machine a été montée. Il a revêtu un tablier en toile cirée et il a même protégé son chapeau melon neuf, pour l'occasion. Un écran installé entre son poste de travail et la lame est là pour éviter que ses chaussures et le bas de son pantalon ne soient éclaboussés. Le corps basculera dans un panier en osier rectangulaire, doublé de zinc, qui attend à côté de la guillotine.

— Pas de sac ici, explique l'assistant à Hannibal. Ce sont les ordres du directeur. Il faudra prendre le panier et le rapporter. Est-ce qu'il va entrer dans la camionnette ?

— Oui.

— Ne vaudrait-il pas mieux mesurer ?

— Non.

— Bien, donc vous l'emporterez avec la tête. On la mettra sous son bras. Ils sont à côté.

Dans une salle passée à la chaux, sous la violente lumière d'ampoules électriques nues, surplombé d'une fenêtre grillagée, Louis Ferrat est étendu sur une civière à laquelle il est ligoté. La « bascule », la planche basculante de la guillotine, a déjà été glissée sous lui. Une seringue intraveineuse est fixée à son bras.

Debout à côté de lui, l'inspecteur Popil lui parle à voix basse. Il a placé sa main en visière pour épargner le brutal éclairage aux yeux du condamné. Le médecin de la prison s'affaire sur la seringue, injectant une petite quantité de liquide transparent. Popil ne relève pas la tête quand Hannibal apparaît. Il continue, presque en chuchotant :

— Rappelez-vous, Louis. Il faut que vous vous rappeliez.

L'œil hagard de Ferrat tombe tout de suite sur Hannibal, dont l'inspecteur remarque maintenant la présence. Levant une main pour l'empêcher d'approcher, il se penche sur le visage noyé de sueur :

— Dites-moi, Louis.

— J'ai réparti le corps de Cendrine dans deux sacs. Je les ai lestés avec des fers de charrue, et alors les chansonnettes ont commencé dans ma tête et…

— Pas Cendrine, Louis. *Rappelez-vous* ! Qui a dit à Klaus Barbie où les enfants étaient cachés ? Pour qu'il les déporte ? Je veux que vous vous souveniez.

— J'ai demandé à Cendrine, je lui ai dit : « Touche-le un peu, seulement, touche-moi là… » Mais elle m'a ri au nez et les chansonnettes des petits, elles sont revenues et…

— Non ! Pas Cendrine ! Qui a mis les Nazis au courant, pour ces gosses ?

— C'est impossible de… Je ne peux pas y penser. Je ne peux pas !

— Rien qu'une seule fois, allez… Ceci va vous aider à vous rappeler.

Le médecin envoie un peu plus de liquide dans les veines de Louis et masse son bras pour qu'il se diffuse plus vite.

— Il faut vous souvenir, Louis. Klaus Barbie a envoyé ces enfants à Auschwitz. Qui lui a révélé leur cachette ? C'est vous qui lui avez dit ?

le visage de Ferrat a viré au gris.

— La Gestapo m'a pris en train de fabriquer des faux tickets de rationnement… Ils m'ont cassé les doigts et je leur ai donné Pardou… C'est Pardou qui savait où les orphelins étaient cachés. Il a rien eu, lui, il a sauvé ses doigts… C'est le maire de Trent-la-Forêt, maintenant. J'ai vu quand ils ont été emmenés mais je n'ai pas participé, non I Ils étaient à l'arrière du camion, ils regardaient, ils me regardaient…

— Pardou… – Popil hoche la tête. – Merci, Louis.

Il se détourne déjà mais Ferrat le retient :

— Inspecteur ?

— Quoi, Louis ?

— Quand les Nazis ont jeté les gosses dans les camions… La police, elle était où ?

Popil garde les yeux fermés un instant, les rouvre, fait signe à un gardien d'ouvrir la porte conduisant à la salle de la guillotine. Hannibal aperçoit monsieur Paris et un curé debout à côté de l'instrument.

L'assistant retire au condamné la chaînette et le crucifix qu'il avait autour du cou et les place dans sa main attachée. Ferrat regarde Hannibal, relève la tête, ouvre la bouche. Hannibal vient vers lui sans que Popil essaie de l'en empêcher.

— Et l'argent, Louis.

— À Saint-Sulpice. Pas le tronc des pauvres, non. La caisse des prières pour les âmes au purgatoire. Où est la came ?

— Comme promis.

Il sort de sa veste une ampoule de « teinture d'opium ». L'assistant et le gardien regardent ailleurs, mais non Popil. Hannibal porte l'ampoule aux lèvres de Ferrat, qui avale le contenu. Faisant à nouveau mine de parler, le condamné montre du menton sa main liée. Hannibal prend la chaîne et la petite croix, qu'il place dans la bouche de Ferrat avant que celui-ci ne soit emporté sur la bascule.

Hannibal regarde la lame tomber, le fardeau de la tête rouler loin du corps. La civière roulante cahote en repassant le seuil. Le gardien referme la porte derrière lui.

— Il voulait que le crucifix reste avec sa tête plutôt qu'avec son cœur, remarque Popil. Tu savais que c'était ce qu'il voulait, n'est-ce pas ? Qu'est-ce que vous avez d'autre en commun, Ferrat et toi ?

— En commun ? Eh bien, par exemple l'envie de savoir où était passée la police quand les Nazis ont raflé ces enfants.

Popil est sur le point de le frapper, là. Le moment passe. Sans un mot, il referme son calepin et quitte la pièce. Aussitôt, Hannibal s'approche du médecin.

— Qu'est-ce que vous lui avez injecté, docteur ?

— Un mélange de thiopental sodique et de deux autres narcotiques. La Sûreté nationale s'en sert durant certains interrogatoires. Il peut libérer des souvenirs refoulés, quelquefois. Dans les cas sans espoir.

— Il va falloir que nous le mentionnions dans notre analyse sanguine, au laboratoire. Pourrais-je avoir un échantillon ?

Le médecin lui tend l'ampoule qu'il a utilisée.

— La formule et le dosage sont sur l'étiquette.

Soudain, un bruit sourd leur parvient de l'autre pièce.

— Si j'étais vous, j'attendrais quelques minutes, lui conseille le médecin. Le temps que Louis ait reposé.

39

Hannibal est étendu sur le lit bas dans sa chambre mansardée. Les flammes des bougies vacillent sur les dessins de visages aperçus dans ses rêves, des ombres jouent sur le crâne du gibbon. Le regard fixé sur les orbites vides du singe, il rentre sa lèvre inférieure sous ses dents comme s'il voulait rivaliser avec les crocs menaçants. À côté de lui, un phonographe à manivelle est surmonté d'un cornet dont la forme rappelle une fleur de lys. Une seringue dans son bras distille peu à peu le même cocktail de substances hypnotiques qui a facilité l'interrogatoire de Louis Ferrat.

— Mischa, Mischa, j'arrive…

Le feu sur les habits de sa mère, les chandelles votives embrasées devant sainte Jeanne, le bedeau qui annonce : C'est l'heure…

Lançant le tourne-disques, il abaisse l'aiguille sur un disque de comptines pour enfants. Le microsillon est rayé, le son ténu et métallique, et cependant Hannibal est touché au cœur.

« Sagt, wer mag das Mânnlein sein,
Das da steht im Walde allein... »

Quand il enfonce d'un demi-centimètre le poussoir de la seringue, il sent la drogue brûler ses veines. Tout en se massant le bras pour l'aider à circuler, il garde les yeux fixés sur les faces venues de ses rêves, s'efforçant de faire remuer leur bouche. Elles vont peut-être chanter, d'abord, puis lui dire leur nom… Pour les encourager, Hannibal se met à fredonner la ritournelle.

Il ne peut pas plus animer leurs lèvres qu'il ne pourrait écorcher la tête du gibbon. Mais c'est le singe qui sourit maintenant entre ses crocs, un sourire sans chair, et sa mâchoire adopte une moue railleuse, et l'homme aux *Yeux-Bleus sourit à son tour, et son expression perplexe brûle dans l'esprit d'Hannibal. Voici l'odeur de feu de bois du relais, les strates de fumée dans la salle froide, l'odeur de cadavérine dans le souffle des pillards qui se pressent autour de Mischa et de lui devant l'âtre.*

Ensuite, ils les entraînent dans la grange. Des vêtements d'enfant qu'il ne connaît pas traînent dans la paille, tout tachés. Il n'arrive pas à saisir ce qu'ils disent, les noms par lesquels ils s'appellent, mais soudain la voix de l'Homme-au-Bol : « Prenons-la, eeeelle ! Elle va mouriiiiir, de toute façon ! Lui, il restera boooon un peu plus longtemps ! » Coups de poing, coups de dents, et maintenant ce qu'il ne peut supporter de revoir, Mischa suspendue par les bras, ses pieds s'agitant au-dessus de la neige ensanglantée, Mischa qui se débat pour se retourner et... pour le regarder, lui !

— Anniba' !

Sa voix.

Hannibal se redresse d'un bond sur le lit. Le bras plié, il vide la seringue entièrement dans ses veines.

La grange tangue autour de lui, soudain.

— Anniba' !

Il se libère pour courir après eux, la porte claquée sur son bras, le craquement des os, Yeux-Bleus pivote pour l'attaquer à la tête avec une bûche, le bruit de la hache dans la cour et enfin l'obscurité bénie.

Hannibal s'agite dans sa soupente, maintenant incapable de concentrer son regard sur les visages qui flottent contre les murs.

Il est passé. Il a dépassé ce qui est impossible à voir, ce qui est impossible à entendre, ce qui est impossible à vivre. Revenu dans le relais de chasse, du sang séché sur sa tempe, la douleur lancinante dans son avant-bras, à nouveau enchaîné à la balustrade, le tapis tiré sur lui. Le tonnerre… Non, ce sont des tirs d'artillerie qui dépècent la forêt. Les hommes sont regroupés fébrilement devant la cheminée, autour de la sacoche en cuir du Marmiton dans laquelle ils jettent en hâte leurs plaques d'identification militaire, sur laquelle ils secouent leur portefeuille pour en faire tomber les papiers, et chacun fixe un brassard de la Croix Rouge par-dessus sa veste… Et là, la stridence et l'éclat aveuglant d'une bombe incendiaire qui s'abat sur la carapace du tank mort devant la maison. Le relais prend feu, les meurtriers se précipitent dans la nuit vers leur half-track… Arrivé à la porte, le Marmiton s'arrête, lève la sacoche devant son visage pour le protéger du brasier, sort une clé de cadenas de sa poche et la lance à Hannibal au moment où la deuxième bombe arrive, ils n'ont pas entendu son sifflement à travers les airs, c'est juste la maison qui se soulève, le palier sur lequel Hannibal était couché s'affaisse, le faisant rouler contre la balustrade, et l'escalier s'effondre d'un coup sur le Marmiton, Hannibal entend ses cheveux prendre feu en crépitant, une seconde après il est dehors, le half-track s'enfuit à travers les arbres en grondant, le tapis qu'il serre toujours autour de lui se consume lentement, les impacts d'obus secouent le sol, des éclats volent près de lui en hurlant, il éteint le tapis dans la neige et il part en avant d'un pas accablé, son bras pend le long de son corps.

Une aube grise sur les toits de Paris. Dans la mansarde, le phonographe a ralenti jusqu'à l'arrêt complet et les bougies vont s'éteindre. Hannibal a les yeux ouverts. Les visages sont immobiles sur les murs, redevenus de simples croquis à la craie, des draps raides à peine mûs par un souffle de vent. Le gibbon a retrouvé son habituelle impassibilité. Le jour vient. Partout, la lumière se lève. Sur tout brille une lumière nouvelle.

40

Sous un ciel bas et plombé, à Vilnius, en Lithuanie, une Skoda de la police quitte l'avenue Sventaragio et s'engouffre dans une rue plus calme proche de l'université, faisant fuir de ses coups de klaxon les passants qui jurent dans leur col en pauvre fourrure. Elle s'arrête devant une ruche d'appartements récemment construite par les Russes, qui tranche douloureusement avec les immeubles décrépits tout autour. Un homme de haute taille, en uniforme d'officier soviétique, sort du véhicule. Suivant du doigt la succession de boutons de sonnette, il s'arrête à celle au nom de Dortlich.

Dans un logement du deuxième étage, un vieillard étendu dans son lit, la table à côté de lui envahie de flacons de médicaments, entend la sonnerie sans l'entendre. Au-dessus de sa tête, il y a une pendule suisse à laquelle un cordon est accroché qui pend jusqu'au traversin. C'est un vieux qui en a vu de dures mais la nuit, lorsque la terreur s'empare de lui, il lui arrive de tirer sur le cordon dans le noir, d'écouter les cloches de l'horloge et de vérifier ainsi qu'il n'est pas mort. L'aiguille des minutes avance par lentes saccades. Il s'est mis en tête que c'était la pendule qui, à la une, à la deux, à la trois, allait décider du moment où il quitterait ce monde.

Le vieil homme a d'abord cru que la sonnette n'était rien d'autre que les sifflements de sa respiration oppressée. Il entend sa bonne parler dans le couloir. Peu après, elle passe la tête par la porte de sa chambre, sourcils froncés sous son bonnet :

— Votre fils.

Poussant la femme de côté, le lieutenant Dortlich fait son entrée.

— Bonjour, père.

— Je suis encore vivant, hé ! Trop tôt pour venir piller !

Le vieux ne finit pas de s'étonner que la colère soit désormais toujours circonscrite à son cerveau, sans jamais plus atteindre son cœur.

— Je vous ai amené des chocolats.

— Donne-les à Bergid en partant. Et ne la viole pas, hein ? Adieu, lieutenant Dortlich.

— Vous ne pouvez pas continuer comme ça, voyons… Vous êtes mourant. J'étais venu voir si je pouvais faire quoi que ce soit pour vous. À part vous avoir procuré ce logement, bien sûr.

— Ouais… Tu pourrais changer de nom. Combien de fois tu as changé de camp, déjà ?

— Suffisamment pour rester en vie.

Dortlich porte les galons et passements verts du corps des gardes-frontières soviétiques. Retirant un gant, il s'approche du lit de son père et tente de lui prendre le pouls, mais le vieillard irascible repousse sa main couverte de cicatrices, dont la vue a dû éveiller un semblant d'émotion en lui car une pellicule aqueuse se forme sur ses yeux épuisés et, non sans effort, il tend les doigts pour effleurer les médailles qui pendent de la poitrine de son fils alors que celui-ci se penche sur sa couche de souffrance. Parmi les nombreuses décorations, il y a la médaille d'excellence du MVD, le ministère soviétique de l'Intérieur, celle de l'Institut de formation du personnel des camps et des prisons, ainsi que le ruban du Bâtisseur émérite de ponts soviétiques. Cette dernière distinction ne manque pas de sel, car si Dortlich a certes participé à l'édification de pontons militaires, c'était dans le cadre d'un bataillon de travail forcé, et pour le compte des Nazis. Mais c'est une belle pièce rutilante, et il a une histoire toute prête à chaque fois qu'on l'interroge à son sujet.

— Ils t'ont collé tout ce plastron en une seule fois ? persifle le père.

— Je ne suis pas venu demander votre bénédiction, mais m'enquérir de vos besoins et vous dire au revoir.

— Te voir dans un uniforme russe est déjà assez pénible.

— Le 27e régiment de fusiliers, précise Dortlich.

— Te voir en uniforme nazi était pire encore. C'est ce qui a tué ta mère.

— Nous avons été nombreux dans ce cas. Je ne suis pas le seul. J'ai ma vie et vous, vous avez un lit où mourir, au lieu d'un fossé. Vous avez une chambre chauffée. C'est tout ce que j'ai à vous donner. Les trains pour la Sibérie sont bourrés à craquer. Les gens se piétinent et doivent chier dans leur chapka. Profitez bien de vos draps propres.

— Grutas était encore pire que toi et tu le savais… – Il s'interrompt, le souffle court. – Pourquoi l'as-tu suivi ? T'acoquiner avec des criminels, des vauriens ! Tout saccager, dévaliser les maisons, dépouiller les morts…

Le fils répond comme s'il n'avait pas entendu cette tirade :

— Quand j'ai été brûlé, vous êtes resté à mon chevet et vous avez sculpté une toupie pour moi. J'étais petit mais je m'en souviens comme d'hier. Vous me l'avez donnée. Une fois que j'ai pu tenir le fouet dans ma main, vous m'avez appris comment la faire tourner. Une magnifique toupie, décorée d'animaux. Je l'ai toujours. Merci encore.

Il dépose les chocolats au pied du lit, assez loin du vieillard pour que celui-ci ne les jette pas au sol.

— Retourne avec tes amis policiers, sors mon dossier et ajoute « Pas de parenté connue. »

Dortlich fils sort une feuille de papier de sa poche.

— Si vous voulez que je vous renvoie au pays à votre mort, signez ce document et laissez-le pour moi. Bergid vous aidera, et elle servira de témoin de la signature.

De retour dans la voiture, Dortlich reste silencieux jusqu'à ce qu'ils rencontrent un peu de circulation rue Radvilaitas. Le sergent Svenka, qui conduit, lui offre une cigarette.

— Ça a été difficile ?

— Je n'aimerais pas être à sa place. Sa foutue bonne… Je ferais mieux de venir le voir quand elle est à l'église. À l'église ! Elle croit que je ne suis pas au courant mais elle pourrait se retrouver en prison, pour ça. Mon père sera mort d'ici un mois. Je vais le réexpédier dans sa ville natale, en Suède. On aura disons trois bons mètres cubes libres en dessous du cadavre. Un bon espace, au bas mot trois mètres de long…

Si le lieutenant n'a pas encore de bureau personnel, il dispose d'une table dans la salle commune du quartier général de la police, où le prestige se mesure à la proximité du poêle. Celui-ci est éteint, maintenant, car on est au printemps, et la table est couverte de paperasse, la moitié étant constituée d'absurdités bureaucratiques dont encore une bonne moitié pourrait partir directement à la poubelle.

L'antenne de Lithuanie entretient très peu de contacts latéraux avec les départements du MVD et du NKVD, la police secrète, de la Lettonie et de la Pologne voisines. Dans ces pays satellites, l'appareil policier tourne autour de la direction située à Moscou comme une roue aux multiples rayons mais dépourvue de jante.

Son travail du moment : examiner la liste de ressortissants étrangers ayant reçu un visa pour la Lithuanie qui lui a été transmise par télégraphe et la comparer à celle, bien plus longue, des personnes recherchées et déclarées politiquement suspectes. Le huitième nom de la première liste en partant du haut est celui d'Hannibal Lecter, toute nouvelle recrue de l'organisation de jeunesse du Parti communiste français.

Au volant de sa Wartburg moteur deux-temps, Dortlich gagne le centre téléphonique, où il se rend environ une fois par mois. Il attend dehors jusqu'à ce que Svenka arrive pour prendre sa vacation. Dès que le fidèle sergent est aux commandes du standard, Dortlich s'isole dans une cabine, en communication grésillante et chargée d'électrique statique avec la France. Ayant branché un compteur de fréquence sur le téléphone, il observe l'aiguille pour vérifier si la ligne est écoutée.

Au sous-sol d'un restaurant proche de Fontainebleau, le téléphone se met à sonner dans l'obscurité.

Cinq bonnes minutes s'écoulent avant que quelqu'un décroche.

— Parle.

— Il faudrait peut-être répondre un peu plus vite ! Je suis à découvert, là ! proteste Dortlich. Bon, primo, on a besoin d'une équipe prête en Suède. Pour réceptionner un cadavre. Secundo, le petit Lecter revient. Avec un visa étudiant obtenu en son nom par le Mouvement de la jeunesse communiste.

— Qui ?

— Fais marcher ta tête ! On a parlé de lui la dernière fois qu'on a dîné ensemble. – Il jette un coup d'œil à sa liste. – Objet de la visite : « Établir un catalogue de la bibliothèque de la famille Lecter en vue de sa socialisation. » Quelle blague ! Les Russes se torchaient le cul avec ces bouquins ! Mais enfin, il va sans doute falloir faire quelque chose de votre côté… Tu sais qui prévenir.

41

Au nord-ouest de Vilnius, sur les bords du fleuve Néris, s'élèvent les ruines d'une centrale électrique vétuste, la première de toute la région. À sa période faste, elle fournissait en électricité une partie de la ville, ainsi que plusieurs scieries et une usine de ferblanterie installées le long du cours d'eau. Et elle fonctionnait en toute saison, alimentée en charbon polonais à la fois par une voie ferrée à trémis et par voie fluviale.

Ravagée par les bombardements de la Luftwaffe au cours des cinq premiers jours de l'invasion allemande, elle n'a jamais été remise en état ; personne n'y songe désormais que le pays est alimenté par les toutes nouvelles lignes à haute tension soviétiques.

La piste conduisant à la centrale est barrée par une chaîne tendue entre deux poteaux en béton, dont le cadenas est rouillé à l'extérieur, mais fort bien huilé à l'intérieur. Une pancarte en russe, lithuanien et polonais met en garde d'éventuels flâneurs : DANGER, MUNITIONS NO N EXPLOSÉES, DÉFENSE D'ENTRER.

Descendu du camion, Dortlich ouvre la chaîne et la laisse tomber au sol. Au volant, le sergent Svenka passe dessus. Les pneus écrasent des plaques de mauvaises herbes qui ont proliféré dans le gravier et qui laissent échapper une sorte de soupir étranglé.

— C'est ici qu'ils ont tous…

— Oui, je sais, le coupe Dortlich.

— Tu crois vraiment qu'il y a des mines ?

— Non. Et si je me trompe, tu le garderas pour toi.

Puisqu'il est naturellement méfiant, la conscience de dépendre de l'aide de Svenka le rend plus facilement irritable.

Une hutte de campagne Nissen, vestige du soutien matériel délivré au compte-gouttes par l'Occident aux Soviétiques, a résisté aux abords des fondations noircies de l'usine.

— Avance là-bas, devant ces buissons. Et ramène la chaîne.

S'assurant que tous les maillons sont libres, Dortlich la fixe au crochet de remorquage du camion. Ensuite, il fouille dans les broussailles jusqu'à trouver les lattes d'une palette en bois, à laquelle il fixe l'autre bout de la chaîne. Il ordonne d'un geste à Svenka d'avancer avec le camion. Arrachée du sol, la palette et son épaisse couverture de buissons bougent de quelques mètres, exposant la trappe d'accès en fer d'un abri anti-aérien.

— Après leur dernier raid aérien, les Allemands ont lâché des parachutistes pour contrôler le fleuve, pense-t-il tout haut. Le personnel de la centrale s'était réfugié là-dedans. Un para a frappé à la porte. Quand ils ont ouvert, il a jeté une grenade au phosphore à l'intérieur. Le gâchis n'a pas été facile à nettoyer. Il faut du temps pour s'y habituer, disons…

Tout en parlant, il ouvre les trois cadenas qui contrôlaient la trappe, repousse les battants. Un souffle d'air moite, chargé d'odeur de brûlé, saute à la figure de

Svenka. Allumant sa torche électrique, Dortlich s'engage sur les étroites marches en métal. Après avoir pris sa respiration, Svenka le suit.

L'abri, grossièrement peint en blanc, est tapissé d'étagères en bois brut sur lesquelles s'empilent des œuvres d'art : des icônes enroulées dans des chiffons, et d'innombrables rouleaux en acier pour cartes géographiques dont les capsules sont scellées à la cire. Au fond du réduit, un amoncellement de cadres de tableaux vides, certains désarticulés, d'autres retenant encore des débris des toiles arrachées en hâte.

— Prends tout ce qu'il y a sur ce rayon, là, commande Dortlich, et celles-là, dans ce coin.

Après avoir ramassé lui-même plusieurs paquets enveloppés de toile cirée, il conduit Svenka à la hutte Nissen.

Au milieu de la cabane, un beau cercueil en chêne ouvragé est couché sur des tréteaux. Gravé de l'insigne de l'Amicale des travailleurs maritimes et fluviaux de Klaïpeda, il est décoré d'une main courante et toute sa base est teintée dans une nuance plus sombre, comme la coque d'un bateau au niveau de la ligne de flottaison. L'effet produit par cette bière-navire est saisissant.

— La dernière embarcation de mon père, annonce Dortlich. Apporte-moi cette caisse d'étoupe, là. L'essentiel, c'est que ça ne bringuebale pas.

— Bah, ils croiront que ce sont ses os ! plaisante Svenka.

Dortlich lui claque la bouche d'un revers de la main.

— Un peu de respect ! Et va me chercher le tournevis.

42

Hannibal Lecter abaisse la vitre sale du train et regarde, regarde de tous ses yeux défiler de chaque côté de la voie les hautes silhouettes des tilleuls et des pins qui ont repoussé après la dévastation. Soudain, à près d'un kilomètre de distance, il aperçoit les tours du château Lecter. Un peu plus loin, dans un concert de grincements et de jets de vapeur, le convoi s'arrête à la station de Dubrunst pour reprendre de l'eau. Des soldats et quelques ouvriers sautent à terre pour uriner sur le remblai ; d'un ton bourru, le contrôleur leur ordonne de tourner le dos au wagon de passagers.

Son sac bouclé sur les épaules, Hannibal est descendu, lui aussi. Aussitôt que le contrôleur remonte dans le train, il s'engage dans le sous-bois tout en découpant en morceaux une page de journal au cas où l'aide-mécanicien monté sur la citerne à eau le remarquerait. Il attend sous les arbres que le tchouf-tchouf besogneux de la locomotive s'éloigne. Il est désormais seul au milieu de la forêt silencieuse. Seul, fatigué et couvert de suie de charbon.

Quand il avait six ans, Berndt l'avait un jour porté dans l'escalier en colimaçon qui conduit au sommet de cette même citerne, et l'avait laissé se pencher par-dessus le bord couvert de mousse pour observer la surface de l'eau qui reflétait un rond de ciel. Des barreaux de fer descendaient à l'intérieur de la cuve. Dès qu'il avait un moment libre en été, Berndt venait nager ici avec une fille du village. Il est mort, maintenant, loin dans la forêt. Et la fille n'a probablement pas survécu à la guerre, elle non plus.

Hannibal prend un bain rapide dans la citerne, fait un peu de lessive. Il pense à Dame Murasaki dans son bain, s'imagine nageant avec elle dans cette eau noire et fraîche.

Il se met en marche le long de la voie. À un moment, il entend une draisine à bras approcher sur les rails et se jette dans les fourrés. Deux Magyars musclés, chemise nouée à la taille, activent la manette.

À un kilomètre et demi du château, une nouvelle ligne électrique installée par les Soviétiques passe au-dessus de la voie, à travers une percée dans la forêt ménagée par les bulldozers. Lorsqu'il marche en dessous des fils, Hannibal sent l'électricité statique hérisser ses cheveux, et la boussole montée sur les jumelles de son père s'affole jusqu'à ce qu'il soit loin des pylônes, qui se succèdent à perte de vue.

Il existe deux façons de se rendre au relais de chasse, si celui-ci existe encore. La ligne haute tension doit passer à quelques kilomètres de là-bas. Sortant de son sac une ration C des troupes américaines, Hannibal jette le paquet de cigarettes jaunies et mange la viande en conserve tout en réfléchissant. *L'escalier qui s'effondre sur le Marmiton, les poutres qui s'abattent en tous sens...* Il est très possible que le relais de chasse ait disparu. S'il est toujours là, et s'il reste quelque preuve à l'intérieur, c'est uniquement parce que les pillards n'ont pas réussi à déplacer les décombres les plus lourds. Pour arriver à accomplir ce dont ils ont été incapables, il lui faut de la force. Direction le château, donc.

Juste avant la nuit, il atteint son ancienne demeure à travers les bois. Quand ses yeux se posent sur les murs familiers, il se sent étonnamment peu ému. Revoir la maison de son enfance n'est pas un moyen de panser les plaies du temps, mais seulement de vérifier si l'on a été brisé, à quel point, et pourquoi. À condition d'avoir envie de le savoir, évidemment.

Dans la faible lumière à l'ouest, le château se découpe en noir, plat comme sa réplique en carton-pâte dans laquelle les poupées de Mischa vivaient jadis. Dans sa mémoire, le château de sa petite sœur est bien plus présent que l'autre en solides pierres de taille. Quand elles brûlent, les poupées en papier se recroquevillent. *Le feu sur les habits de sa mère.*

Caché sous les arbres derrière les écuries, il entend les tintements d'assiettes du dîner, puis les orphelins entonner *L'Internationale*. Près de lui, caché dans les buissons, un renard glapit.

Un homme sort de l'étable, portant une pelle et un seau. Après avoir traversé le potager, il s'assoit sur la Pierre aux Corbeaux pour retirer ses bottes couvertes de boue, puis disparaît dans la cuisine.

Qu'avait raconté Berndt ? Chef était assis sur la pierre, lui aussi. Abattu parce qu'il était juif. Il avait craché sur le Hiwi qui l'avait tué. Berndt n'avait pas dit comment s'appelait le meurtrier. Les mains pressées l'une contre l'autre, il avait soufflé : « C'est mieux que tu ne le saches pas, pour quand je lui réglerai son compte après la guerre »...

Il fait nuit, maintenant. Une partie du château a le courant électrique. Lorsque la lumière s'allume dans le bureau du directeur, Hannibal braque ses jumelles sur les fenêtres. Il constate que les peintures italiennes du plafond de sa mère ont été barbouillées de chaux stalinienne en signe de négation des mythes religieux de la bourgeoisie. Bientôt, le directeur apparaît derrière les vitres, un verre à la main. Il a grossi et s'est voûté. Le moniteur en chef s'approche de lui par-derrière, pose une main sur son épaule. Le directeur s'écarte de la fenêtre. Quelques secondes plus tard, le lustre s'éteint.

Des nuages en loques traînent devant la lune, leurs ombres escaladent les remparts et montent sur les toits. Hannibal laisse passer encore une demi-heure. Soudain, profitant de l'ombre d'un nuage, il avance jusqu'aux étables. Il entend le grand cheval ronfler dans l'osbcurité.

César se réveille. Les oreilles rabattues, il guette les pas d'Hannibal arrivant par-derrière.

Le garçon souffle sur les naseaux du percheron, frotte sa puissante échine. « Assez dormi, César », murmure-t-il. La pointe de l'oreille du cheval lui chatouille le nez ; il a du mal à retenir un éternuement. Les mains en coupe autour de sa torche électrique, il inspecte l'animal. César est bien étrillé, ses fers semblent en bon état. Il doit avoir treize ans, maintenant, puisqu'il est né quand Hannibal en avait cinq. « Et tu n'as pris qu'une centaine de kilos, pas plus ! », plaisante-t-il tout bas. Le cheval lui donne un petit coup de museau amical qui l'oblige à se retenir au pilier du box.

Hannibal lui passe une bride, un collier rembourré, un harnais dont il ajuste les boucles et sur lequel il accroche un sac d'avoine dans lequel César essaie aussitôt de fourrer son museau.

Dans la cabane où il a été enfermé jadis, Hannibal s'empare d'un rouleau de corde, d'outils et d'une lanterne. Le château est complètement obscur, maintenant. Prenant soin de lui faire éviter le gravier, Hannibal conduit César vers la forêt et la lune cornue.

Aucun signal d'alarme ne s'élève du château. Mais quelqu'un l'a vu : dissimulé derrière les créneaux de la tour ouest, le sergent Svenka saisit le combiné du poste de radio portable qu'il a péniblement hissé en haut des deux cents marches.

43

À la lisière des bois, un gros arbre s'est abattu en travers du chemin. Une pancarte rédigée en russe avertit : DANGER, MUNITIONS NON EXPLOSÉES.

Hannibal doit faire contourner l'obstacle à César. Il s'engage dans la forêt de son enfance. La lune pâle qui filtre à travers les branches pose des taches grises sur les épineux qui ont envahi la piste. Le cheval avance prudemment dans la pénombre, car c'est seulement quand ils se sont enfoncés loin dans les bois qu'Hannibal allume la lanterne. Il marche devant, les énormes sabots de César s'alignant sur le bord du halo de lumière. À droite, le bout arrondi d'un fémur humain émerge des broussailles tel un champignon livide.

Parfois, il parle au percheron :

— Combien d'étés tu nous as fait remonter ce chemin dans la carriole, César ? Mischa, moi, Nounou et M. Jakov…

Après trois heures de corps à corps avec le sous-bois exubérant, ils parviennent à l'entrée de la clairière.

Le relais de chasse est toujours là, et comment. Il n'est pas plus petit que dans ses souvenirs d'enfant, ni plat comme le château, mais se dresse exactement tel que dans ses rêves. Hannibal s'arrête à couvert, observant les alentours. Ici, les poupées en papier continuent à se recroqueviller dans les flammes. À moitié dévastée par l'incendie, la maison a perdu une partie de son toit, qui s'est effondré au milieu, mais ses solides murs de pierre ont tenu. La clairière est envahie par les mauvaises herbes et les buissons qui s'élèvent à hauteur d'homme. Devant le relais, le char d'assaut calciné est couvert de lianes ; des rameaux de vigne vierge en fleurs se sont glissés dans son canon. La queue du Stuka se dresse parmi la végétation comme une voile solitaire. Aucune trace de passage humain. Dans ce qui a été le potager, les tuteurs à haricots dominent encore les herbes hautes.

C'est là, dans le potager, que Nounou installait la baignoire de Mischa. Jouant avec l'eau chauffée par le soleil, Mischa appelait de ses petites mains les papillons blancs qui voletaient autour d'elle. Une fois, il avait détaché une aubergine de sa tige et la lui avait donnée, dans son bain, parce qu'elle adorait cette couleur, ce violet vibrant dans les rayons de soleil, et elle avait bercé l'aubergine contre sa poitrine…

L'herbe devant la porte n'a pas été piétinée, non plus. Des feuilles mortes se sont entassées sur les marches du perron. Hannibal contemple le relais de chasse tandis que la lune se déplace de l'épaisseur d'un doigt.

C'est l'heure, oui.

Quittant l'abri des arbres, Hannibal entraîne le cheval dans le clair de lune. Il va à la pompe, l'amorce avec une coupe d'eau prise à l'outre, actionne le manche jusqu'à ce que les extracteurs grinçants fassent jaillir l'eau glacée à la surface. Il la renifle et la goûte avant de laisser César boire, plus de cinq litres d'affilée, suivis de deux poignées d'avoine venues du sac.

Les couinements de la pompe résonnent dans la forêt. Une chouette hulule et César couche immédiatement ses oreilles dans cette direction.

À une centaine de mètres dans les bois, Dortlich a entendu la pompe grincer. Il a profité du bruit pour couvrir celui de ses pas. Sur les fougères souples, sa marche était silencieuse mais il n'en était pas de même lorsqu'il a foulé le lit de feuilles et de brindilles mortes. Dès que la clairière est redevenue silencieuse, il s'est immobilisé et c'est alors qu'il a entendu le cri de l'oiseau de nuit, quelque part entre le relais de chasse et sa position. Soudain, la chouette s'est envolée, lui cachant le ciel de ses ailes démesurément étendues quand elle est passée au-dessus de sa tête et qu'elle a filé à travers le dédale de branches sans un son.

Pris d'un frisson, Dortlich remonte le col de sa veste sur son cou. Il s'asseoit au milieu des fougères. Il attend.

Hannibal regarde la maison, qui le regarde à son tour de ses fenêtres vides, trous béants et attentifs comme les orbites dans le crâne du gibbon. Avec ses angles modifiés par la destruction, sa hauteur diminuée en apparence par les vagues de végétation alentour, le relais de chasse de son enfance devient maintenant cet espace sombre dans ces rêves, celui qu'il n'arrivait pas à approcher et vers lequel il se dirige à cet instant, traversant la jungle du potager.

C'est là que sa mère est tombée, sa robe en feu, et c'est là que plus tard il a posé sa tête sur le sein maternel et s'est rendu compte qu'il s'était transformé en bloc de glace, là, dans la neige. C'est là qu'il y avait Berndt, aussi, et la cervelle de M. Jakov gelée parmi les pages dispersées... C'est là que son père s'est effondré face contre terre près du perron, parce qu'il avait choisi de mourir.

Il n'y a plus rien sur le sol.

La porte d'entrée est fendue, et retenue par une unique charnière. Il monte les marches et la pousse sur les ténèbres. Une petite créature s'enfuit à pas furtifs. La lanterne au bout de son bras tendu, Hannibal s'avance à l'intérieur.

La pièce est partiellement calcinée, à ciel ouvert sur près de la moitié de sa surface. Le palier des escaliers est tombé en contrebas, sous un entrelacs de solives et de chevrons. La table a été écrasée sous les décombres. Dans un coin, le petit piano droit est renversé sur le flanc, montrant ses dents d'ivoire dans la lumière de la lanterne. Des graffiti en cyrillique sur les murs : « AUX CHIOTTES LE PLAN QUINQUENNAL », « LE CAPITAINE GRENKO LA PREND DANS LE CUL »... Deux rongeurs détalent au-dehors par une fenêtre.

Le silence est oppressant. Pour le défier, Hannibal balaie l'air de son pied de biche et fait tomber à terre dans un grand bruit les gravats qui encombrent l'énorme poêle avant de poser sa lampe sur la surface qu'il a dégagée. Les fours du poêle sont béants, vidés de leurs grilles que des voleurs ont sans doute emportées avec les marmites pour cuisiner sur leur feu de camp.

Hannibal se met au travail, dégageant les débris de l'escalier qu'il peut bouger tout seul. Le reste est cloué au sol par les grosses poutres du toit, dressées comme de gigantesques cure-dents noircis.

Il s'escrime encore quand l'aube apparaît par les fenêtres vides et que les yeux de verre d'un trophée de chasse roussi captent le rougeoiement du levant.

Après avoir étudié un instant un enchevêtrement inextricable de solives, Hannibal passe deux fois sa corde autour d'une pièce de bois proche du centre de l'amas, puis recule vers la porte en dévidant le rouleau.

Il va réveiller César, qui a passé son temps à brouter quand il ne piquait pas un somme, le fait marcher en rond quelques minutes pour l'échauffer. Une lourde rosée trempe le bas de son pantalon, fait briller les herbes et perle comme de la sueur froide sur la peau d'acier du chasseur-bombardier abattu. Maintenant qu'il fait jour, il remarque qu'une plante grimpante particulièrement vigoureuse pousse ses nouveaux tentacules dans l'atmosphère de serre du cockpit. Le pilote du Stuka est toujours à sa place, ainsi que son mitrailleur, et les lianes se sont faufilées entre leurs côtes, à travers leur crâne.

Après avoir attaché la corde au harnais, il entraîne l'animal en avant jusqu'à ce que celui-ci ressente dans son encolure et sa poitrine le poids qu'il doit tirer. Il claque de la langue près de son oreille, un bruit qui lui vient de son enfance, et César peine hardiment, muscles bandés. Un craquement sec leur parvient de l'intérieur. Des nuages de suie et de cendres s'échappent des fenêtres, dérivent vers le bois comme des ténèbres volantes.

Hannibal tapote le cou du cheval. Trop impatient pour attendre que la poussière retombe, il noue son mouchoir sur sa nuque et retourne dans la maison. Il escalade l'amas de décombres en toussant, tire sur la corde pour la dégager, l'attache à nouveau. Deux autres interventions de César et les plus gros morceaux sont évacués. Avec le pied de biche et une bêche, il attaque le tas de gravats, jetant de côté des débris de meubles, des coussins à moitié brûlés, le cœur en liège d'une bouteille thermos… Et puis il déterre une tête de sanglier aux poils brûlés, montée sur un support en bois.

La voix de sa mère, soudain : « Des perles aux cochons… »

Quand il secoue la tête du cochon sauvage, elle produit un bruit métallique. Hannibal attrape la langue entre ses doigts, tire dessus. Elle vient avec sa base. Il incline le trophée museau en bas. Les bijoux de sa mère cascadent en tintant sur le haut du poêle. Sans prendre le temps de les examiner, il retourne à ses excavations.

À la vue de la baignoire de Mischa, l'extrémité du rebord en cuivre et son anse incurvée, il doit s'arrêter. Il se redresse. La pièce tangue autour de lui. Il agrippe la barre du poêle, pose son front contre la fonte glacée. Soudain, il bondit dehors, revient avec des mètres et des mètres de vigne vierge fleurie. Sans oser regarder à l'intérieur de la baignoire, il enroule les lianes fleuries dedans avant de la poser sur le poêle. Mais il lui est intolérable de la voir là, alors il l'emporte dehors, l'installe sur la cuirasse du char.

Avec tous ces bruits de pelle et d'éboulement, Dortlich a pu facilement s'approcher de la maison. Posté derrière un arbre, il observe, n'exposant qu'un œil et une lentille de ses jumelles d'officier, se cachant derrière le tronc à chaque fois que le silence revient momentanément.

La bêche d'Hannibal accroche la main d'un squelette, puis révèle un crâne. Celui du Marmiton. Le sourire du mort est un bon signe, puisqu'il a toujours ses dents en or, ce qui prouve que les pillards n'ont pu fouiller aussi loin. Et en effet : toujours serrée sous les os du bras qui flottent dans la manche de veste, voici sa sacoche en cuir. Hannibal s'en empare et va la vider sur le poêle, elle aussi : une collection d'insignes militaires tombe en pluie sur la fonte, éclairs de foudre en cuivre des SS, têtes de mort en laiton de la Waffen SS, aigles en fer de la police lithuanienne, sigles de l'Armée du salut en cuivre, et finalement six plaques d'identification militaires en acier.

Reposant sur toutes les autres, celle au nom de Dortlich.

Il y a deux catégories d'objets qui retiennent l'attention de César lorsqu'il les voit entre des mains humaines : pommes et sacs d'avoine pour la première, fouets et bâtons pour la seconde. En conséquence d'un jour lointain où, encore poulain, il avait été chassé du potager du château par un cuisinier en colère, il ne peut supporter que quiconque s'approche de lui avec un bâton. Si Dortlich n'avait pas empoigné sa matraque plombée avant de sortir à découvert, le cheval l'aurait peut-être ignoré. Au contraire, il renâcle, clopine de quelques pas de côté en entraînant la corde toujours attachée à son licou et se tourne pour faire face à l'inconnu.

Dortlich bat en retraite, disparaissant à nouveau dans la forêt. Il parcourt une centaine de mètres à travers les hautes fougères trempées de rosée, jusqu'à être hors de vue des fenêtres béantes, s'arrête, prend son pistolet et glisse une balle dans le barillet. Un cabinet d'aisance victorien au faîtage dentelé est presque englouti sous les haies qui le rendaient invisible depuis le relais de chasse et qui ont envahi l'allée d'accès, avec la complicité des plants de thym restés sans taille depuis des années. Dortlich se fraie difficilement un chemin au travers. Les branches se glissent dans son col, lui fouettent les flancs, mais elles sont souples, elles ne craquent pas et il peut ainsi avancer en silence, protégeant son visage de sa matraque levée.

Il est tout près d'une fenêtre à l'arrière de la maison, matraque dans une main, pistolet dans l'autre, quand le bord d'une pelle s'abat sur sa nuque. Les jambes coupées, il lâche un coup de feu dans le sol en s'affaissant. Un autre coup, du plat de l'outil cette fois, et sur son crâne. Il a conscience de l'herbe pressée contre son visage, et puis c'est l'obscurité complète.

Des oiseaux chantent. Perchés en masse dans les arbres, les ortolans pépient. Le jaune vif d'un soleil matinal éclabousse les herbes hautes, couchées là où Hannibal et César sont passés.

Hannibal reste adossé au tank calciné pendant environ cinq minutes, les yeux clos. Finalement, il se tourne vers la baignoire d'enfant et, d'un doigt, soulève les lianes en fleurs pour apercevoir les restes de Mischa au fond. Il est étrangement réconfortant de constater qu'elle a encore toutes ses dents de lait : l'une de ses visions cauchemardesques est ainsi démentie. Il pince entre ses ongles une branche de laurier tombée dans la baignoire et la jette au loin.

Parmi les bijoux dispersés sur le poêle, il choisit une broche qu'il se rappelle avoir vue sur la poitrine de sa mère, une mince bande de diamants en forme de ruban de Môbius. Avec le ruban d'un camée, il attache la broche là où Mischa portait souvent une barrette dans ses cheveux.

Sur une jolie déclivité exposée à l'est qui surplombe le relais de chasse, il creuse une tombe qu'il tapisse de toutes les fleurs des champs qu'il peut trouver. Il descend la baignoire dans la fosse, la couvre de tuiles. Il se tient devant la sépulture. Au son de sa voix, César, qui était en train de brouter, relève la tête.

— Nous nous félicitons de savoir qu'il n'y a pas de Dieu, Mischa. Que tu n'es pas en esclavage au Paradis, forcée de lécher le cul de Dieu à jamais. Ce que tu as est bien mieux que le septième ciel, Mischa : la bénédiction du néant. Tu me manques chaque jour.

Il comble la fosse, tasse la terre de ses mains, disperse dessus des aiguilles de pin, des brindilles et des feuilles pour qu'elle ne se distingue plus du tapis de la forêt.

Dans une petite clairière non loin de la tombe, Dortlicli est assis contre un arbre, bâillonné. Hannibal et César le rejoignent.

S'installant en tailleur sur le sol, le garçon inspecte le contenu du sac de l'officier. Une carte routière, des clés de voiture, un ouvre-boîte de l'armée, un sandwich emballé dans du papier huilé, une pomme, des chaussettes de rechange, un portefeuille d'où il retire la carte d'identité. Il la compare à la plaque de soldat trouvée dans les décombres.

— Herr Dortlich, donc ? En mon nom et en celui de ma famille disparue, je tiens à vous remercier d'être venu aujourd'hui. Votre présence ici compte énormément pour nous, et en particulier pour moi. Je suis heureux d'avoir ainsi l'occasion de parler sérieusement avec vous d'un moment très spécial de votre histoire personnelle : quand vous avez mangé ma sœur.

À peine a-t-il retiré le bâillon que Dortlich émet un flot de paroles :

— J'appartiens à la police de la ville, on nous a signalé le vol d'un cheval et c'est ma seule raison d'être ici, juste que vous me disiez que vous allez rendre le cheval, nous passerons l'éponge, je vous assure…

Hannibal le fait taire en secouant lentement la tête.

— Je me souviens de votre visage. Je l'ai vu, et revu très souvent. Et aussi de votre main, avec les toiles d'araignée entre les doigts, qui nous tâtait pour décider qui était le plus gras. Vous vous rappelez la baignoire en train de bouillir sur le poêle ?

— Non. Tout ce que je me rappelle de la guerre, c'est d'avoir eu froid.

— Est-ce que vous aviez en vue de « me » manger aujourd'hui, Herr Dortlich ? Vous avez votre déjeuner avec vous, pourtant. – Hannibal ouvre le sandwich. – Toute cette mayonnaise, Herr Dortlich !

— Ils ont déjà dû commencer à me chercher par ici, affirme l'officier.

— Vous nous avez tâté les bras, comme ça… – Il imite le geste sur celui de Dortlich. – Et nos joues, Herr Dortlich. – Il pince celle de son prisonnier. – Je vous donne du « Herr » mais vous n'êtes pas allemand, n'est-ce pas ? Ni lithuanien, ni russe, ni rien du tout. Vous êtes le citoyen de votre propre État. Citoyen de Dortlich ! Savez-vous où sont passés les autres ? Vous avez gardé le contact ?

— Ils sont tous morts. Tous morts pendant la guerre.

Hannibal lui adresse un sourire poli tout en dénouant son mouchoir, qu'il a rempli de champignons.

— Les morilles sont à cent francs les cent grammes, à Paris, et ici elles poussent sur les souches !

Pendant qu'Hannibal médite ce constat, Dortlich se débat un moment sous ses liens. Le garçon finit par se lever. Il va prendre le rouleau de corde posé sur la vaste encolure de César, la dévide, forme un nœud de pendu à l'extrémité qui n'est pas attachée au harnais, qu'il traîne jusqu'à Dortlich. Ensuite, il ouvre le sandwich, graisse la corde avec la mayonnaise, dont il tartine copieusement le cou de Dortlich, également. Se tortillant pour échapper au contact, Dortlich crie :

— Il y en a un qui est toujours vivant ! Au Canada ! C'est Grentz… Il doit y avoir sa plaque aussi… Il faudra que je témoigne !

— À propos de quoi, Herr Dortlich ?

— De ce que vous venez de dire ! Je n'ai rien fait, moi, mais je dirai que j'ai vu…

Hannibal passe le nœud coulissant autour de sa gorge, le regarde fixement.

— Est-ce que j'ai l'air fâché contre vous ?

Il retourne au cheval.

— C'est le seul ! Grentz ! Il est parti sur un bateau de réfugiés, à Bremerhaven… Je ferai un témoignage sous serment, je…

— Parfait. Vous êtes disposé à chanter, alors ?

— Je… Oui, je chanterai !

— Eh bien, nous allons chanter pour Mischa, Herr Dortlich. Vous savez de quelle chanson je parle. Celle que Mischa aimait tant. – Il fait pivoter César pour que celui-ci présente son postérieur à Dortlich, et chuchote à l'oreille du cheval : – Je ne veux pas que tu voies ça…

Hannibal entonne :

— *« Ein Männlein steht im Walde ganz still und stumm. »* – Il claque de la langue afin de faire avancer César. – Chantez l'air pour avoir de l'air, Herr Dortlich ! Allez ! *« Es hat von lauter Purpur ein Mäntlein um… »* – L'autre agite son cou dans le nœud graisseux, fixant des yeux exorbités sur la corde en train de se dévider dans l'herbe. – Vous ne chantez pas, Herr Dortlich ?

Celui-ci ouvre la bouche et coasse d'une voix paniquée :

— *« Sagt, wer mag das Männlein sein… »*

Et maintenant ils continuent de concert, *« Das da steht im Wald allein »*, et la corde quitte le sol, pas encore tout à fait tendue, et Dortlich hurle :

— Porvik ! C'est son nom, Porvik ! On… l'appelait Fouille-au-Pot, nous. Il est mort là-dedans, dans la maison. Vous l'avez retrouvé !

Arrêtant le percheron, il revient à l'homme prostré par terre, se penche sur lui, le dévisage.

— Attachez-le, balbutie Dortlich. Le cheval, il faut l'attacher… Il pourrait être piqué par une guêpe et…

— Oui, il y en a beaucoup, dans l'herbe… – Hannibal consulte les plaques d'identification étalées sur le sol. – Et… Milko ?

— Je ne sais pas ! Je… ne… sais… pas ! Je le jure !

— Oui. Et maintenant, nous arrivons à Grutas.

— Je ne sais pas, je ne sais pas ! Laissez-moi repartir et je témoignerai contre Grentz. Ils le retrouveront au Canada !

— Encore quelques lignes de la chanson, Herr Dortlich.

Hannibal fait avancer le cheval. La rosée scintille sur la corde qui est maintenant pratiquement à l'horizontale.

« Das da steht im Wald allein... »

La voix étranglée, suppliante de Dortlich :

— C'est Kolnas ! Kolnas est en rapport avec lui !

Hannibal tapote l'échine de César et revient encore se pencher sur Dortlich.

— Kolnas ? Où est Kolnas ?

— Fontainebleau ! À côté de cette ville en France, Fontainebleau... Il a un café-restaurant là-bas. Je laisse des messages pour lui, c'est le seul moyen que j'ai de le contacter... – Il relève la tête, fixe Hannibal dans les yeux. – Elle était déjà morte, je le jure, par Dieu je le jure ! Elle était morte, de toute façon...

Sans quitter Dortlich du regard, Hannibal claque de la langue à l'intention de César. La corde se tend. Les gouttes de rosée s'envolent autour d'elle quand ses filaments se hérissent. Un beuglement meurt dans la gorge de Dortlich. Hannibal lui hurle la chanson au visage, maintenant.

« Das da steht im Wald allein
Mit dem roten Purpur Mäntelein ! »

Un craquement mou, les artères se rompent dans un geyser. La tête de Dortlich suit le nœud sur environ six mètres avant de s'arrêter dans les herbes, les yeux au ciel.

Le coup de sifflet d'Hannibal immobilise le cheval, ses oreilles tendues en arrière.

— *Dem roten Purpur Mäntelein*, en effet…

Il renverse le contenu du sac au sol, s'empare des clés et de la carte d'identité du mort. Avec des branches encore vertes, il improvise une broche à rôtir et ses deux supports.

Il tâte ses poches à la recherche d'allumettes. Lorsque le feu de camp s'est transformé en braises adéquates, il apporte la pomme de Dortlich à César. Après avoir dépouillé le cheval de son harnachement pour qu'il ne risque pas de se retrouver pris dans les buissons, il le reconduit jusqu'à la piste forestière qui descend vers le château. Une caresse sur son cou, une tape affectueuse sur le derrière :

— À la maison, César ! À la maison !

César connaît le chemin.

44

Un brouillard bas colle au sol de la tranchée ouverte dans la forêt pour la ligne à haute tension. Craignant qu'ils puissent heurter une souche, le sergent Svenka ordonne au chauffeur du camion de ralentir. Après un coup d'œil à sa carte, il vérifie le numéro sur le pylône le plus proche.

— Là !

Les traces de la voiture de Dortlich continuent plus loin mais il s'est arrêté ici, comme les taches d'huile sur la terre le prouvent.

Des policiers et des chiens dévalent du hayon arrière, deux gros bergers d'Alsace excités par l'odeur des bois et un pointer qui ne perd pas son temps en aboiements. Le sergent Svenka leur donne la veste de pyjama en flannelle de Dortlich à renifler et ils s'élancent. Sous le ciel couvert, les arbres sont gris, leurs ombres adoucies par la brume qui s'est glissée dans le sous-bois.

Les chiens se sont rapprochés du relais de chasse, autour duquel le pointer définit un périmètre de traque, lorsque l'un des hommes hèle les autres quelque part dans la forêt. Comme il n'obtient pas de réponse, il souffle dans son sifflet.

La tête de Dortlich est posée sur une souche, et un corbeau s'est posé sur le crâne. Lorsque les policiers arrivent en courant, l'oiseau s'envole en emportant tout ce qu'il peut avec lui.

Voulant se montrer exemplaire, le sergent Svenka prend une longue goulée d'air et marche jusqu'à la macabre composition. Les joues ont disparu, soigneusement excisées, révélant les dents sur les côtés. Les mâchoires ont été maintenues ouvertes par la plaque d'identification militaire coincée entre les canines du haut et du bas.

Ils retrouvent le feu de camp, la broche suspendue au-dessus. Le sergent Svenka tâte les cendres au fond de la petite fosse. Elles sont froides.

— Brochette, murmure-t-il. Brochette de joues et de morilles.

45

Sorti des locaux de la police quai des Orfèvres, l'inspecteur Popil se dirige vers la place des Vosges, un mince porte-documents sous le bras. S'étant arrêté à un bar pour boire rapidement un café, il hume le calvados d'un consommateur au comptoir et regrette que le soir ne soit pas encore venu.

Il fait les cent pas sur le gravier, les yeux levés sur les fenêtres de Dame Murasaki. Les voilages sont tirés, parfois agités par un courant d'air.

La concierge de jour, une Grecque d'un certain âge, le reconnaît tout de suite.

— Madame m'attend, explique-t-il. Est-ce que le jeune homme est passé, récemment ?

Détectant le danger avec ses antennes de concierge, elle choisit la prudence avant de laisser entrer Popil :

— Non, je ne l'ai pas vu, monsieur, mais j'ai eu des jours de congé.

Dame Murasaki est étendue dans son bain parfumé. Quatre gardénias et quelques oranges flottent sur l'eau. Le kimono que sa mère préférait était brodé de ces fleurs, mais il n'est plus que cendres… À ce souvenir, elle produit une vaguelette qui réarrange la disposition des gardénias et des fruits à la surface. Quand elle avait épousé Robert Lecter, sa mère l'avait comprise, elle, alors que les rares lettres envoyées par son père du Japon avaient toujours conservé une certaine froideur. La plus récente contenait dans son enveloppe non une fleur séchée ou une herbe aromatique mais une brindille noircie, ramassée à Hiroshima…

Est-ce bien la sonnette qu'elle a entendue ? Elle sourit en pensant : « Hannibal ». Elle tend la main vers son peignoir. Mais il téléphone toujours avant de rendre visite, ou envoie un pneumatique, et quand il arrive il ne sonne qu'une fois avant d'ouvrir avec sa clé, alors que cette fois la sonnerie retentit encore et la serrure ne tourne pas.

Elle se lève, se drape en hâte dans le fin coton. Son œil sur le judas. Popil. Pauvre Popil, qui ne tombe pas pile…

Dame Murasaki a quelquefois déjeuné avec l'inspecteur. Le premier repas, au *Pré Catelan* dans le bois de Boulogne, avait été plutôt guindé mais les autres, au restaurant *Chez Paul*, proche du quai des Orfèvres, se sont révélés moins difficiles. Il l'a aussi invitée à dîner, toujours par des messages écrits – l'un d'eux accompagné d'un haïku qui utilisait à l'excès les métaphores des saisons. Elle a décliné à chaque fois, également par lettre.

Elle pousse le loquet. Ses cheveux sont relevés en chignon et ses pieds adorablement nus.

— Inspecteur ?

— Pardonnez-moi de me présenter ainsi mais j'ai essayé d'appeler et…

— J'ai entendu le téléphone, oui.

— De votre bain, je présume…

— Entrez.

Elle suit son regard qui, rapide mais pénétrant, s'assure que toutes les armes exposées devant l'armure sont à leur place, le poignard *tanto*, l'épée courte et la longue, la hache de guerre…

— Et Hannibal ?

— Il n'est pas là.

Séduisante comme elle l'est, Dame Murasaki est une chasseresse immobile : le dos à la cheminée, les mains cachées dans ses manches, elle attend que la proie vienne à elle. Instinctivement, Popil est au contraire enclin à bouger, à faire lever le gibier des fourrés.

Il se place derrière un divan, effleurant le dossier de ses doigts.

— Il faut que je le trouve. Quand l'avez-vous vu la dernière fois ?

— Depuis combien de jours, vous voulez dire ? Cinq. Que se passe-t-il ?

Popil va près de l'armure, posant cette fois la main sur le couvercle laqué d'un coffre japonais.

— Savez-vous où il est ?

— Non.

— A-t-il dit ou laissé entendre où il pourrait aller ?

« Laissé entendre. » Dame Murasaki observe le policier. Le bout de ses oreilles a rougi, il va de ci de là, il touche les meubles en posant des questions… Il aime faire alterner les textures, poser sa main sur un objet lisse, un autre un peu rugueux… Elle a constaté qu'il avait cette habitude à table, aussi. Rugueux, puis lisse. Comme les deux faces de la langue, supérieure et inférieure. Elle sait qu'elle pourrait le troubler infiniment avec cette image, détourner ainsi un peu de son sang loin du cerveau…

Popil fait le tour d'une plante grasse, maintenant. Lorsqu'il lui jette un coup d'œil à travers les feuilles, elle lui sourit, ce qui altère les battements de son cœur.

— Il est en excursion. Je ne sais pas exactement où.

— Une excursion, oui… Une partie de chasse aux criminels de guerre, je crois bien. – Il la regarde avec insistance. – Je suis désolé, mais je dois vous montrer quelque chose.

Il pose sur la table à thé une photographie assez floue, sortie il y a peu du télécopieur thermique de l'ambassade soviétique car le papier est encore humide et gondole sur les bords. La tête de Dortlich sur une souche, environnée de policiers tenant en laisse trois chiens ; en contrebas, le même Dortlich sur le cliché de sa carte d'identité officielle soviétique.

— Il a été retrouvé dans une forêt qui appartenait à la famille d'Hannibal avant-guerre. Et je sais qu'Hannibal était dans les parages. Il a traversé la frontière polonaise le jour précédent.

— Pourquoi pointer Hannibal du doigt ? Vous avez dit que cet homme était un criminel de guerre. Il devait avoir beaucoup d'ennemis.

Popil pousse la double photographie sur la table.

— Voilà à quoi il ressemblait, quand il était encore vivant… – Il sort un dessin de son portefeuille, le premier d'une série de croquis. – Et voilà comment Hannibal l'a représenté. Le dessin était accroché au mur de sa chambre.

Le visage de Dortlich est à moitié disséqué mais l'autre partie lui ressemble très nettement.

— Vous n'avez pas été invité à vous rendre dans sa chambre.

L'inspecteur se met en colère, soudain.

— Votre serpent apprivoisé a tué quelqu'un, vous comprenez ? Et ce n'est sans doute pas la première fois, comme vous le savez probablement mieux que moi ! Tenez, en voici d'autres ! – Il étale plusieurs croquis sur la table. – Celui-ci était dans sa chambre, et celui-là, et encore celui-là… Cet individu, là, était au procès de Nuremberg. Je me rappelle l'y avoir vu. Ce sont des criminels en fuite et maintenant ils vont essayer de le supprimer, par tous les moyens…

— Et la police soviétique ?

— Elle a entamé une enquête discrète en France. Qu'un nazi comme Dortlich ait fini dans les forces de sécurité « populaires », c'est gênant, pour les Soviétiques… Ils ont eu son dossier par la Stasi en Allemagne de l'Est.

— S'ils attrapent Hannibal…

— S'ils l'attrapent là-bas, ils le fusilleront, point final. S'il arrive à sortir, ils laisseront l'affaire tomber dans l'oubli, à condition qu'il tienne sa langue.

— Et vous, la laisseriez-vous tomber dans l'oubli ?

— S'il agit en France, il ira en prison. Il y laissera problablement sa tête.

Popil cesse de bouger. Ses épaules s'affaissent. Il met ses mains dans ses poches au moment où Dame Murasaki sort les siennes de ses manches.

— Vous serez expulsée, dans ce cas, continue l'inspecteur à voix basse. J'en serais triste. Je… J'aime beaucoup vous voir.

— Ne vivez-vous que par vos yeux, inspecteur ?

— Et Hannibal ? Lui aussi ? Vous feriez n'importe quoi pour lui, n'est-ce pas ?

Elle s'apprête à répondre par une explication qui la mettrait à l'abri, se ravise et se borne à affirmer :

— Oui. – Elle attend un instant. – Aidez-le. Aidez-moi. Pascal. – C'est la première fois qu'elle l'appelle par son prénom.

— Envoyez-le-moi, alors.

46

Sombre et lisse, l'Essonne s'écoule lentement devant le hangar et autour de la péniche noire amarrée à un quai près de Vert-le-Petit. Les rideaux sont tirés derrière les hublots du bateau, relié à la terre par une ligne électrique et une autre de téléphone. Les arbrisseaux du jardin flottant pointent des feuilles luisantes d'humidité.

Sur le pont, les trappes d'aération sont ouvertes. Soudain, un hurlement s'échappe de l'un d'eux. Le visage d'une femme apparaît à un hublot de la coque, regard torturé, joue pressée contre le verre, puis une main charnue la tire en arrière et referme brutalement le rideau. Personne n'a rien vu.

Une brume légère crée des halos autour des réverbères du quai mais quelques étoiles percent vaguement au travers, trop faibles et trop mouillées pour scintiller.

À la barrière de la route d'accès, un garde braque sa torche sur une camionnette portant sur ses flancs les mots « Café d'Este ». Reconnaissant Petras Kolnas à l'intérieur, il lui fait signe d'entrer dans l'aire de stationnement entourée de barbelés.

Descendu du véhicule, Kolnas pénètre rapidement dans le hangar où un homme en bleu de travail est en train de badigeonner de peinture les indications portées sur des caisses de matériel en provenance du : US POST EXCHANGE, NEUILLY. Il y a des boîtes et des caisses partout, entre lesquelles Kolnas se faufile pour parvenir au quai.

Un autre garde est assis à côté de la passerelle de la péniche. Devant un cageot qui lui sert de table, il mange une saucisse plantée sur la pointe de son couteau de poche et fume une cigarette en même temps. Il se lève en s'essuyant les mains sur son pantalon, prêt à palper le visiteur, se ravise en reconnaissant Kolnas et l'autorise à passer d'un hochement de tête.

Il ne fraie pas beaucoup avec les autres, Kolnas. Il a sa vie, son bar-restaurant dans la cuisine duquel il va et vient avec son bol à la main, goûtant à tous les plats. Il a grossi, depuis la fin de la guerre.

Toujours aussi mince, par contre, Zigmas Milko le conduit dans la cabine.

Sur un canapé en cuir, Vladis Grutas se fait manucurer par une femme dont une joue est ornée d'un coquard. Elle a un air apeuré, et elle est trop âgée pour être vendue. Grutas relève la tête avec une expression joviale qui cache souvent la mauvaise humeur, chez lui. À une table pliante, le capitaine de la péniche joue aux cartes avec un repris de justice au ventre en forme d'obus, un nommé Mueller qui a appartenu à la Brigade SS Dirlewanger et dont les tatouages de taulard lui couvrent la nuque et les mains, se poursuivant sous ses manches. Il suffit à Grutas de braquer ses yeux pâles sur eux pour qu'ils abandonnent leur partie et quittent la pièce.

Kolnas ne s'embarrasse pas de préliminaires :

— Dortlich avait sa plaque militaire coincée dans les dents. Du bon acier allemand, qui n'a pas fondu ni noirci. Ce gamin a la tienne, maintenant, et la mienne, et celle de Grentz.

— Il y a déjà quatre ans que tu avais dit à Dortlich de fouiller cette baraque, remarque Milko.

— Un glandeur et un tire-au-flanc, c'est tout !

Sans lui accorder un regard, Grutas repousse la femme penchée sur son pied. Elle se hâte de quitter la cabine.

— Et où qu'il est, ce petit empoisonneur qui a buté Dortlich ? demande Milko.

Kolnas hausse les épaules.

— Il fait des études à Paris. Comment il a eu son visa, pas idée. Il s'en est servi pour entrer mais on n'a aucune indication qu'il soit ressorti. « Ils » ne savent pas où il est passé. Et s'il va leur parler ? Aux flics ?

— Pour leur donner quoi ? rétorque Grutas. Des souvenirs de morveux, des cauchemars de petit garçon, des vieilles plaques de troufion ?

— Dortlich a pu lui raconter qu'il me téléphonait quand il voulait entrer en contact avec toi, objecte Kolnas.

— Ouais, grommelle Grutas. Il va essayer de nous emmerder, le morpion.

— Un « morpion » ? persifle Milko. Je trouve qu'il a fait plus que « morpionner » Dortlich ! Avoir la peau de Dortlich, ça n'a pas dû être facile… Il a dû le flinguer dans le dos, c'est sûr.

— Ivanov me doit un service, annonce Grutas. Les services de sécurité de l'ambassade sov' vont débusquer le petit connard et ensuite nous lui règlerons son compte. Comme ça, Kolnas arrêtera de se faire du mouron.

Des cris étouffés et des bruits de coups quelque part dans la péniche. Les trois hommes n'y prêtent aucune attention.

— C'est Svenka qui va prendre la relève de Dortlich, déclare posément Kolnas pour montrer qu'il n'est pas inquiet.

— Est-ce qu'on veut de lui ? interroge Milko.

— On n'a pas le choix, explique Kolnas. Svenka a travaillé avec Dortlich pendant deux ans, c'est lui qui a nos trucs, maintenant. Il est notre seul lien avec les tableaux. Et il peut avoir accès aux réfugiés, choisir les plus présentables pour qu'ils soient envoyés à Bremerhaven. Ensuite, on les récupère, nous.

Effrayé par le possible réarmement de l'Allemagne que le plan Pleven laisse selon lui prévoir, Staline vient d'entamer une politique de déportations massives en Europe de l'Est. Chaque semaine, des trains bondés s'ébranlent, emportant leur cargaison soit vers la mort dans les camps de travail sibériens, soit vers le dénuement dans les centres de transit à l'ouest. Ces cohortes de réfugiés sont pour Grutas un réservoir inépuisable en femmes et en jeunes garçons. Il prend soin de son commerce : sa morphine vient de laboratoires médicaux allemands, il fournit toujours des transformateurs de courant avec ses appareils électro-ménagers de contrebande et conditionne mentalement sa marchandise humaine afin qu'elle remplisse au mieux sa tâche.

Il réfléchit un instant.

— Est-ce qu'il s'est battu sur le front, ce Svenka ?

À leurs yeux, ceux qui n'ont pas trempé dans les atrocités du Front oriental ne sont en aucun cas fiables.

— Je ne sais pas, dit Kolnas. Au téléphone, il a une voix jeune… Dortlich avait des plans en cours.

— On va tout faire sortir de là-bas. C'est trop tôt pour mettre le matos sur le marché mais il faut le sortir, tout de suite. Quand c'est qu'il doit rappeler ?

— Vendredi.

— Dis-lui de s'y mettre sans tarder.

— Il va vouloir sortir, lui aussi. Il va demander des papiers.

— On peut le faire venir à Rome. Ici, je ne crois pas qu'on ait envie de l'avoir. Enfin, tu sais ! Tu lui promets tout ce qu'il faut.

— C'est risqué en ce moment, le commerce de l'art, observe Kolnas.

— Retourne à ton restau, Kolnas. Continue à régaler les flics à l'œil, et ils continueront à te faire sauter des contraventions. Ah, et la prochaine fois que tu viens geindre ici, apporte des profiteroles.

Une fois Kolnas reparti, Grutas se tourne vers Milko :

— Il va tenir le coup.

— J'espère, réplique Milko. J'ai aucune envie de faire tourner un restaurant, moi.

— Dieter ? Où est Dieter ?

Grutas frappe violemment à une porte dans la soute, l'ouvre d'un coup d'épaule. Deux jeunes femmes terrorisées sont assises sur leur couchette, l'une et l'autre menottées par un poignet à la structure métallique. Dieter, vingt-cinq ans, en tient une par les cheveux.

— Tu leur mets des bleus sur la figure, tu leur bousilles les lèvres et leur prix tombe, remarque Grutas. En plus, celle-là est à moi, pour l'instant.

Dieter relâche la fille et plonge la main dans sa poche, extrayant une clé de tout son fouillis.

— Eva ! – La femme plus âgée entre dans la cabine en restant le plus près possible de la cloison. – Nettoie-moi celle-là, ordonne Dieter. Ensuite, Mueller l'emmènera à la piaule.

Grutas et Milko traversent l'entrepôt pour gagner la voiture. Dans un périmètre spécialement circonscrit par une corde, plusieurs caisses sont alignées, marquées du mot « Résidence ». Grutas remarque un réfrigérateur de fabrication britannique.

— Tu sais pourquoi les Anglais boivent leur bière tiède, Milko ? Parce qu'ils ont des frigos Lucas. Moi, je veux du Kelvinator, du Frigidaire, du Magnavox, du Curtis-Mathis ! Je veux que tout soit *made in America*, chez moi !

Grutas soulève le couvercle d'un piano droit et enfonce quelques touches.

— C'est un piano de boxon, ça ! J'en veux pas. Kolnas m'a trouvé un Bosendorfer. Ce qu'il y a de mieux. Passe le prendre quand tu seras à Paris, Milko, pour… pour l'autre affaire.

47

Sachant qu'il ne viendrait pas la voir avant de s'être lavé et changé, elle décide d'attendre Hannibal dans sa chambre d'étudiant. Il ne l'a jamais invitée ici, et elle n'a jusque-là pas cherché à la voir. Elle contemple l'accumulation de dessins et de planches anatomiques sur les murs de la partie la plus haute de la pièce, s'étend sur le lit à l'autre bout, sous les combles, là où règne un ordre et un dépouillement tout japonais. En face du lit, sur une petite étagère, il y a un cadre recouvert d'un carré de soie à motifs de hérons bihoreaux. Roulant sur le côté, Dame Murasaki soulève le tissu et découvre un très beau dessin au crayon et à la craie, teinté de pastel : elle, nue dans son bain au château. L'œuvre est signée du caractère symbolisant l'éternité en huit traits ; écrits en cursive japonaise, avec quelques imperfections, les mots « fleurs d'eau ».

Elle regarde le dessin longtemps, laisse retomber le carré de soie et ferme les yeux. Un poème de Yosano Akiko lui traverse l'esprit :

Parmi les notes de mon koto il y a
Un autre son, mystérieux et grave,

Une tonalité venue du plus profond
De mon sein.

Peu après le lever du second jour, elle entend des pas dans l'escalier. Une clé tourne dans la serrure. Pâle, échevelé, son sac pesant au bout de son bras fatigué, Hannibal est devant elle. Dame Murasaki se lève aussitôt.

— J'ai besoin d'entendre votre cœur, Hannibal, dit-elle. Celui de Robert est devenu silencieux. Et le vôtre, dans mes rêves, s'est arrêté aussi. – Elle vient à lui, pose son oreille contre sa poitrine. – Vous sentez la fumée et le sang.

— Et vous, le jasmin et le thé vert. La paix.

— Avez-vous des blessures ?

— Non.

Sous sa joue, elle note la présence des plaques en acier qu'Hannibal a passées autour de son cou. Elle les sort de sa chemise.

— Les avez-vous prises au mort ?

— De quel mort s'agirait-il ?

— La police soviétique sait qui vous êtes. L'inspecteur Popil est venu me parler. Si vous allez tout de suite le voir, il vous aidera.

— Ces hommes-là ne sont pas morts, non. Ils sont très vivants, au contraire.

— Sont-ils en France ? Si c'est le cas, livrez-les à l'inspecteur.

— Les donner à la police française ? Pourquoi ? – Il secoue la tête. – Demain, c'est dimanche… Je ne me trompe pas ?

— Non.

— Venez avec moi, demain. Je passerai vous chercher. Je voudrais que vous ayez devant les yeux une certaine bête, et que vous m'expliquiez ensuite qu'elle doit craindre la police française.

— L'inspecteur Popil a…

— Quand vous le verrez, dites-lui que j'ai du courrier pour lui.

Il a du mal à garder la tête levée, tant il a sommeil.

— Où faites-vous votre toilette, ici ?

— En bas, dans la douche du laboratoire. C'est là que je vais maintenant.

— Voudriez-vous vous restaurer ?

— Non, merci.

— Alors dormez. Je viendrai avec vous, demain. Et les jours suivants.

48

La moto d'Hannibal Lecter est une BMW bicylindres à plat que l'armée allemande a abandonnée dans sa déroute. Repeinte en noir mat, elle a un guidon surbaissé et une étroite selle passager. Dame Murasaki est derrière lui. Son serre-tête et ses bottes lui donnent un petit air « apache parisien ». Elle se tient à Hannibal, ses mains légèrement posées sur les côtes du garçon.

Il a plu pendant la nuit mais la route est maintenant sèche et propre dans le soleil du matin. Les pneus adhèrent bien au sol lorsqu'ils se penchent dans les nombreux lacets à travers la forêt de Fontainebleau. Les ombres des arbres alternent avec les flaques de lumière ; l'air est froid dans les vallons, presque brûlant sur leur visage quand ils filent dans les clairières.

À l'arrière, l'inclinaison de la moto dans les virages paraît toujours inquiétante et Hannibal a senti sa passagère essayer de la contrebalancer au cours des premiers kilomètres, mais elle a vite pris l'habitude et maintenant elle se penche avec lui, les cinq derniers degrés de l'angle aigu n'étant qu'une question de foi, et ils ne font qu'un sur la machine lancée à pleine vitesse. À un moment, ils passent le long d'une haie de chèvrefeuille et le vent de la course devient alors tellement doux qu'elle le goûte sur ses lèvres. Goudron échauffé et chèvrefeuille.

À environ un kilomètre de Fontainebleau, le Café d'Este se tient sur la rive ouest de la Seine, face à un agréable paysage forestier de l'autre côté du fleuve. Le grondement de la moto s'arrête, les cylindres commencent à refroidir en cliquetant. Près de l'entrée de la terrasse, une volière héberge de nombreux ortolans, une spécialité non proclamée de l'établissement : compte tenu de la fluctuante législation française sur la consommation publique de ces volatiles, ils figurent sur la carte en tant qu'alouettes. L'ortolan est un excellent chanteur, et ceux-ci sont d'humeur musicale, par cette belle matinée.

Hannibal et Dame Murasaki font halte un instant pour les admirer.

— Si petits et si beaux, souffle-t-elle, le sang encore fouetté par le trajet.

Hannibal pose le front contre la grille. Les oiseaux tournent leur tête minuscule pour le regarder d'un œil à la fois. Leur pépiement est le dialecte baltique qu'il écoutait dans les bois de son enfance.

— Ils sont exactement comme nous, remarque-t-il. Ils sentent les odeurs de cuisine qui annoncent leur fin mais ils continuent à chanter.

La terrasse est déjà occupée aux trois quarts par un mélange de citadins et de paysans endimanchés qui ont voulu commencer leur déjeuner tôt. Le serveur leur trouve une place. À côté d'eux, une tablée entièrement composée d'hommes a commandé des ortolans pour tous. Lorsque les frêles oiseaux rôtis arrivent, les convives se penchent sur leur assiette en se couvrant la tête de leur serviette, afin de conserver tout l'arôme.

De sa chaise, Hannibal hume leur vin et conclut aussitôt qu'il est bouchonné. Il leur lance un regard impénétrable tandis qu'ils le boivent à grandes lampées, sans se soucier du goût.

— Aimeriez-vous la coupe de glace maison ?

— Parfait.

Hannibal se lève, entre dans le restaurant. Arrêté devant le tableau noir où les plats du jour sont écrits à la craie, il étudie la licence du restaurateur suspendue au-dessus de la caisse enregistreuse.

Un peu plus loin dans le couloir, il y a une porte munie d'un écriteau « Privé ». Il essaie le loquet, qui n'est pas fermé. Un escalier étroit conduit à la cave. Il voit un lave-vaisselle de marque américaine, partiellement déballé, et s'incline pour lire la fiche d'expédition sur l'une des planches.

Henri, le commis, descend les marches avec un panier de serviettes de table sales.

— Qu'est-ce que tu fais ici, toi ? C'est privé !

Hannibal prend un fort accent anglais :

— Mais alors, où ce serait, le… « *privy* » ? Je vois « *privy* » sur la porte, je descends et ce n'est qu'une… *cellar ? The loo*, mon ami, les toilettes, le… pissoir, où est-ce que c'est ? *Speak English, please*. Vous comprenez « *loo* » ? Dites vite, je suis pressé, pour parler vulgairement.

— Privé, privé ! répète Henri. Là, toilette, là !

D'un geste véhément, il lui montre le haut de l'escalier.

Hannibal est de retour à leur table au moment où les glaces arrivent.

— Kolnas se cache sous le nom de Kléber. C'est celui qui est porté sur la licence. M. Kléber, rue Juliana. Mais… Oooh, regardez !

Habillés pour l'église, Petras Kolnas et sa famille viennent de faire leur apparition sur la terrasse. Autour d'Hannibal, les conversations s'estompent dans un brouillard ; des taches sombres fourmillent dans ses yeux, qu'il fixe de toute sa volonté sur Kolnas.

Celui-ci est vêtu d'un costume en laine peignée tout neuf, noir et chatoyant comme de l'encre, avec l'insigne du Rotary Club à la boutonnière. Sa femme et les deux enfants sont beaux, de type germanique. Dans le soleil, les cheveux roux coupés court de Kolnas et ses favoris reluisent comme des soies de porc.

Il va à la caisse enregistreuse, hisse son fils sur un tabouret du bar.

— Kolnas le Prospère, murmure Hannibal. Kolnas le Restaurateur, Kolnas le Gourmet… Il passe vérifier les coffres avant de se rendre à confesse. Comme il est propre sur lui…

Le chef de rang présente respectueusement à son patron le registre des réservations, qu'il a pris sur le comptoir, près du téléphone.

— Ne nous oubliez pas dans vos prières, monsieur, lui dit le loufiat.

Kolnas hoche la tête. Son large buste dissimulant son geste aux yeux des clients, il sort de sa ceinture un Webley 455, dépose le revolver sur une étagère sous la caisse qui est masquée par un rideau, se redresse en lissant son gilet. Ensuite, il choisit deux pièces de monnaie neuves dans le tiroir caisse, les frotte avec son mouchoir et en tend une au petit garçon sur le tabouret.

— Pour la quête à l'église. Mets-la dans ta poche. – Il se penche, donne l'autre à la fillette. – Et voilà pour la quête, *liebchen*. Ne la mets pas dans la bouche, hein ? Bien au chaud dans la poche !

Quelques consommateurs au bar le saluent, puis il y a des habitués sur la terrasse à qui il faut dire bonjour. Kolnas montre à son fils ce qu'est une solide poignée de mains. Lâchant la jambe de pantalon paternelle, la petite trottine entre les tables, adorable avec ses ruchés, son bonnet de dentelle, ses bijoux d'enfant, et tout le monde lui sourit.

Prenant la cerise confite sur sa glace, Hannibal pose la main sur le bord de la table. La fillette s'approche, attirée, le pouce et le majeur déjà levés pour attraper la friandise. Les yeux d'Hannibal brillent. Il se donne un rapide coup de langue sur les lèvres et se met à chanter :

— « *Ein Männlein steht im Walde ganz still und stumm...* » Tu connais cette chanson ? – Pendant qu'elle mord dans la cerise, il glisse quelque chose dans la poche de sa robe, en un éclair. – « *Es hat von lauter Purpur ein Mäntlein um...* »

Kolnas est devant eux, soudain. Il soulève sa fille dans ses bras.

— Elle ne connaît pas cet air.

— Mais vous si, certainement. À vous entendre, je ne pense pas que vous soyez français.

— Vous non plus, monsieur, rétorque Kolnas. Je douterais fort que votre épouse et vous le soyez. Nous sommes tous des Français, maintenant.

Hannibal et Dame Murasaki le regardent faire monter sa petite famille dans une traction-avant.

— Très mignons, ces enfants, commente-t-elle. La fillette est ravissante.

— Oui, souffle Hannibal. Elle porte le bracelet de Mischa.

Au-dessus de l'autel de l'église du Rédempteur, une crucifixion particulièrement sanglante, œuvre volée en Sicile au XVIIe siècle, surplombe l'officiant qui vient de lever la coupe de l'eucharistie.

— Buvez, ordonne-t-il. Ceci est mon sang, versé pour le pardon de vos péchés. – Il prend l'hostie. – Ceci est mon corps, brisé pour vous, livré afin que vous ne périssiez pas et que vous ayez la vie éternelle. Prenez, mangez et toutes les fois que vous communiez ainsi, faites-le en mémoire de moi.

Ses deux enfants dans ses bras, Kolnas prend l'hostie dans sa bouche et revient s'asseoir sur le banc près de sa femme. La file des communiants s'épuise peu à peu. Le plateau de la collecte est passé dans la travée. Encouragé d'un chuchotement par son père, le garçon prend la pièce dans sa poche et la dépose sur le plateau. Puis Kolnas s'adresse à sa fille, qui est parfois réticente à se séparer de la sienne.

— Allez, Katerina…

La fillette glisse sa menotte dans sa poche et en sort une plaque en acier roussi par le feu sur laquelle un nom est gravé. Petras Kolnas.

Celui-ci ne s'en rend compte qu'au moment où le bedeau l'enlève du plateau et la lui rend, puis attend avec un sourire patient qu'il la remplace par une pièce de monnaie.

49

Sur la terrasse de Dame Murasaki, un cerisier pleureur dans un grand pot se penche sur la table, ses rameaux les plus longs effleurant les cheveux d'Hannibal, assis en face d'elle. Par-dessus l'épaule de l'hôtesse, le Sacré-Cœur illuminé flotte dans le ciel nocturne telle une goutte de lune.

De chauds reflets de lumière sur sa peau, Dame Murasaki joue du *koto*, le gracieux luth au manche élancé. Sa chevelure est libre. Tout en pinçant les cordes, elle ne cesse de fixer Hannibal.

Elle est difficile à cerner, ce qu'il trouve en général stimulant. Les années passant, il a appris à l'approcher non avec prudence, mais avec tact.

La musique se ralentit peu à peu, jusqu'à la dernière note longuement tenue. Dans sa cage, un grillon *souzoumoushi* répond au *koto*. Dame Murasaki passe par les barreaux une infime tranche de concombre que l'insecte tire à l'intérieur. On croirait qu'elle regarde à travers Hannibal, au-delà de lui, vers une lointaine montagne peut-être, mais il sent soudain toute son attention l'envelopper lorsqu'elle prononce les mots familiers :

— Je vous vois, et le grillon chante à l'unisson de mon cœur.

— Mon cœur bondit à votre vue, vous qui lui avez appris à chanter.

— Livrez-les à l'inspecteur Popil. Kolnas et les autres.

Hannibal finit son saké et repose sa coupe.

— C'est à cause des enfants de Kolnas, n'est-ce pas ? Vous pliez des grues en papier pour les enfants.

— Je plie des grues pour vous, Hannibal. Vous vous faites aspirer par l'obscurité.

— Pas aspirer, non. Quand je ne pouvais pas parler, je n'étais pas aspiré par le silence, j'étais le captif du silence.

— Mais vous êtes sorti du silence pour venir à moi, et vous m'avez parlé. Je vous connais, Hannibal, et ce n'est pas facile. Vous êtes attiré par l'obscurité, mais aussi par moi.

— Sur le pont des rêves.

Le luth résonne quand elle le pose. Elle lui tend une main. Quand il se lève, les feuilles du cerisier passent sur sa joue. Elle l'entraîne jusqu'au bain japonais. Une couche de vapeur flotte sur l'eau. Des bougies sont allumées au bord du bassin. Elle l'invite à s'asseoir sur le tatami. Ils sont face à face, leurs genoux se frôlent.

— Venez avec moi au Japon, Hannibal. Vous pourrez exercer à la clinique proche de la maison de campagne de mon père. Il y a tant à faire… Nous serions ensemble. – Elle se penche en avant, pose ses lèvres sur le front du garçon. – À Hiroshima, l'herbe nouvelle pousse à travers les cendres, vers la lumière. – Elle pose une main sur sa joue. – Si vous êtes une terre brûlée, je serai une pluie chaude.

Prenant une orange dans le bol à côté du bain, Dame Murasaki plante ses ongles dans le fruit avant de presser sa main sur les lèvres d'Hannibal.

— Toucher le réel vaut mieux que marcher sur le pont des rêves.

Elle éteint l'une des chandelles avec une coupe à saké qu'elle laisse sur la flamme plus longtemps que nécessaire, ses doigts tout près du feu. Elle laisse aller l'orange au sol, qui roule doucement et tombe dans l'eau. Plaçant sa main derrière la tête d'Hannibal, elle l'embrasse sur la bouche. Le baiser est un bourgeon de chaud printemps, vite éclos.

Son front contre les lèvres d'Hannibal, maintenant, elle déboutonne la chemise du garçon qui la tient à bout de bras, et contemple le beau visage de la femme, sa splendeur. Ils sont proches et ils sont loin l'un de l'autre, comme une lampe placée entre deux miroirs.

Son peignoir glisse à terre. Les deux yeux, les deux seins, les deux points de lumière à ses hanches, symétrie multipliée. Le souffle d'Hannibal s'atténue.

— Promettez-moi, Hannibal…

Il l'attire tout contre lui en fermant les yeux. Il sent les lèvres, le souffle sur son cou, sur *son sternum, sa clavicule, sa balance de saint Michel…*

Il rouvre les paupières et son regard tombe sur l'orange qui flotte dans le bain, et l'espace d'un instant c'est le crâne du petit chevreuil qui s'agite sur l'eau bouillante, donne de la corne au rythme des battements de son cœur, contre les parois de la baignoire, comme s'il cherchait à s'échapper, même dans la mort. Les damnés couverts de chaînes marchent dans sa poitrine, le long du diaphragme, avancent vers l'enfer sous les deux plateaux de la balance. Sternohyoïde omohyoïde thyrohyoïde juuuuuugulaire, aaaaamen !

Le moment est venu et elle le sait.

— Promets-moi, Hannibal.

Deux secondes s'écoulent. Il dit :

— J'ai déjà promis à Mischa.

Elle reste assise au bord du bain jusqu'à ce qu'elle entende la porte se refermer. Elle renfile son peignoir, noue soigneusement la ceinture. Prenant les bougies autour de l'eau, elle va les poser devant les photographies sur l'autel. Maintenant, les flammes éclairent les traits des morts présents mais sur l'armure attentive, et dans le masque de l'aïeul Masamuné, ce sont les morts à venir qu'elle discerne.

50

Le professeur Dumas drape sa robe de laboratoire sur un cintre et referme le bouton du haut de ses doigts roses et boudinés. Ses joues sont rosées, également, et ses cheveux blonds bien nets, et ses vêtements restent impeccables tout au long de la journée, de même que sa surnaturelle bonne humeur.

— Hannibal ! lance-t-il d'un ton enjoué alors que les derniers étudiants dans la salle achèvent de nettoyer leur paillasse. Demain matin, pour le cours magistral, je vais avoir besoin d'un sujet à cage thoracique ouverte, côtes exposées, avec injection colorée pour les principaux vaisseaux pulmonaires et les artères cardiaques majeures. À son teint, je me dis que notre numéro 88 a été victime d'une occlusion coronarienne, donc ce sera utile de voir tout cela. Faites la descendante antérieure gauche et la circonflexe en jaune, entendu ? Si vous rencontrez un caillot, vous injectez de part et d'autre, bien sûr. Je vous ai laissé mes notes. C'est un travail considérable, donc je demanderai à Graves de rester vous aider, si vous le désirez.

— Je travaillerai seul, professeur.

— Je m'en doutais. Ah, de très bonnes nouvelles ! Ils ont reçu les premières plaques de photogravure, chez Albin Michel. Nous allons voir ça demain. J'ai hâte !

Des semaines auparavant, Hannibal a remis ses planches à l'éditeur parisien de la rue Huyghens. Le nom sur la plaque bleue lui a fait penser à M. Jakov et au *Traité de la lumière* de Christiaan Huyghens. Ensuite, il est allé s'asseoir pendant une heure au jardin du Luxembourg, à regarder les voiliers miniatures dériver sur le bassin tout en développant dans sa tête une volute à la Huyghens à partir de la plate-bande de fleurs en demi-cercle. Les dessins du futur livre d'anatomie seront signés Lecter-Jakov.

L'immeuble est maintenant désert, le laboratoire obscur à l'exception des lampes puissantes braquées sur son plan de travail. Une fois la scie électrique éteinte, seuls troublent le silence les gémissements intermittents du vent dans les conduits de cheminée, le cliquetis d'insecte des instruments et les glougloutements des cornues dans lesquelles les solutions colorées ont été mises à réchauffer.

Hannibal observe son sujet, un homme râblé d'une quarantaine d'années dont le corps est entièrement couvert à part la poitrine. Les côtes saillent comme la carcasse d'un navire. Voici les zones que le docteur Dumas va vouloir présenter au cours de son exposé, réalisant l'ultime incision afin d'extraire un poumon… Mais Hannibal a justement besoin de voir à quoi ressemble la face interne de la masse pulmonaire, pour sa présentation, et il doit donc se rendre à la salle de musée anatomique pour trouver la référence, au bout d'une succession de couloirs dans lesquels il allume les plafonniers en avançant.

Assis dans un camion stationné de l'autre côté de la rue, Zigmas Milko suit aisément les mouvements d'Hannibal à travers les hautes fenêtres de la réception. Une courte barre au fer est glissée dans la manche de sa veste, un pistolet et son silencieux dans ses poches.

Quand le garçon a allumé les lampes, il a constaté qu'il ne semblait rien avoir dans sa blouse blanche. Revenu du musée avec un grand bocal, il retourne dans le laboratoire, désormais la seule source de lumière derrière les vitres givrées.

Le travail sera facile, pense Milko, mais il décide tout de même de s'octroyer d'abord une cigarette, à condition que l'indic' de l'ambassade soviétique en ait laissé avant de tirer sa révérence… Ce bouseux, c'est comme s'il n'avait jamais vu de vrai tabac de sa vie ! Est-ce qu'il a barboté le paquet, ce sagouin ? Au moins quinze Lucky Strike, nom de nom ! Oui, c'est ce qu'il va faire, après. Trouver des clopes américaines dans un bal musette, se détendre un peu, se frotter contre les entraîneuses avec le cylindre du silencieux dans la poche de son falzar, bien les regarder quand elles vont sentir ce machin tout dur contre leurs cuisses, et après, le matin venu, aller récupérer le foutu piano de Grutas…

Ce mioche a dégommé Dortlich. Oui m'sieur ! Milko se souvient de la fois où le même Dortlich, avec une même barre en fer dans la manche, lui a cassé une dent parce qu'il voulait allumer une cibiche.

— *Scheisskopf*, tête de lard, tu aurais dû te tirer de là-bas comme nous tous, dit-il à voix haute, s'adressant à Dortlich où qu'il puisse être.

En enfer, à tous les coups.

Il se décide enfin à sortir du camion une échelle en bois et à la porter jusqu'au local d'entretien à moitié dissimulé par la haie qui borde la faculté de médecine, ainsi qu'une gamelle d'ouvrier pour donner le change. Quand il pose le pied sur le premier barreau, il murmure « J'encule les vaches », la formule incantatoire qui lui revient à chaque moment de tension depuis qu'il s'est enfui de la ferme familiale alors qu'il n'était qu'un gamin de douze ans.

Après avoir injecté du bleu dans les veines, Hannibal termine son croquis sur le chevalet en jetant de temps à autre un regard au poumon conservé dans le bocal d'alcool. Soudain, un courant d'air fait frissonner les grandes feuilles de papier sous son dessin. Il se redresse, lance un coup d'œil vers le couloir, et se remet à sa tâche.

Après avoir refermé la fenêtre de la salle du musée derrière lui, Milko retire ses bottes et, en chaussettes, s'engage prudemment sur le parquet entre les vitrines d'exposition. Au bout de la rangée consacrée au système digestif, il s'arrête au niveau d'un bocal où une paire d'énormes pieds bots sont conservés. Ici, il y a à peine assez de lumière pour avancer. Il n'aimerait pas être obligé de se servir de son arme maintenant, faire valser tous ces trucs dégueulasses dans les airs à cause d'une balle perdue… Un courant d'air glacé l'oblige à relever le col de sa veste. Il risque lentement un coup d'œil dans le couloir, sans exposer plus que l'arête de son nez.

Penché sur son croquis, Hannibal palpite des narines ; dans ses yeux très ouverts, la lampe de travail prend des reflets rouges.

De sa position, par la porte ouverte du laboratoire, Milko voit le dos d'Hannibal, en train de contourner le cadavre avec sa grande seringue remplie de liquide coloré. Il est un peu loin pour tirer, d'autant que le silencieux obstrue le viseur. Aucune envie de simplement l'amocher et d'avoir ensuite à lui courir après dans ce drôle d'endroit… Dieu sait ce qui pourrait vous éclabousser, avec toutes ces saletés en bocal !

Milko opère dans son cœur le petit réajustement que nous faisons tous dans notre cœur quand nous nous préparons à tuer.

Maintenant, Hannibal est masqué par l'embrasure de la porte. Milko ne voit plus que sa main qui dessine, dessine encore, efface un petit trait à la gomme… Soudain, Hannibal repose son crayon, se rend rapidement jusqu'au couloir et tourne l'interrupteur. Milko recule dans la salle du musée mais la lumière s'éteint aussi brusquement. Lorsqu'il risque un coup d'œil, Hannibal est penché sur le cadavre drapé. Une scie électrique se met en route. Milko attend quelques secondes. Regarde encore : le morveux n'est plus en vue. « Encore à son putain de crobar ! Ras-le-bol ! Autant aller dans le labo et le flinguer tout de suite. Et lui demander de dire bonjour à Dortlich quand il arrivera en enfer ! »

En quelques longues foulées silencieuses sur le carrelage du couloir, le regard fixé sur la main levée devant la planche à croquis, il entre dans le laboratoire, se prépare à tirer, voit la main, la manche d'une blouse blanche mais… « Où est le reste ? » À cet instant, Hannibal l'approche de côté et enfonce la seringue remplie d'alcool dans le cou de Milko, freine sa chute quand ses jambes fléchissent et que ses yeux deviennent blancs, l'étend sur le sol…

Chaque chose en son temps. Il remet la main du mort en place, la recoud au bras en quelques points rapides. « Pardon, dit-il à son sujet. J'ajouterai des remerciements particuliers dans ma note. »

Brûlant, suffoquant mais le visage glacé, Milko reprend connaissance. La pièce flotte quelques secondes autour de lui, se stabilise. Il se lèche instinctivement les lèvres, crache aussitôt. De l'eau lui dégouline sur la figure.

Ayant posé le pichet d'eau froide sur le bord de la cuve de conservation, Hannibal s'assoit à côté avec l'air de vouloir entamer une petite causette. Milko est dans le harnais à cadavres, plongé jusqu'au cou dans la solution de formol. Les autres occupants flottent en grappes serrées autour de lui, le fixant de leurs yeux rendus opaques par le liquide d'embaumement. Il se débat pour repousser leurs mains racornies.

Hannibal sort la carte d'identité de Milko, retire de sa poche une plaque d'identification de soldat, les place toutes deux sur le rebord de la cuve à côté de lui.

— Zigmas Milko. Bonsoir, Zigmas Milko.

L'intéressé tousse, éternue.

— On a parlé de tout ça. Je t'ai apporté de l'argent. Beaucoup. Pour… en compensation. On veut que l'oseille soit à toi, compris ? Je l'ai apportée avec moi. Je t'y emmène tout de suite.

— Cela me paraît un plan d'une rare intelligence, oui… Vous avez tué si souvent, Milko… Vos morts sont bien plus nombreux que ceux-là. Vous les sentez dériver dans la cuve tout autour de vous ? Ici, près de votre pied, c'est un enfant qui a péri dans un incendie. Plus âgé que ma sœur. Et partiellement rôti, déjà.

— Je pige pas ce que tu veux.

Hannibal enfile un gant en plastique.

— Je veux entendre ce que vous avez à dire quant au fait d'avoir mangé ma sœur.

— C'est pas moi !

Ses doigts sur le crâne de Milko, Hannibal l'enfonce dans le formaldéhyde. Après un long moment, il tire la chaîne sur le palan, asperge d'eau le visage de Milko en insistant sur les yeux.

— Ne redites jamais cela, conseille-t-il.

— On était… – Milko s'empresse de parler dès qu'il a un peu repris son souffle. – On voulait pas ! On était mal, très mal, les mains gelées, les pieds foutus… On a fait c'qu'on a fait… C'qu'on a fait, c'était pour s'en tirer… Grutas a fait vite, elle a pas un moment eu… Et on t'a épargné, on a…

— Où est Grutas ?

— Si je te le dis, tu me laisseras t'emmener là où est la thune ? Un paquet, et en dollars, en plus. Et il y en a encore davantage, plus de thune encore. Avec tout ce que je sais, avec tout ce que tu peux raconter, on les fait chanter, on les f ra chanter…

— Où est Grentz ?

— Canada.

— Exact. La vérité, pour une fois. Où est Grutas ?

— Il habite… Il a une maison près de Milly-la-Forêt.

— Quel est son nom, maintenant ?

— Son affaire s'appelle… Satrug, et Cie.

— Est-ce qu'il a vendu mes tableaux ?

— Une fois, oui. Rien qu'une. Pour acheter une cargaison de morphine. On peut le racheter, on peut…

— Vous avez essayé le restaurant de Kolnas ? Leurs coupes de glace ne sont pas trop mal.

— L'argent est dans le camion !

— Quelques mots d'adieu, peut-être ? Un vœu quelconque ?

Milko ouvre la bouche pour parler au moment où Hannibal fait descendre la lourde chape sur le bassin aux morts. Elle s'arrête avec un « bang » sonore, laissant à peine un centimètre d'air entre la surface du bain d'embaumement et la plaque métallique. Quand il quitte la salle, Milko tressaute contre ce couvercle tel un homard ébouillanté. Hannibal referme la porte derrière lui. Les gaines en caoutchouc gémissent au contact des murs.

Devant la table d'examen, l'inspecteur Popil examine le croquis. La table, le croquis.

Hannibal tire sur le cordon du ventilateur central, qui démarre dans des soubresauts. L'inspecteur lève les yeux vers ce bruit. Hannibal ignore ce qu'il a bien pu entendre d'autre. Le revolver de Milko repose entre les pieds du cadavre, caché par le drap.

— Si vous me permettez, inspecteur… – Hannibal saisit la seringue de colorant et la plante dans le sujet. – Il faut que j'utilise cette solution avant qu'elle ne coagule.

— Tu as tué Dortlich dans la forêt de ta famille. – Sans changer d'expression, Hannibal essuie le bout de l'aiguille. – Sa figure a été… mangée, continue Popil.

— Je penserais aux corbeaux. Ces bois en regorgent. Ils s'abattaient sur l'écuelle de notre chien dès qu'il avait le dos tourné.

— C'est ça ! Des corbeaux qui se préparent des brochettes !

— Avez-vous mentionné ce détail devant Dame Murasaki ?

— Non. Mais des cas de cannibalisme se sont produits sur le front russe. Très souvent, même, au temps où tu n'étais qu'un gamin.

Il lui tourne le dos, ce qui lui permet d'observer le reflet d'Hannibal dans la glace d'un placard vitré.

— Mais tu sais tout cela, pas vrai ? Tu as grandi là-bas, à cette période. Et tu t'es rendu en Lithuanie, tu y étais encore il y a quatre jours. Tu es rentré avec un visa en règle. Comment tu en es sorti, mystère. Tu peux me dire comment ? – Sans attendre sa réponse, l'inspecteur poursuit : – Je vais te dire comment, moi. Tu t'es procuré de faux papiers grâce à un prisonnier à Fresnes. Ce qui constitue un délit.

Dans la salle des morts, le pesant couvercle de la cuve se soulève à peine, et des doigts apparaissent sous le bord. Milko tète contre la chape la pellicule d'air d'à peine un demi-centimètre. Une petite vague passe sur ses lèvres, il tousse et se contorsionne pour presser son visage contre le bord, haletant.

Au laboratoire, Hannibal garde les yeux fixés sur le dos de Popil tout en déposant un poids en fonte sur le poumon de son sujet, ce qui produit le gargouillement étouffé qu'il attendait.

— Désolé. C'est le genre de bruits qu'ils font.

Ensuite, il va augmenter la flamme du réchaud sous une cornue dont le bouillonnement s'accélère.

— Ce dessin n'est pas la tête de ce cadavre. Ce sont les traits de Vladis Grutas. Comme les autres qui sont dans ta chambre. Est-ce que tu as tué Grutas, aussi ?

— Absolument pas.

— Tu l'as trouvé ?

— Si c'était le cas, soyez assuré que je le confierais à vos bons soins.

— Ne fais pas l'idiot avec moi ! Sais-tu qu'il a fait sauter la tête du rabbin de Kaunas à la scie ? Qu'il a abattu des enfants tsiganes dans les bois ? Sais-tu qu'il a échappé à son châtiment à Nuremberg quand une femme qui devait témoigner a eu la gorge brûlée à l'acide ? Toutes ces années, il m'est arrivé de renifler sa piste puante mais il m'a filé entre les doigts. S'il apprend que tu es à sa poursuite, il te supprimera. Est-ce lui qui a massacré ta famille ?

— Il a tué ma sœur et il l'a mangée.

— Tu l'as vu faire ?

— Oui.

— Tu pourrais témoigner ?

— Bien sûr.

Popil l'observe longuement.

— Si tu le tues en France, Hannibal, je veillerai à ce que ta tête roule dans un seau. Dame Murasaki sera expulsée. Tu l'aimes, Dame Murasaki ?

— Oui. Et vous ?

— Ils ont des photographies de lui, dans les archives de Nuremberg. Si les Soviétiques les font circuler et s'ils arrivent à lui mettre la main dessus, la Sûreté nationale ici tient quelqu'un que nous pourrions leur donner en échange de lui. Si c'est nous qui l'attrapons, j'aurai besoin de ta déposition. Y a-t-il d'autres preuves ?

— Des marques de dents sur les os.

— Si tu ne te présentes pas à mon bureau demain, je te fais arrêter.

— Bonne nuit, inspecteur.

Dans la cuve des morts, la grosse main de paysan de Milko s'affaisse, la chape retombe lourdement. À une face émaciée qui flotte près de lui, il murmure ses adieux : « J'encule les vaches. »

Toujours la nuit au laboratoire. Hannibal travaille, solitaire. Debout près du cadavre, il a presque terminé sa planche anatomique. Sur la paillasse, un gant en caoutchouc rempli de liquide et fermé au poignet est suspendu au-dessus d'une coupe pleine de poudre. Un chronomètre égrène son tic-tac à côté.

Après avoir recouvert son croquis d'une feuille de protection transparente, Hannibal tire le drap sur le corps et pousse la civière jusqu'à l'amphithéâtre. Il va prendre les bottes de Milko dans la salle du musée et les apporte devant un incinérateur, là où il a déjà regroupé ses vêtements et le contenu de ses poches, portefeuille, clés et couteau à cran d'arrêt. Le portefeuille contient de l'argent et un simulacre de préservatif que Milko utilisait, trompant ainsi les femmes en profitant de la pénombre. Il retire les billets de banque et ouvre la porte de l'incinérateur. La tête de Milko au milieu des flammes lui rappelle le pilote du Stuka en train de brûler. Quand Hannibal jette les bottes à l'intérieur, l'une d'elles atteint la tête et la fait rouler en arrière, hors de vue.

51

Un cinq-tonnes militaire à la bâche toute neuve est garé de l'autre côté du bâtiment de la faculté, bloquant la moitié du trottoir. Étonnamment, aucune contravention n'a encore été glissée sous l'essuie-glace. Hannibal essaie quelques clés du trousseau de Milko sur la serrure de la portière. Il l'ouvre. Une enveloppe a été glissée sur le pare-soleil du conducteur. Il feuillette rapidement les papiers qu'elle contient.

Grâce à la rampe en planches attachée sur un flanc du camion, il hisse sa motocyclette à l'arrière. Abandonnant le cinq-tonnes sur un parking à poids-lourds de la porte de Montempoivre, près du bois de Vincennes, il enferme les plaques minéralogiques et le revolver de Milko dans le coffre situé sous le siège.

Assis sur sa moto dans un verger à flanc de coteau, Hannibal Lecter déguste un petit déjeuner constitué d'excellentes figues d'Afrique achetées au marché de la rue de Buci, accompagnées d'une bouchée de jambon de Westphalie. De sa position, il a sous les yeux la route en contrebas et, à moins d'un kilomètre de là, l'entrée de la maison de Vladis Grutas.

Les abeilles bourdonnent avec insistance dans les arbres fruitiers. Plusieurs se mettent à tourner autour de ses figues jusqu'à ce qu'il les couvre de son mouchoir. Garcia Lorca, dont l'œuvre suscite à l'époque un regain d'intérêt chez les Parisiens, a dit que le cœur est un verger. Hannibal est en train de méditer cette métaphore, avec une propension à penser, comme tous les hommes jeunes, aux formes des pêches et des poires, quand une camionnette de menuisier passe à ses pieds et se présente au portail de chez Grutas. Hannibal a sorti les jumelles de son père et observe la scène.

La résidence de Vladis Grutas est un bâtiment de style Bauhaus édifié en 1938 sur des terres agricoles qui dominaient la vallée de l'Essonne. Laissée sans entretien pendant la guerre, la maison a souffert des infiltrations de pluie, car elle était dépourvue de gouttières. Pour lutter contre les vastes taches de moisi, on a déjà repeint dans un blanc aveuglant la façade et l'un des murs latéraux, et les échafaudages sont prêts devant ceux qui restent à repeindre.

Comme elle a servi d'état-major de campagne aux Allemands pendant l'Occupation, ceux-ci ont renforcé sa protection. Tout le périmètre autour du grand cube de béton et de verre est cerclé de hauts grillages surmontés de barbelés. L'accès lui-même est contrôlé par une maison de gardien qui fait davantage penser à un blockhaus. Par la meurtrière qu'une jardinière de fleurs tente de rendre moins rébarbative, il est facile de balayer la route avec une mitrailleuse dont le canon passerait entre les boutons de marguerites.

Deux hommes sortent de la guérite ; un blond, et un brun couvert de tatouages. Ils passent un miroir fixé sur une longue perche sous la camionnette afin d'inspecter la partie invisible de la caisse, les ouvriers sont obligés de descendre et de présenter leurs papiers d'identité et, après quelques gesticulations, les gardes autorisent le véhicule à continuer son chemin.

Hannibal lance sa moto, pénètre dans un bosquet, coupe le moteur et béquille sa machine au milieu des buissons. Après avoir glissé un bout de fil entre les deux contacts du démarreur, il fixe sur la selle un mot expliquant qu'il est tombé en panne et qu'il est allé chercher des pièces pour la réparation.

En une demi-heure, il atteint la route principale et se met à faire du stop en direction de Paris.

La plate-forme du dépôt des *Instruments de musique Gabrielle* se situe entre un magasin de lampes et un atelier de verrerie, rue de Paradis. Dernière tâche de leur journée, les manutentionnaires chargent dans le camion de Milko un quart-de-queue Bosendorfer, avec un tabouret de pianiste dans une caisse à part. En signant le reçu « ZIGMAS MILKO », Hannibal prononce le nom dans sa tête.

C'est l'heure où les véhicules de livraison de l'entreprise rentrent au dépôt. Hannibal observe une jeune femme quitter le volant de l'un d'eux et mettre pied à terre. Elle est agréable à regarder, dans sa salopette qu'elle porte avec une crânerie toute française. Entrée dans les locaux, elle ressort quelques minutes plus tard, maintenant en pantalon de toile et chemisier, la salopette pliée sous un bras, et va la ranger dans la sacoche d'un frêle vélomoteur. Sentant le regard d'Hannibal dans son dos, elle tourne vers lui sa frimousse de poulbote. Elle sort une cigarette et il lui tend aussitôt un briquet allumé.

— Merci, monsieur… Zippo ?

Son ton et ses manières sont très titi parisien, enjoués, les yeux sans cesse en mouvement, de grands gestes en tirant sur sa cibiche… Le petit drôle en train de balayer la plate-forme de chargement tend l'oreille pour surprendre leur conversation mais ne capte que le rire joyeux de la jeune femme. Peu à peu, la tonalité devient moins badine. Le regard fixé sur les traits d'Hannibal, elle semble fascinée, envoûtée presque. Ils se mettent à marcher côte à côte en direction d'un bar plus bas dans la rue.

C'est Mueller qui est de garde au poste d'entrée, en compagnie de Gassmann, un Allemand qui a récemment terminé son temps dans la Légion étrangère. Mueller est en train d'essayer de le convaincre de se faire un certain tatouage quand le camion de Milko s'approche dans l'allée.

— Amenez la lotion pour les morbaques, Milko revient de Paris ! plaisante Mueller.

Mais Gassmann a une meilleure vue.

— C'est pas Milko.

Ils sortent sur le perron.

— Où est Milko ? demande Mueller à l'inconnue au volant.

— Comment je saurais ? Il m'a payée pour que je trimbale un piano jusqu'ici. Il a dit de dire qu'il serait là dans un ou deux jours. Hé, avec ces gros bras que vous avez, vous allez me descendre ma mob qui est derrière, pas vrai ?

— Qui t'a payée ?

— Monsieur Zippo !

— Tu veux dire Milko ?

— Ouais, Milko.

La fourgonnette d'un traiteur s'arrête derrière le cinq-tonnes. Son conducteur s'impatiente déjà, tambourinant des doigts sur le tableau de bord. Gassmann va soulever la perte bâchée à l'arrière du camion. Ses yeux tombent sur un piano protégé par une armature en bois, et une caisse plus petite qui porte l'inscription : POUR LA CAVE – À CONSERVER AU FRAIS. Un vélomoteur est sanglé contre l'une des parois. Il y a aussi une rampe faite de plusieurs longues planches juxtaposées, mais il décide qu'il sera plus facile de descendre l'engin à bout de bras.

Après avoir donné un coup de main à Gassmann, Mueller regarde la jeune femme venir à eux.

— Un petit verre, ça te dirait ?

— Pas ici, réplique-t-elle négligemment tout en balançant une jambe par-dessus la mobylette pour enfourcher la selle.

— Hé, ta bécane, elle fait des pets foireux ! lui lance Mueller alors qu'elle s'éloigne déjà.

— Avec la conversation que tu as, c'est sûr que tu vas la charmer, persifle l'autre Allemand.

L'accordeur de piano est un squelette ambulant, aux dents noircies que révèle un sourire figé en rictus permanent à la Lawrence Welk. Après s'être occupé du Bosendorfer noir, il revêt sa redingote et sa cravate blanche antédiluviennes, et se lance dans un morceau de musique d'ambiance tandis que les invités de Grutas commencent à arriver. Le piano a un son un peu aigrelet, au milieu de tout ce carrelage et de toutes ces grandes baies vitrées. Les étagères d'une bibliothèque en verre et en acier se mettant à vibrer à chaque si bémol, il doit se lever pour aller déplacer les livres ; ensuite, les vibrations se produisent avec la note si.

Quand il accordait le piano, il s'est servi d'une simple chaise de cuisine mais le siège lui paraît incongru, maintenant qu'il s'agit d'interpréter.

— Où dois-je m'asseoir ? demande-t-il à la femme de chambre. Où est le tabouret du piano ?

Celle-ci ayant rapporté la question à Mueller, l'Allemand lui trouve une chaise d'une hauteur plus appropriée, sauf qu'elle est munie d'accoudoirs.

— Je dois pouvoir écarter les coudes ! proteste l'accordeur.

— Ferme ta gueule et joue à l'américaine, lui ordonne Mueller. « Il » veut un cocktail à l'américaine, avec la musique qui va avec.

La trentaine d'invités réunis devant le buffet constitue un étrange assortiment d'épaves laissées par la guerre. Ivanov, de l'ambassade soviétique, est là, dans un costume trop bien coupé pour un humble fonctionnaire de l'État prolétarien. Il est en conversation avec le sergent-chef américain qui tient les livres de comptes de l'US Post Exchange de Neuilly. Celui-ci est en civil, un deux-pièces en tweed à grands carreaux dont la couleur fait ressortir l'angiome tubéreux qui orne l'une de ses narines. L'évêque de Versailles s'est déplacé aussi, en compagnie de l'acolyte qui lui fait habituellement les ongles. Sous l'impitoyable lumière des néons, son habit noir prend des nuances de rosbif avarié, se dit Grutas tout en se courbant pour embrasser l'anneau épiscopal. Ils parlent brièvement de connaissances communes en Argentine. Un fort relent de Vichy se dégage de toute cette assemblée.

Gratifiant la salle de son sourire squelettique, le pianiste massacre quelques « standards » de Cole Porter.

L'anglais n'est que sa quatrième langue, il ne la pratique pas souvent et il est parfois contraint d'improviser les paroles.

« *Night and day, you are ze suuun,*
only you binize the moon, you are ze moon... »

Au sous-sol, l'obscurité est presque complète. Il n'y a qu'une ampoule nue allumée près de l'escalier. Des bribes de musique étouffées parviennent parfois de l'étage au-dessus.

Un casier à vin couvre tout un mur de la cave. À côté, plusieurs caisses en bois sont alignées, certaines dégorgeant leur paille par leur couvercle ouvert. Un évier en acier inoxydable flambant neuf est posé par terre, avoisinant un jukebox Rock-Ola Luxury Light-Up auquel il ne manque ni les derniers microsillons en vogue, ni les rouleaux de piécettes américaines à glisser dans la fente. Un peu plus loin, une caisse isolée porte une double mention sur les flancs : POUR LA CAVE – À CONSERVER AU FRAIS. Un léger craquement se fait entendre à l'intérieur.

Afin de couvrir certains flottements dans sa diction, le pianiste ajoute de ci de là quelques fortissimi :

« *Whether me or you deparrt, no matter darrrrling apart, I think of you Night and Daaaaaay...* »

Grutas passe de groupe en groupe, distribuant les poignées de main puis, d'un discret signe de tête, il demande à Ivanov de le rejoindre dans le salon-bibliothèque.

Le décor est résolument moderne avec sa table à tréteaux en acier, ses étagères en verre et une sculpture d'Anthony Quinn dans le style de Picasso, intitulée « La logique est une croupe de femme. » Ivanov étudie l'œuvre un bon moment.

— Vous aimez la sculpture ? s'enquiert Grutas.

— Mon père était conservateur dans un musée de Saint-Pétersbourg, au temps où c'était Saint-Pétersbourg.

— Vous pouvez toucher, si vous voulez.

— Merci. Alors, cette livraison en provenance de Moscou ?

— Soixante réfrigérateurs dans un train à Helsinki, au moment où je vous parle. Des Kelvinators. – Grutas ne peut retenir un claquement de doigts autoritaire. – Et vous, qu'avez-vous pour moi ?

À cause de ses manières péremptoires, Ivanov choisit de le laisser attendre en feignant le plus grand intérêt pour le fessier en pierre.

— Aucun dossier sur ce garçon à l'ambassade, finit-il par confier. Il a eu un visa pour la Lithuanie après avoir proposé un article à *L'Humanité*. Il voulait montrer que la collectivisation des terres confisquées à sa famille a magnifiquement marché, et qu'ensuite les paysans ont été enchantés d'être envoyés en ville pour aider à construire une station d'épuration. Un jeune aristocrate au service de la révolution…

Grutas émet une sorte d'éternuement amusé. Ivanov fait glisser une photographie sur la table, dans sa direction. On y voit Dame Murasaki et Hannibal devant l'immeuble de celle-ci, place des Vosges.

— Quand a-t-elle été prise ?

— Hier matin. Quand mon gars l'a prise, Milko était avec lui. Ce petit Lecter est étudiant, il travaille la nuit, il a une chambre tout en haut de la faculté de médecine. Mon gars a tout montré à Milko… Le reste, je ne veux pas savoir.

— Quand est-ce qu'il a vu Milko pour la dernière fois ?

Ivanov relève vivement les yeux.

— Mais… hier. Pourquoi ? Il y a un problème ?

— Sans doute pas, non, fait Grutas en haussant les épaules. Qui est cette femme ?

— Sa belle-mère ou quelque chose d'approchant. Elle est très belle, commente Ivanov en passant ses doigts sur les fesses sculptées.

— Est-ce qu'elle a un cul comme celui-là ?

— Je ne pense pas, non.

— La police française s'est manifestée ?

— Un inspecteur Popil, oui.

Une grimace retrousse les lèvres de Grutas sur ses dents. Pendant un instant, il donne l'impression d'avoir oublié qu'Ivanov était avec lui dans la pièce.

Mueller et Gassmann surveillent la petite foule. Ils ont la charge des manteaux, et de vérifier qu'aucun invité ne dérobe quoi que ce soit. Dans le vestiaire, Mueller introduit un doigt sous la bande élastique du nœud-papillon de Gassmann, le soulève, le fait tourner à moitié sur son cou et le relâche dans un claquement sec.

— Peut-être que si tu le remontes comme un réveil, ça te fera une hélice ? suggère-t-il. Et puis tu t'envoleras avec, telle une petite fée ?

— Tripote ça encore une seule fois et tu verras que c'est la bobinette de l'enfer ! gronde Gassmann. Et regarde-toi un peu… Rentre-moi ta chemise dans le pantalon correctement. T'as jamais porté l'uniforme, on dirait…

Ensuite, ils doivent aider le traiteur à ranger le matériel destiné à la réception. En redescendant la table de buffet pliante à la cave, ils ne remarquent pas du tout un gros gant de caoutchouc tout gonflé suspendu au-dessus d'une coupe remplie de poudre, ni l'amorce qui va jusqu'à une boîte de conserve de trois kilos qui a jadis contenu de la graisse de porc.

Toute réaction chimique se ralentit, quand la température baisse. Dans le sous-sol de Grutas, il fait cinq degrés de moins que dans le laboratoire de la faculté de médecine.

52

La femme de chambre est en train d'étaler sur le lit le pyjama en soie de Grutas lorsque celui la hèle en réclamant des serviettes supplémentaires.

Elle n'aime pas du tout ça, lui apporter des serviettes dans la salle de bains, mais elle y est à chaque fois obligée. Enfin, elle doit entrer, d'accord, mais elle n'a pas à regarder, au moins.

Rien que carrelage blanc et acier inoxydable, ici, avec une grande baignoire sur pieds, un bain de vapeur aux portes en verre dépoli et une cabine de douche communicante.

Grutas est étendu dans la baignoire. La captive qu'il a ramenée de la péniche lui rase la poitrine avec un rasoir de prison dont la lame est verrouillée. Elle a une joue et une mâchoire enflées. La femme de chambre essaie de ne pas croiser son regard.

Telle une chambre d'isolement sensoriel, la douche est entièrement carrelée de blanc, elle aussi, et assez grande pour contenir quatre adultes. L'acoustique est si bizarre que le moindre son se réverbère avec une nuance métallique. Hannibal entend même ses cheveux crisser entre son crâne et le sol alors qu'il est allongé par terre, et son souffle sous les deux grands draps de bain immaculés qu'il a étalés sur lui et qui le rendent invisible derrière le verre dépoli. C'est un peu comme être enroulé dans le tapis avec Mischa, à la différence que ce n'est pas la chaleur de la chevelure de la petite fille qu'il a près du visage mais l'odeur aigre du revolver, de l'huile de canon, des cartouches en laiton et de la cordite.

Il parvient aussi à entendre la voix de Grutas alors qu'il n'a pas encore revu son visage, sinon à la jumelle. Sa tonalité n'a pas changé : la taquinerie sans humour qui précède l'explosion de brutalité.

— Mets mon peignoir à chauffer, commande-t-il à la femme de chambre. Je veux un bain de vapeur, après. Prépare-le.

La domestique fait coulisser la porte et entre pour ouvrir la valve. Dans tout ce blanc, les seules touches de couleur sont les cadrans rouges de la minuterie et du thermomètre. Ils font penser au tableau de commandes d'un navire, les chiffres assez grands pour être visibles à travers la vapeur. L'aiguille de la minuterie a déjà commencé à bouger vers la marque de déconnexion.

Grutas croise les mains derrière la nuque. Tatoué sous un biceps, le symbole de l'éclair si prisé par les SS. Il bande son muscle pour le faire tressauter.

— Boum ! *Donnerwetter* ! – La prisonnière recule, effrayée, ce qui provoque un rire satisfait chez Grutas. – Mais noooon, ne crains pas le tonnerre ! Je ne te battrai plus, va. Je t'aime bien, maintenant. Je vais t'arranger tes dents, te faire mettre des dents que tu peux enlever et mettre dans un verre sur la table de nuit, histoire qu'elles ne gênent pas, hein ?

Hannibal sort des portes coulissantes dans un nuage de vapeur, le revolver déjà braqué sur le cœur de Grutas. Dans son autre main, il tient une bouteille d'alcool réactif.

La peau nue de Grutas couine sur le rebord de la baignoire lorsqu'il se redresse d'un bond. Avant de découvrir la présence d'Hannibal derrière lui, la femme lève un bras pour se protéger la tête.

— Je suis content que tu sois là, commence Grutas sans trahir sa surprise et en jetant un coup d'œil à la bouteille avec le vague espoir qu'Hannibal soit ivre. J'ai toujours eu l'impression que j'avais une dette envers toi.

— J'ai évoqué cette question avec Milko.

— Et… ?

— Il est parvenu à une solution.

— Une… Ah, l'argent, bien sûr ! Je le lui avais confié et il te l'a donc donné ? Très bien !

Sans baisser les yeux sur la femme accroupie au sol, Hannibal s'adresse à elle :

— Trempez votre serviette dans la baignoire, ensuite allez dans ce coin, asseyez-vous par terre et mettez la serviette sur votre visage. Allez. Mouillez-la.

Elle obéit et, alors qu'elle bat en retraite comme il le lui a enjoint, articule à voix basse :

— Tue-le.

— J'ai attendu si longtemps de revoir votre tête, remarque Hannibal. Toutes les brutes auxquelles j'ai cassé la figure à l'école, c'était « votre » figure. Je vous imaginais plus costaud.

Entrée dans la chambre à coucher avec le peignoir chauffé, la domestique aperçoit le canon et le silencieux par la porte ouverte de la salle de bains. Ses pantoufles ne faisant aucun bruit sur la moquette, elle ressort prestement.

Grutas regarde le revolver, lui aussi. C'est celui de Milko. Il est muni d'un frein de culasse à utiliser avec le silencieux et dans le cas où le petit Lecter ignore cette particularité il sera limité à un seul coup, puis devra chercher à tâtons le moyen de le déverrouiller…

— Tu as vu toutes les belles choses que j'ai ici, Hannibal ? La guerre changeait les règles du jeu, il fallait saisir l'occasion ! Tu es habitué à vivre dans le confort et tu peux l'avoir. Nous sommes pareils, toi et moi ! Des spécimens de l'« homme nouveau », mon ami ! Toi et moi, nous sommes « la crème », nous flotterons toujours au-dessus du reste !

Il lève ses deux mains chargées de mousse de savon pour illustrer sa démonstration et pour que le petit Lecter s'accoutume à le voir bouger.

— Mais ça, ça ne flotte pas, dit Hannibal en jetant la plaque d'identification de Grutas dans le bain, où elle va se poser sur le fond comme une feuille morte. L'alcool flotte, par contre…

Il projette la bouteille contre le mur au-dessus de la tête de Grutas. Elle se fracasse en l'éclaboussant de liquide corrosif, tandis que des débris de verre tombent dans ses cheveux.

Hannibal sort son Zippo de sa poche, prêt à mettre le feu à Grutas. Un canon de pistolet pressé contre le bas de son oreille, soudain. Mueller. Surgis à droite et à gauche, Gassmann et Dieter l'attrapent par les bras. Mueller le force à lever son revolver vers le plafond, puis le lui arrache des doigts et le glisse sous sa ceinture.

— Ne tirez pas, fait Grutas. Je ne veux pas qu'on m'abîme ce carrelage. Je vais causer un peu avec ce mioche et ensuite il pourra crever dans une baignoire. Comme sa sœurette.

Il sort du bain, pose les pieds sur une serviette, convoque d'un geste la femme qui ferait n'importe quoi pour le satisfaire, maintenant. Elle asperge d'eau de seltz son corps rasé tandis qu'il tourne lentement sur lui-même, bras levés et tendus.

— Tu sais l'effet que ça produit, cette eau gazeuse, petit ? C'est comme de renaître encore une fois ! Je suis renouvelé entièrement, dans un monde nouveau où tu n'as pas de place. Je n'arrive pas à croire que tu aies pu avoir la peau de Milko tout seul, toi…

— Quelqu'un m'a donné un coup de main, suggère Hannibal.

— Maintenez-le au-dessus du bain. Vous le saignerez quand je vous dirai.

Les trois nervis plaquent Hannibal sur le sol, à genoux, et le forcent à passer la tête et le cou pardessus le rebord de la baignoire. Mueller ouvre son couteau à cran d'arrêt, pose la lame contre sa gorge.

— Regarde-moi, comte Lecter, mon petit prince ! s'exclame Grutas. Incline la tête pour bien me regarder, tends le cou en avant, ce sera plus facile. Plus vite tu te videras de ton sang, moins tu souffriras.

Par la porte en verre, Hannibal voit l'aiguille de la minuterie se déplacer peu à peu vers la marque.

— Réponds à ça, continue Grutas : si tu l'avais vue en train de crever de faim, est-ce que tu m'aurais donné à manger à ta sœurette ? Par amour pour elle ?

— Bien sûr.

Grutas sourit, pince amicalement la joue d'Hannibal.

— Voilà. Exactement ! L'amour. Je m'aime autant que ça, figure-toi. Je ne te demanderai jamais pardon. Tu as perdu ta sœurette pendant la guerre ? – Il rote bruyamment, ce qui lui arrache un rire bref. – Le voilà, mon commentaire à ce sujet ! Tu cherches quoi ? De la sympathie ? Tu la trouveras dans le dictionnaire entre « saloperie » et « syphilis » ! Saigne-le, Mueller. Et le dernier truc que tu vas entendre, c'est que je vais te raconter ce que « tu » as été obligé de faire pour survivre, toi ! Tu…

L'explosion ébranle la pièce entière. Le lavabo est projeté loin du mur, les conduites d'eau éclatent en lançant des geysers, les lumières s'éteignent. Dans l'obscurité, un amas de corps s'agite et lutte, Mueller, Gassmann et Die-ter sur lui, et maintenant la captive qui cherche à les neutraliser. Le couteau brandi dans le vide atteint Gassmann dans le bras et il glapit de douleur en jurant, le coude d'Hannibal percute violemment l'un des visages autour de lui, il se relève, un éclair et une détonation quand une arme à feu se décharge, et aussitôt des éclats de carrelage lui lacèrent la figure. Une fumée épaisse et noire rebondit sur le mur. Un revolver glisse sur le sol carrelé, Dieter tâtonnant pour le rattraper mais c'est Grutas qui s'en empare, la femme lui saute à la gorge, cherche les yeux avec ses ongles, et Grutas lui tire deux balles dans la poitrine. Il est maintenant debout, lui aussi, il tend le bras pour mettre Hannibal en joue mais celui-ci lui fouette les yeux avec une serviette mouillée, et comme Dieter a bondi sur son dos, Hannibal se laisse tomber en arrière et il ressent l'impact du rebord de la baignoire quand Dieter se brise les reins dessus et relâche sa prise. Avant qu'il ne puisse se redresser, Mueller l'attaque à son tour, tente d'enfoncer ses pouces épais sous son menton, Hannibal lui donne un coup de tête dans la figure, passe sa main entre les deux corps, trouve l'arme sous la ceinture de Mueller et presse sur la détente sans même la sortir du pantalon, alors le gros Allemand bascule de côté en hurlant. Le revolver bien en main, Hannibal s'en va en courant, ralentit en traversant la chambre à coucher obscure, reprend de la vitesse dans le couloir rapidement envahi par la fumée. Au passage, il attrape le seau laissé par la femme de chambre, continue à courir. Un coup de feu claque loin derrière lui.

L'homme de garde est déjà sorti de son blockhaus et s'est approché de la maison.

— De l'eau ! beugle Hannibal en lui jetant le seau sans s'arrêter. Je ramène le tuyau d'arrosage !

Et il continue dans l'allée, à toutes jambes, avant de s'enfoncer dans les bois dès qu'il le peut. D'autres détonations. La colline, le verger, les buissons… Vite chercher le démarreur, vite, retirer le fil en tâtonnant dans la pénombre. Tourner la poignée de compression, deux petits coups du poignet pour faire monter un peu d'essence, le kick, encore, encore. Kick, kick. Le moteur a un raté. Kick. La moto se réveille dans un grondement furieux. Hannibal fuse à travers les branches, dévale un chemin au milieu des arbres, manque de perdre un pot d'échappement sur une souche et enfin c'est la route sur laquelle il fonce en rugissant, le pot à moitié détaché laissant une traînée d'étincelles sur le macadam.

Les pompiers continuent à intervenir longtemps après minuit, noyant les braises dans le sous-sol de la maison, injectant de l'eau dans les parties creuses des murs. Debout à l'extrémité de son jardin face à la vallée, le ciel nocturne sali de fumée et de vapeur derrière lui, Grutas fixe l'horizon en silence. Vers Paris.

53

L'élève-infirmière, une rousse aux reflets sombres, a des yeux havane qui rappellent la couleur de ceux d'Hannibal. Penché sur la petite fontaine dans le couloir de la faculté, il se redresse et s'écarte un peu pour la laisser boire en premier. Son visage tout près de celui d'Hannibal, elle hume l'air en fronçant le nez :

— Depuis quand tu fumes ?

— J'essaie d'arrêter.

— Mais… Tes sourcils sont brûlés.

— Ce que c'est que d'allumer son briquet dans un courant d'air…

— Si tu es imprudent avec le feu, mieux vaut t'abstenir de faire la cuisine ! – Elle humecte son pouce avec sa langue, puis le passe sur le sourcil d'Hannibal. – Ce soir, on prépare une daube, ma camarade de chambre et moi. Il y en aura plus qu'assez pour nous, donc si tu veux…

— Merci. Sincèrement. Mais je suis déjà pris.

Il a envoyé un message à Dame Murasaki proposant de lui rendre visite, et trouvé, pour accompagner sa lettre, un rameau de glycine japonaise suffisamment fané pour exprimer de plates excuses. Sa réponse, qui l'invitait à passer chez elle, est arrivée avec une petite branche de lilas des Indes et une autre de pin encore ornée d'une pomme minuscule. On n'envoie pas une branche de pin en n'importe quelle occasion : tout ce que le pin peut suggérer est infiniment stimulant.

Le poissonnier habituel de Dame Murasaki a tenu sa promesse : il a gardé pour elle quatre magnifiques oursins dans de l'eau de mer venue de leur Bretagne natale. Un peu plus loin, le boucher lui a présenté des ris de veau déjà mis à tremper dans du lait et conservés entre deux assiettes. Après être passée chez Fauchon, où elle a choisi une tarte aux poires, sa dernière emplette consiste en un filet d'oranges.

Elle s'arrête devant le fleuriste, les bras pleins. Non, c'est inutile : Hannibal va certainement apporter des fleurs.

Et en effet. Un grand bouquet de tulipes, de lys Casablanca et de fougères est attaché à la verticale sur la selle passager de la moto. Deux jeunes filles qui traversaient la rue au carrefour lui ont dit que les fleurs faisaient comme une queue de coq derrière lui. Quand le feu est redevenu vert, il leur a lancé un clin d'œil et il a redémarré en se sentant tout léger.

Après s'être garé dans la ruelle proche de l'immeuble de Dame Murasaki, il se dirige vers l'entrée avec son bouquet, salue gaiement la concierge au moment où Popil et deux policiers bien bâtis surgissent du porche voisin et lui tombent dessus. Popil s'empare des fleurs.

— Elles ne sont pas pour vous, remarque Hannibal.

— Vous êtes en état d'arrestation, réplique l'inspecteur.

Il attend qu'Hannibal ait les deux mains menottées pour lui passer le bouquet sous le bras.

Popil le laisse mariner une demi-heure dans son bureau du quai des Orfèvres. Lorsqu'il revient, Hannibal est en train de placer la dernière tige de l'arrangement floral qu'il a improvisé dans la carafe d'eau posée sur la table de l'inspecteur.

— Comment trouvez-vous ça ? demande-t-il à Popil.

Sans préavis, celui-ci lui assène un coup de casse-tête en caoutchouc qui envoie le jeune homme par terre :

— Comment tu trouves ça ?

Le plus baraqué des deux policiers arrive derrière Popil et se penche sur Hannibal.

— Tu dois répondre à toutes mes questions, insiste l'inspecteur. J'ai dit : comment tu trouves ça ?

— Plus honnête que votre poignée de mains. Et cette matraque a l'air propre, au moins.

Popil sort d'une enveloppe en kraft deux plaques de soldat enfilées sur une ficelle nouée en boucle.

— On a trouvé ça dans ta chambre. Ces deux-là ont été condamnés par contumace à Nuremberg. Question numéro deux : où sont-ils, maintenant ?

— Je l'ignore.

— Tu ne veux pas les voir pendus ? Ici, le bourreau utilise la pendaison à l'anglaise, avec une trappe, mais sans aller jusqu'à leur arracher la tête. Il ne fait pas bouillir la corde, avant. Du coup, les pendus gigotent un bon moment. C'est un spectacle qui devrait correspondre à tes goûts.

— Vous ne connaîtrez jamais rien à mes goûts, inspecteur.

— La justice importe peu, hein ? Tout ce qui compte, c'est que tu les tues.

— Et n'est-ce pas pareil pour vous, inspecteur ? Vous les regardez mourir, à chaque fois. Cela correspond à « vos » goûts. Pensez-vous que nous pourrions parler seul à seul ? – Il sort de sa poche un papier taché de sang, enveloppé dans de la cellophane. – Louis Ferrat vous a écrit, voyez-vous…

Popil fait signe aux policiers de quitter le bureau.

— En découpant ses vêtements sur son cadavre, j'ai trouvé ce mot. Il vous était destiné. – Il lit la partie visible à travers la cellophane : – « Inspecteur Popil, pourquoi me tourmenter avec des questions auxquelles vous n'êtes pas prêt à répondre vous-même ? Je vous ai vu à Lyon… » C'est seulement le début. Si vous voulez l'ouvrir, n'ayez aucune crainte. Le papier a séché, depuis. Il n'y a plus d'odeur.

Quand Popil la déplie, la feuille craque et des copeaux sombres en tombent. Sa lecture terminée, il s'assoit lourdement, la lettre toujours dans sa main qu'il tient près de sa tempe.

— Est-ce qu'il y avait quelqu'un de votre famille, dans le tchou-tchou ? s'enquiert Hannibal. Est-ce qu'il a agité son mouchoir ? C'était vous qui dirigiez la circulation au dépôt, ce jour-là ?

Popil fait mine de se jeter sur lui.

— Non, c'est inutile, inspecteur, continue tranquillement Hannibal. Si je sais quoi que ce soit, pour quelle raison vous le dirais-je ? Je crois que c'est une question légitime, non ? Peut-être que vous les aideriez à s'enfuir en Argentine.

Popil ferme brièvement les paupières, se redresse sur son siège.

— Pétain a toujours été mon héros. Mon père et mes oncles se sont battus sous son commandement, pendant la Première Guerre mondiale. Lorsqu'il a formé le nouveau gouvernement, il nous a dit : « Assurez l'ordre et la paix jusqu'à ce que nous mettions les Allemands dehors. Vichy va sauver la France ». Nous étions déjà des policiers, c'était comme si nous poursuivions la même mission…

— Est-ce que vous avez aidé les Allemands ?

Popil hausse les épaules.

— J'ai protégé l'ordre et la paix. Cela les a peut-être aidés. Et puis j'ai vu l'un de leurs convois, l'un de leurs trains… J'ai déserté, j'ai rejoint la Résistance. Ils ne voulaient pas me faire confiance tant que je n'aurais pas abattu un gestapiste. En représailles, les Nazis ont fusillé huit villageois. Je me suis dit que c'était comme si c'était moi qui les avais tués… J'ai pensé : « Quelle genre de guerre est-ce là ? » Nous nous sommes battus en Normandie, dans le bocage… Nous nous servions de ces jouets pour nous reconnaître… – Il sort d'un tiroir de son bureau un petit grillon à cliquet. – Nous avons guidé les Alliés quand ils ont débarqué. – Il cliquète à deux reprises. – Ça voulait dire : « Ne tirez pas, on est avec vous ! » Dortlich, ça m'est égal. Aide-moi à trouver les autres. Comment remontes-tu la piste de Grutas ?

— Grâce à des parents éloignés en Lithuanie, aux relations de ma mère au sein de l'Église…

— Je pourrais te coffrer pour faux et usage de faux, rien qu'avec le témoignage du condamné. Si je te laisse repartir, est-ce que tu me jures que tu me diras tout ce que tu apprends ? Tu me le jures devant Dieu ?

— Devant Dieu ? Mais comment donc ! Vous avez une Bible ? – Hannibal va jusqu'aux rayonnages de livres, en sort un volume des *Pensées*. – Ou bien nous pourrions prêter serment sur votre Pascal, cher Pascal ?

— Le jurerais-tu sur la tête de Dame Murasaki ?

Un instant d'hésitation.

— Sur elle, oui.

Il prend le petit grillon en fer-blanc, cliquète deux fois.

Popil lui tend les deux plaques d'identification. Hannibal reprend son dû.

Une fois Hannibal parti, l'adjoint de Popil pénètre dans le bureau. L'inspecteur lui fait signe de le rejoindre devant la fenêtre. Dès que le jeune homme apparaît sur le trottoir, un policier en civil lui emboîte le pas de loin.

— Il sait quelque chose, souffle Popil. Il a les sourcils brûlés. Recense tous les incendies en Île-de-France au cours des trois derniers jours. Quand il nous aura conduits à Grutas, je veux qu'il soit inculpé pour le boucher.

— Pourquoi le boucher ?

— Crime de jeunesse, Étienne ! Motifs passionnels. Je ne veux pas qu'il soit condamné mais qu'ils concluent à la démence. Dans un asile de fous, il sera possible de l'étudier, et peut-être de comprendre ce qu'il est.

— Et d'après vous ?

— Le petit Hannibal Lecter est mort en 1945, dans une forêt enneigée, alors qu'il essayait de sauver sa sœur. Son cœur est mort avec elle, avec Mischa. Qu'est-il devenu, ensuite ? Qu'est-ce qu'il est ? Il n'y a pas encore de terme pour désigner ça. Faute de mieux, disons que c'est un… monstre.

54

Dans l'immeuble de Dame Murasaki place des Vosges, la loge de la concierge est éteinte, la porte à vitraux du couloir fermée. Hannibal l'ouvre avec sa clé et s'engage dans l'escalier.

La concierge est assise devant sa table, sur laquelle le courrier est étalé, trié par appartement en petites piles comme si elle faisait une réussite. Presque invisible dans le gras de son cou, un câble de frein de bicyclette a été serré à fond. Sa langue pend hors de sa bouche.

Hannibal frappe à la porte de Dame Murasaki. De l'autre côté du battant, il entend le téléphone sonner avec une insistance curieusement désagréable. Il engage sa clé dans la serrure, seulement pour constater qu'elle est déjà déverrouillée. Il se rue à l'intérieur, regardant partout, à droite, à gauche. Il doit se forcer à pousser la porte de sa chambre ; elle est déserte. Le téléphone sonne, sonne… Il décroche.

Sur un comptoir de la cuisine du Café d'Este, une cagée d'ortolans attend d'être noyée dans l'armagnac, puis ébouillantée dans la grosse marmite qui s'agite sur le feu. Attrapant Dame Murasaki par le cou, Grutas approche son visage de l'eau bouillante. Dans son autre main, il a le combiné du téléphone. Elle a les bras liés dans le dos et Mueller la retient par-derrière.

Dès qu'il entend la voix d'Hannibal à l'autre bout de la ligne, Grutas place le téléphone devant sa bouche :

— Avant de poursuivre notre conversation, une question : tu veux revoir la Jap' vivante ?

— Oui.

— Alors écoute-la bien, et devine si elle a encore ses joues.

Ce bruit derrière la voix de Grutas, qu'est-ce que c'était ? De l'eau en train de bouillir. Hannibal n'est pas certain que cela soit vrai, parce qu'il entend souvent ce bruit, dans ses rêves…

— Allez, toi, parle à ton petit maque…

— Mon ami, n'essayez p… !

Son cri étranglé s'interrompt, car ils ont écarté le combiné. Elle se débat sous la poigne de Mueller. Ils heurtent la cage des ortolans, qui se mettent à piailler.

Grutas au bout de la ligne :

— « Mon ami », tu as tué deux types au nom de ta sœur, et tu as détruit ma maison, aussi. Une vie contre une autre, c'est ma proposition. Amène les plaques, la liste de Fouille-au-Pot, toute cette merde. Vite. J'ai envie d'entendre ta Jap bramer…

— Où faut-il…

— Écrase. Sur la route de Trilbardou, au kilomètre 36, il y a une cabine téléphonique. Trouve-toi là-bas au point du jour et réponds au bigophone. Tu n'y es pas ? Tu recevras les joues de la Jap' par la poste. Je vois Popil dans le coin, ou n'importe quel flic ? C'est son cœur que tu auras dans un colis. Hé, ça te servira peut-être dans tes études ? Bistouriser là-dedans, des fois que t'y trouverais ta petite gueule ? Alors, une vie contre une autre ?

— Une vie contre une autre, souffle Hannibal.

La communication est coupée.

Dieter et Mueller entraînent Dame Murasaki dans une camionnette stationnée devant le café. Pendant ce temps, Kolnas change les plaques d'immatriculation de la Citroen de Grutas. Celui-ci ouvre la malle arrière, en sort un fusil Dragunov qu'il remet à Dieter.

— Dégotte un bocal, Kolnas, ordonne-t-il assez fort pour que Dame Murasaki puisse l'entendre, et il continue en scrutant les traits de sa prisonnière avec une sorte d'appétit glouton. Dieter ? Tu prends la voiture. Tu le flingues dans la foutue cabine. – Il lui tend le bocal que Kolnas vient de lui apporter. – Et tu m'apportes ses couilles au bateau. On sera amarrés en aval de Nemours.

Hannibal ne veut pas s'approcher des fenêtres, sachant que le sbire en civil de Popil les surveille d'en bas. Il va dans la chambre de Dame Murasaki, s'assoit sur le lit un moment, les yeux fermés. Le bruit de fond de l'échange téléphonique résonne dans sa tête. *Pip, pip, pip, le dialecte baltique des ortolans…*

Les draps de lin de Dame Murasaki sont parfumés à la lavande. Il les agrippe avec ses poings, les attire contre son visage. Ensuite, il les enlève du lit, les trempe rapidement dans la baignoire. Puis il va au salon, tend une corde à linge d'un bout à l'autre de la pièce, y suspend un kimono, installe un ventilateur oscillant sur le sol et l'allume en position lente. Sans bruit, les pales font bouger le kimono et ses ombres sur les voilages.

Debout devant l'armure du samouraï, il lui présente le court poignard *tanto* tout en fixant le masque vide du noble Daté Masamuné.

— Si vous pouvez l'aider, elle, faites-le maintenant.

Passant la courroie autour de son cou, il glisse la dague sous sa chemise.

Il tord les draps humides, les noue ensemble jusqu'à former une corde d'évasion. Lorsqu'il les a fixés sur la balustrade, ils tombent de la terrasse à environ quatre mètres des pavés de la ruelle.

Il descend sans hâte, et quand il lâche l'extrémité du drap la chute finale paraît durer une éternité, la plante de ses pieds brûle au soudain contact du sol et il roule souplement de côté.

Il pousse sa moto dans l'allée derrière l'immeuble jusqu'à la rue, actionne le kick et saute en selle à la volée. Il doit encore passer prendre le revolver de Milko.

55

Dans la volière du Café d'Este, les ortolans s'agitent et murmurent, troublés par la lune claire. L'auvent de la terrasse a été replié, les parasols refermés. La salle à manger est obscure mais il y a encore de la lumière à la cuisine et au-dessus du bar.

Hannibal voit le factotum, Hercule, en train de passer une serpillière sur le sol derrière le comptoir. Kolnas est assis à un tabouret, un livre de comptes ouvert devant lui, Hannibal se renfonce dans les ténèbres à reculons, retourne à sa motocyclette, démarre tout doucement et sans allumer ses phares.

Il parcourt à pied les derniers cinq cents mètres jusqu'à la maison de la rue Juliana. Une Citroën est arrêtée dans l'allée. L'homme assis au volant tire une ultime bouffée de sa cigarette et Hannibal regarde le mégot s'envoler et tomber sur le trottoir dans un petit bouquet d'étincelles. L'homme se rencogne dans son siège, laisse sa tête aller en arrière. Il se dispose à piquer un somme, peut-être.

Maintenant tapi dans la haie près de la cuisine, Hannibal a une bonne vue de l'intérieur de la maison. Mme Kolnas passe devant l'une des fenêtres, apparemment en train de parler à quelqu'un de trop petit pour qu'on puisse l'apercevoir du dehors. La nuit est chaude, les baies sont ouvertes et la cuisine n'est séparée du jardin que par un écran contre les moustiques. Le *tanto* taille sans difficultés dans le fin grillage. Glissant sa main par la déchirure, Hannibal pousse le loquet et entre, non sans s'essuyer les pieds sur le paillasson. Le tic-tac de l'horloge de la cuisine lui semble presque assourdissant. D'une autre pièce, la salle de bains sans doute, lui parvient le bruit de l'eau qui coule. Marchant près du mur pour éviter que les lattes ne grincent, il se dirige vers lui. La voix de Mme Kolnas, encore, elle s'adresse à un enfant.

La porte suivante est entrebâillée. Des étagères couvertes de jouets, un gros éléphant en peluche. Hannibal passe la tête dans la chambre. Des lits jumeaux, Katerina Kolnas endormie dans celui le plus proche de l'entrée, un pouce contre son front. Hannibal voit la veine battre sur la tempe de la petite mais c'est son propre cœur qu'il entend. Elle a le bracelet de Mischa au poignet. Il cligne des yeux dans la chaude lumière. Il entend battre ses cils, mais aussi le souffle régulier de l'enfant, mais aussi madame Kolnas plus loin dans le couloir, tous ces sons infimes mais tellement audibles dans le rugissement qui monte en lui…

— Allez, mon lapin, il faut se sécher, maintenant, roucoule la femme.

Silhouette noire émergeant prophétiquement d'un brouillard bas, la péniche de Grutas est amarrée au quai. Aidé de Mueller, il porte Dame Murasaki ligotée et bâillonnée le long de la passerelle, puis dans l'entrepont. D'un coup de pied, il ouvre la porte de sa salle de consultation. Au milieu de la cabine, une chaise est posée sur un drap éclaboussé de sang.

— Désolé, votre chambre n'est pas tout à fait prête, observe-t-il. Je vais appeler le service d'étage. Evaaaaa !

Il sort dans la coursive, gagne en deux pas la cabine suivante, dans laquelle il fait irruption. Les trois femmes enchaînées à leur grabat lèvent des yeux pleins de haine vers lui. Eva est en train de ramasser leurs gamelles.

— Viens un peu par ici, toi.

Elle le suit dans l'autre cabine en restant toujours hors de portée de son bras. Elle remplace le drap souillé par un propre, et s'apprête à l'emporter quand il l'arrête d'un geste :

— Laisse-le ici, dans le coin. Qu'elle puisse le voir.

Grutas attache Dame Murasaki à la chaise, secondé par Mueller qu'il congédie une fois sa tâche terminée. Il va s'étendre sur un divan contre le mur, jambes écartées, et se masse lentement les cuisses.

— Toi, gronde-t-il sourdement. As-tu une idée de ce qui va t'arriver si tu ne me rends pas heureux ?

Dame Murasaki ferme les yeux. Elle sent le bateau trembler dans toute sa structure, puis se mettre en mouvement.

Hercule charrie dehors les sacs d'ordures du restaurant en deux voyages. Sa journée terminée, il ouvre le cadenas de son vélo et s'éloigne lentement. Son feu arrière est encore visible dans l'allée lorsque Hannibal se glisse par la porte de la cuisine. Il porte quelque chose de lourd dans un sac taché de rouge.

Kolnas entre au même moment, son livre de comptes à la main. Ouvrant la trappe du poêle à bois, il jette plusieurs feuilles à l'intérieur et les repousse dans les flammes avec le tisonnier.

— Et voici Herr Kolnas, entouré de bols…

Stupéfait, Kolnas pivote sur les talons et découvre Hannibal adossé contre le mur, un verre de vin dans une main, un pistolet dans l'autre.

— Que… Qu'est-ce que vous voulez ? Nous sommes fermés.

— Kolnas au paradis des bols. Des bols, partout, à ne plus savoir qu'en faire. Est-ce que vous avez votre plaque de soldat autour du cou, Herr Kolnas ?

— Je m'appelle Kléber, je suis citoyen français et j'appelle la police à l'instant.

— Permettez que je le fasse pour vous. – Posant son verre, Hannibal attrape le combiné du téléphone. – Vous ne voyez pas d'objection à ce que je contacte la Commission d'enquête sur les crimes de guerre, pendant que nous y sommes ? Je paierai la communication, bien entendu.

— La quoi ? Va te faire foutre, merdeux ! Appelle qui tu veux ! Non, vas-y, je parle sérieusement. Ou tiens, je le ferai moi-même. J'ai tous les papiers qu'il faut. J'ai les amis qu'il faut.

— Et moi j'ai des enfants. Les vôtres.

— Qu'est-ce que tu racontes ?

— Les deux. Je me suis rendu chez vous, rue Juliana. Dans la chambre avec ce grand éléphant en peluche. Et je les ai pris. Tous les deux.

— Tu… Tu dérailles ! Tu mens !

— « Prends-la, elle, de toute façon elle va mourir. » C'est ce que vous avez dit. Vous vous rappelez ? Quand vous suiviez Grutas comme un toutou, avec votre bol à la main. Tenez, j'ai apporté quelque chose pour votre cuisinière… – Il se penche pour attraper le sac ensanglanté à ses pieds et le jette sur la table. – Voyez, on peut faire la tambouille ensemble, comme au bon vieux temps.

Il envoie le bracelet de Mischa rouler sur la table, qui roule et roule encore, avant de s'arrêter près du bord.

Une sorte de sanglot sec secoue les bajoues de Kolnas. Il est incapable de bouger, pendant un moment, puis ses mains tremblantes tâtonnent sur le sac, le déchirent, déchirent le papier de boucherie graisseux à l'intérieur, s'égarent dans de la chair, dans des os.

— C'est un rôti de bœuf, Herr Kolnas. Et un melon. Ils viennent des Halles. Mais vous sentez ce que ça fait, maintenant ?

Kolnas se projette par-dessus la table, ses mains sanglantes griffant l'air pour atteindre Hannibal au visage, mais il perd l'équilibre et il est facile de le plaquer contre la table, et de braquer le canon sur la base de son crâne, sans brutalité, et soudain Kolnas n'est plus là.

Les traits maintenant maculés de rouge, Hannibal ressemble aux faces démoniaques qui hantent ses rêves. Il verse de l'eau glacée sur celle de Kolnas jusqu'à ce qu'il rouvre les yeux.

— Où… Où est Katerina ? balbutie Kolnas. Qu'est-ce que vous lui avez fait ?

— Elle va très bien, Herr Kolnas. Fraîche comme une rose. Vous pouvez voir la veine battre sur sa tempe. Je vous la rendrai dès que vous me donnerez Dame Murasaki.

— Je… Ce serait ma mort.

— Non. Ils arrêteront Grutas et moi, je ne me rappellerai jamais votre visage. C'est votre laissez-passer, pour vos enfants.

— Mes… Comment je saurais qu'ils sont toujours en vie ?

— Je jure que vous entendrez leur voix encore, sur l'âme de ma sœur. Juré. Ou vous m'aidez, ou je vous tue et je laisse l'enfant mourir de faim. Où est Grutas ? Où est Dame Murasaki ?

Kolnas avale sa salive, s'étrangle sur un caillot de sang.

— Grutas… Il a un bateau… Une péniche… Il se déplace tout le temps. Là, il est sur le canal du Loing. Au sud de Nemours.

— Quel nom, la péniche ?

— Quel… ? *Christabel.* Vous avez juré ! Où sont mes enfants ?

Hannibal le laisse se relever. Prenant le téléphone, il compose un numéro sur le cadran et tend le combiné à Kolnas qui, hagard, tarde un instant à reconnaître la voix de sa femme :

— Allô ? Astrid ? C'est toi ? Va voir les petits, je veux parler à Katerina ! Ne discute pas ! Va !

En écoutant la voix interloquée de l'enfant tirée de son sommeil, Kolnas change d'expression : soulagement, d'abord, puis une étrange impassibilité tandis que sa main cherche derrière le rideau sous la caisse enregistreuse. Il se laisse aller, les épaules voûtées.

— Vous m'avez bien eu, Herr Lecter…

— Non, j'ai tenu ma parole. J'épargnerai votre vie, au nom de vos…

Kolnas se tourne brusquement vers lui, le gros Webley dans sa main crispée qu'Hannibal frappe d'une manchette, le coup de feu part, mais dans le vide, Hannibal envoie le *tanto* sous son menton et la dague acérée ressort par le crâne.

Kolnas tombe en avant, arrachant le fil du téléphone dans sa chute. Hannibal le retourne sur le dos, s'assoit sur une chaise et le contemple un moment. Les yeux de Kolnas sont ouverts, déjà vitreux. Hannibal pose un bol retourné sur sa figure.

Il emporte la cage d'ortolans dans le jardin, ouvre la grille. Il doit attraper le dernier des oiseaux affolés et le lancer dans le ciel illuminé par la lune, puis il se rend à la volière et libère aussi ses petits occupants qui fusent en tous sens, se regroupent en formation et passent une fois en cercle au-dessus de la terrasse, ombres minuscules à la recherche du meilleur vent porteur, guidées par l'étoile polaire.

— Allez ! leur dit Hannibal. La Baltique est par là. Passez-y la saison.

56

Dans la nuit immense, un point lumineux solitaire file à travers les champs obscurs d'Île-de-France. Moteur à plein régime, Hannibal est couché sur le réservoir d'essence. Au sud de Nemours, il quitte le béton pour un ancien chemin de halage le long du canal du Loing, dont la mince bande d'asphalte et de gravier est envahie de ronces. À un moment, il évite de justesse des vaches égarées par là, sent de rudes crins lui fouetter le visage, fait une embardée qui remplit les garde-boue de gravier volant, échappe de peu à la chute mais la machine retrouve d'elle-même son équilibre et repart en vrombissant.

Les lumières de Nemours s'estompent derrière lui. Il est en plat pays, maintenant, seul avec les ténèbres qui aspirent le faisceau jaune de son phare, avec les hautes herbes des bas-côtés et les cailloux sur la chaussée qui paraissent absurdement nets sous le pinceau lumineux. Il se demande s'il n'a pas rejoint le canal trop au sud ; a-t-il dépassé le bateau sans le savoir ?

Il s'arrête, éteint les lumières pour réfléchir dans l'obscurité et prendre une décision tandis que la motocyclette frissonne entre ses jambes.

Loin devant lui, loin dans l'obscurité, deux petites maisons allumées paraissent se déplacer en tandem sur les pâturages. Ce sont les cabines d'une péniche qui affleurent à peine au-dessus des berges du canal.

La péniche de Vladis Grutas glisse dans un merveilleux silence, troublant à peine l'eau d'un souple remous tandis qu'elle descend vers le sud sans réveiller les troupeaux endormis de part et d'autre du canal. Les points de suture le long de sa cuisse encore douloureux, Mueller est carré dans une chaise en toile sur le pont avant, un fusil posé à la verticale contre l'écoutille à côté de lui.

En poupe, Gassmann ouvre un coffre et en sort des pare-battages en tissu.

À trois cents mètres de là, Hannibal ralentit, laissant la moto continuer sur sa lancée et les mauvaises herbes lui cingler les tibias. Il s'arrête, prend les jumelles de son père dans la sacoche latérale. La nuit est trop dense pour qu'il arrive à déchiffrer le nom du bateau.

On ne voit que les feux de position de la péniche et la vague lueur des hublots obstrués par des rideaux. Dans cette zone, le canal est trop large pour sauter de la berge sur le pont. Il pourrait certes atteindre d'une balle le capitaine dans le poste de pilotage, en tout cas le blesser suffisamment pour qu'il lâche la barre, mais alors tout le monde sur le bateau serait alerté, ils l'attaqueraient de l'avant et de l'arrière dès qu'il mettrait le pied sur le pont…

Il discerne une trappe couverte en poupe, et à la proue une bosse sombre qui est sans doute un autre accès à la cale. L'habitacle du poste de pilotage est éclairé mais il n'arrive pas à distinguer la moindre silhouette à l'intérieur. Il faut qu'il dépasse la péniche. Ici, le chemin de halage est proche de l'eau et les pâtures trop accidentées pour tenter un détour.

Il redémarre. Lorsqu'il double le bateau, le côté de son corps le plus proche de l'eau se tend, pris de fourmillements. Un rapide coup d'œil. À l'arrière, Gassmann sort des bouées en tissu d'un coffre, et lève la tête en entendant la moto. Des phalènes tourbillonnent au-dessus d'une lucarne de pont éclairée.

Hannibal continue à vitesse modérée. À environ un kilomètre devant lui, il aperçoit les phares d'une voiture en train de traverser le canal.

Le Loing se retrécit en une écluse pas plus large que deux barges de front. L'ouvrage d'art est dominé par un pont en pierre dont l'arche accueille la vanne d'amont, les portes donnant accès à un bief à peine plus long que le *Christabel*.

Pour le cas où le capitaine le regarderait, Hannibal prend à gauche et continue sur une centaine de mètres avant d'éteindre ses phares et de faire demi-tour. Il laisse la moto dans des buissons près du pont et poursuit à pied en direction de la péniche.

Dissimulé entre deux barques abandonnées quille à l'air sur la berge, il regarde le bateau avancer. Il est encore à un demi-kilomètre. Tout est très sombre. Il entend une radio dans une petite maison de l'autre côté du pont, sans doute l'habitation de l'éclusier. Il glisse le revolver dans une poche de sa veste et la boutonne.

Les feux de position glissent lentement vers lui : le fanal rouge de babord et, un peu en arrière sur un mât rétractable au-dessus de la cabine, une lumière blanche.

La péniche va devoir s'arrêter et perdre un mètre de hauteur dans le bief avant de pouvoir continuer.

Hannibal est couché sur le sol, entouré d'herbes. Il est trop tôt dans la saison pour que les grillons chantent. Il attend. Le bateau se meut doucement, tout doucement. Il a le temps de réfléchir. Il n'est pas entièrement satisfait de ce qui s'est passé au café de Kolnas. Il a eu du mal à épargner sa vie, même pour un court moment, et le laisser parler a été une désagréable erreur. Ce qui a été plaisant, c'est la vibration dans sa main lorsque le *tanto* a transpercé par en dessous la calotte crânienne de Kolnas. Comme une petite corne. L'expérience a été plus gratifiante qu'avec Milko. De bons souvenirs à savourer : la vérification du théorème de Pythagore avec des tuiles, la décapitation de Dortlich… De bons moments à anticiper : il se promet d'inviter Dame Murasaki au Restaurant du Champ de Mars pour son fameux civet de lièvre…

Hannibal est calme. Son pouls reste à soixante-douze.

Ténèbres autour de l'écluse, mais le ciel est clair, constellé d'étoiles. Quand la péniche va parvenir au bief, son fanal de mât devrait se situer parmi les plus basses du firmament… Non, déjà le mât s'abaisse et sa lumière décrit une courbe descendante, telle une étoile en train de mourir.

Hannibal voit les filaments du gros projecteur s'illuminer et se tapit encore plus lorsque le faisceau s'intensifie, passe sur la berge, se pose sur les portes de la vanne. La sirène de la péniche retentit. Dans la maison de l'éclusier, une lumière s'allume ; en moins d'une minute, un homme descend vers le bief en traînant ses galoches. Hannibal visse le silencieux sur l'arme de Milko.

Émergeant de l'escalier, Vladis Grutas se campe sur le pont. Il s'étire, envoie d'une pichenette sa cigarette dans l'eau sombre, adresse quelques mots à Mueller, prend le fusil, le dissimule parmi les pots de fleurs, hors de vue de l'éclusier, et redescend dans la cale.

À la poupe, Gassmann descend les pare-battages le long de la coque et prépare son filin. Les portes de la vanne d'amont se lèvent. Dans sa cabane de contrôle sur la berge, l'éclusier allume les lampes sur les poteaux d'amarrage de chaque côté du bassin. La péniche passe sous le pont et commence à s'immobiliser dans le bief quand le capitaine inverse la poussée des moteurs. Dès qu'il entend ce bruit, Hannibal s'élance sur le pont, plié en deux, à couvert derrière le parapet en pierre.

D'en haut, ses yeux volent sur les lucarnes du pont qui passe lentement sous lui et il a le temps d'apercevoir à travers l'une d'elles, vision fugitive, Dame Murasaki ligotée sur une chaise.

Il faut une dizaine de minutes pour égaliser le niveau d'eau avec celui en aval. Les lourdes portes s'ouvrent en grondant, Gassmann et Mueller ramènent les écoutes, l'éclusier remonte vers sa maison. Le capitaine pousse la manette des gaz et le canal se met à bouillonner derrière la péniche.

Se penchant par dessus le parapet, Hannibal tire dans la tête de Gassmann à soixante centimètres en contrebas, puis saute dans le vide, tombe sur Gassmann avant de rouler sur le pont. Au bruit, le capitaine jette un coup d'œil vers la poupe, vérifie que toutes les amarres ont été lâchées.

Hannibal essaie d'ouvrir la trappe d'escalier arrière. Elle est verrouillée. Le capitaine passe son torse hors du poste de pilotage.

— Gassmann ?

Tapi derrière le corps dans l'obscurité, Hannibal lui tâte la ceinture. L'homme n'était pas armé. Il va devoir passer à côté de la cabine de pilotage pour aller à l'avant, où il a vu que Mueller était posté. Il avance à tribord au moment où le capitaine, sorti sur la gauche, aperçoit Gassmann étalé sur le pont, un liquide noir s'écoulant de son crâne dans les dalots.

Hannibal se hâte toujours vers la proue, dissimulé par les superstructures.

Il sent les moteurs du bateau passer au point mort. Il court maintenant, et derrière lui un coup de feu éclate, la balle écorne en sifflant un chevron dont les éclats le piquent à l'épaule. Se retournant, il voit le capitaine embusqué derrière la cabine arrière. Devant lui, près de l'autre écoutille, une main et un bras tatoués jaillissent pour saisir un fusil derrière les buissons en pots. Hannibal tire, sans résultat. Son épaule est brûlante et moite. Se faufilant entre les deux cabines, il passe à babord, avance encore, courbé en deux. Debout sur le pont avant, Mueller entend ses pas et pivote d'un coup, mais le canon de son fusil bute contre le poteau de l'auvent, retardant d'une seconde son mouvement circulaire, et Hannibal lui loge quatre balles dans le thorax, appuyant sur la détente aussi vite que possible. Le fusil part tout seul dans les moulures en bois autour de la porte de l'escalier, Mueller titube, baisse les yeux sur sa poitrine et tombe en arrière, assis contre le bastinguage, mort.

Hannibal descend les marches, ouvre la porte sans difficulté, la referme derrière lui. En poupe, le capitaine, accroupi près du corps de Gassmann, fouille ses poches à la recherche des clés.

Dans l'étroite coursive du pont inférieur, Hannibal examine la première cabine. Vide. Des couchettes, des chaînes. Il fait voler la deuxième porte d'un coup de pied, découvre Dame Murasaki, se précipite vers elle. Grutas, qui était derrière la porte, l'atteint d'une balle dans le dos, juste entre les omoplates. Hannibal s'affaisse sur le sol, en arrière. Une flaque de sang s'étend rapidement sous lui.

Grutas s'approche en souriant. Il enfonce le canon de son pistolet sous le menton d'Hannibal, tâte rapidement sa veste, lui arrache l'arme de Milko. Prenant un stylet dans sa ceinture, il enfonce la pointe dans l'une de ses jambes, puis l'autre. Elles ne bougent pas.

— En plein dans la moelle épinière, le petit Männlein ! ricane-t-il. Tu sens plus tes guibolles, hein ? C'est dommage. Tu ne sentiras rien non plus quand je vais te couper les couilles. – Il sourit à Dame Murasaki. – Avec, je vous ferai un porte-monnaie où vous pourrez garder vos pourboires. – Les paupières d'Hannibal s'ouvrent. – Ah, tu peux voir ! Parfait ! – Il agite la longue lame devant ses yeux. – Alors regarde !

Grutas fait deux pas vers Dame Murasaki et passe légèrement la pointe du stylet sur sa joue, incisant à peine la peau.

— Je peux lui donner un peu de couleurs, à celle-ci ! – Il plante le stylet dans le dossier de la chaise, tout près de sa tête. – Je peux lui faire une fente de plus !

Dame Murasaki reste silencieuse, les yeux fixés sur Hannibal, dont les doigts frémissent. Une de ses mains remonte lentement vers son visage. Son regard va de Dame Murasaki à Grutas, et retour. Quand elle lève la tête vers son bourreau, une expression étrange s'est ajoutée à la peur sur ses traits. Elle sait exciter le désir par sa beauté, quand elle le veut. Grutas se penche, l'embrasse brutalement sur les lèvres, qu'il écorche avec ses dents. Son visage vide et dur blêmit, ses yeux pâles ne cillent pas lorsqu'il se met à tâter et à pétrir sous le chemisier de Dame Murasaki.

Passant sa main sous sa nuque, Hannibal en sort le *tanto* ensanglanté, tordu par la balle de Grutas.

Celui-ci cligne des yeux, maintenant. Un rictus de souffrance apparaît sur ses traits, ses chevilles flanchent et il tombe lourdement, les jarrets coupés. Hannibal se dégage en se tortillant sous lui. Dame Murasaki frappe Grutas à la tête de ses deux pieds, ligotés ensemble. Il tente de lever son pistolet mais Hannibal le saisit par le canon et le repousse en l'air. Le coup part à l'instant où Hannibal le frappe à la gorge avec sa dague. Le pistolet tombe au sol et glisse plus loin, Grutas rampe vers lui, se redresse sur les coudes, puis sur les genoux, il avance à quatre pattes, juste un peu, s'affaisse encore, se traîne comme un animal qui vient d'avoir l'échine brisée par une voiture.

Hannibal coupe les liens sur les poignets de Dame Murasaki, elle retire le stylet du dossier de la chaise pour trancher ceux de ses jambes, elle se lève et va dans le coin de la cabine, près de la porte. Le dos en sang, Hannibal se place entre le pistolet et Grutas. À genoux, celui-ci fait face au garçon. Un calme surnaturel l'a envahi. Il lève sur Hannibal ses yeux pâles et froids comme l'Arctique.

— Tous ensemble nous cinglons vers la mort, prononce-t-il. Moi, toi, cette belle-mère que tu baises, les hommes que tu as tués…

— Ce n'était pas des hommes.

— Quel goût il avait, Dortlich ? Du poisson ? Et Milko, tu l'as bouffé aussi ?

De sa place, Dame Murasaki prend la parole :

— Hannibal. Si Popil a Grutas, il vous laissera sans doute. Écoutez-moi, Hannibal. Donnez-le à Popil.

— Il a mangé ma sœur.

— Toi aussi, intervient Grutas. Pourquoi tu ne te tues pas, toi aussi ?

— Non. Mensonge !

— Oh que si ! Ce brave Fouille-au-Pot, il t'a servi ta sœur dans la soupe que tu lappais ! Il faut que tu élimines tous ceux qui sont au courant, c'est ça ? Et maintenant qu'elle le sait, « elle », tu dois la tuer aussi…

Le poignard sanglant toujours entre ses doigts, Hannibal plaque ses mains sur ses oreilles. Il se tourne vers Dame Murasaki, scrute son visage. Il va vers elle, la serre contre lui.

— Non, Hannibal. Il ment. Livrez-le à Popil.

Grutas se meut imperceptiblement en direction du pistolet sans cesser de parler, de parler :

— Tu l'as mangée, oui. À moitié conscient. Ta bouche goulue sur la cuillère, tu…

— Nooooon !

La tête levée vers le plafond, Hannibal crie de toutes ses forces. Soudain, il se jette sur Grutas, pose le pied sur le pistolet, lève la dague et lui cisaille un « M » sur toute la figure en hurlant « M pour Mischa, M pour Mischa, M pour Mischa… », Grutas tombe sur le dos et Hannibal continue à tailler de grands « M » dans son corps.

Un cri derrière lui. Assourdi par le brouillard rouge, un coup de feu claque. Hannibal sent le souffle au-dessus de sa tête. Il ne sait pas s'il a été touché. Il se retourne. Le capitaine est debout, dos tourné à Dame Murasaki. Le manche du stylet dépasse au-dessus sa clavicule, la pointe a traversé l'aorte. Son revolver lui échappe des doigts et il s'écroule face contre terre.

Hannibal titube, son visage est maintenant un masque écarlate. Dame Murasaki ferme les yeux. Elle tremble de tous ses membres.

— Êtes-vous blessée ? murmure-t-il.

— Non.

— Je vous aime, Dame Murasaki.

Il s'approche d'elle. Rouvrant les paupières, elle repousse ses mains couvertes de sang.

— Que reste-t-il en vous qui puisse aimer ?

Elle quitte la cabine en courant, bondit sur le pont et plonge par-dessus le bastingage, laissant un rond parfait à la surface du canal.

La péniche bute doucement contre la rive.

À bord du *Christabel*, Hannibal est seul avec les morts dont le regard se fige rapidement. Mueller et Gassmann sont maintenant sur le pont inférieur, au pied des escaliers. Zébré de rouge, Grutas est toujours dans la cabine, là où il a expiré. Chacun d'eux tient dans les bras un Panzerfaust, telle une poupée à grosse tête. Prenant le dernier obusier anti-char dans l'armurerie, Hannibal l'installe dans la salle des machines, tout près du réservoir de carburant. Dans le coffre des ancres, il prend un grappin dont il attache la corde à la détente du Panzerfaust, montée sur le haut du lance-missiles.

Remonté sur le pont avec le grappin dans la main, il sent le bateau continuer à dériver le long du bord en pierre du canal. Il aperçoit des torches électriques qui s'agitent sur le pont de l'écluse, perçoit des cris, les aboiements d'un chien…

Il jette le grappin dans l'eau. La corde se dévide paresseusement par-dessus le bastingage. Hannibal saute sur la berge et part à travers champs. Il ne se retourne pas. Il a parcouru environ quatre cents mètres quand l'explosion se produit. L'onde de choc le pousse dans le dos, le fracas est assourdissant. Un bout de métal vient s'écraser au sol tout près de lui.

La péniche est ravagée par de hautes flammes. Une colonne d'étincelles monte dans le ciel, dispersée en spirales par l'appel d'air du brasier. D'autres explosions projettent des débris enflammés vers les étoiles lorsque le feu atteint les trois obusiers restants.

À un kilomètre ou plus, maintenant, Hannibal aperçoit les girophares des voitures de police près de l'écluse. Il ne rebrousse pas chemin, continue à marcher droit devant lui. C'est au lever du jour qu'ils le retrouveront.

57

Pendant les mois chauds, à la Direction générale de la police parisienne, les fenêtres donnant à l'est se peuplent, à l'heure du petit déjeuner, de jeunes policiers qui espèrent apercevoir Simone Signoret prenant son café sur sa terrasse, au-dessus de la place Dauphine toute proche.

Assis à son bureau, l'inspecteur Popil ne relève pas la tête de son travail quand des exclamations annoncent l'ouverture de la porte donnant sur la terrasse de l'actrice, et n'est guère plus troublé lorsque des grognements déçus accompagnent l'apparition d'une simple domestique sortie arroser les plantes.

Par sa fenêtre ouverte lui parvient la rumeur d'une manifestation communiste qui se tient sur le quai des Orfèvres et sur le Pont-Neuf. Les manifestants, en majorité des étudiants, scandent « Li-bé-rez Hannibal, li-bé-rez Hannibal ! » Des banderoles promettent : « MORT AU FASCISME », exigent la remise en liberté immédiate d'Hannibal Lecter, devenu récemment un héros mineur. Des lettres de lecteurs ont pris vigoureusement sa défense dans *l'Humanité* et le *Canard enchaîné*. L'hebdomadaire satirique a publié une photographie de l'épave du *Christabel* en flammes, accompagnée du titre : « Les Cannibales Flambés ! »

Dans *l'Humanité*, une émouvante évocation des bénéfices de la collectivisation forcée au temps de son enfance, signée d'Hannibal Lecter en personne et clandestinement rapportée de sa prison par d'anonymes sympathisants, a encore ravivé la ferveur de ses partisans communistes. Il aurait aussi bien écrit pour les gazettes d'extrême droite, à vrai dire, mais les fachos sont désormais passés de mode et n'auraient pas été capables de manifester en sa faveur.

Ce que Popil a sur sa table est une note confidentielle du procureur de la République qui pose la question suivante : quelles preuves a-t-on contre Hannibal Lecter, exactement ? Dans le climat vindicatif d'« épuration sauvage » qui s'est installé après la guerre, une inculpation pour le meurtre de criminels de guerre et d'anciens nazis devrait être rigoureusement sans faille et une condamnation, même justifiée, se révèlerait très impopulaire.

L'assassinat du boucher Paul Momund remonte à plusieurs années, souligne aussi le procureur, et le seul élément de preuve semblerait être une odeur de clous de girofle… Serait-il utile de procéder à l'arrestation de la femme Murasaki, interroge le procureur ; a-t-elle pu être complice ? L'inspecteur Popil a déjà déconseillé une telle mesure à l'encontre de « la femme Murasaki ».

Les circonstances entourant la mort du restaurateur Kolnas – ou du « bistrotier crypto-fasciste et magnat du marché noir Kolnas », comme les journaux l'appellent – n'ont pu être déterminées avec exactitude. Certes, le haut de son crâne a été perforé par un objet non identifié, sa langue et son palais itou. Et il a fait usage d'une arme à feu, ainsi que le test de la paraffine l'a montré. Quant aux morts de la péniche, ils n'étaient plus qu'un amas de graisse et de suie mais on sait qu'ils étaient connus des services de police, auteurs d'enlèvements et impliqués dans la traite des Blanches. Une camionnette où étaient enfermées deux captives n'a-t-elle pas été retrouvée, grâce au numéro d'immatriculation fourni aux enquêteurs par la femme Murasaki ?

Bref, ce jeune homme a un casier judiciaire vierge, il est le mieux noté de tous dans son cours à la faculté de médecine, et donc…

Jetant un coup d'œil à sa montre, l'inspecteur Popil se lève et descend le couloir jusqu'à la pièce portant la plaque : AUDITION 3, la meilleure de toutes les salles d'interrogatoire car un peu de soleil y entre et les graffiti ont été ici recouverts d'une couche d'épaisse peinture blanche. Un gardien de la paix est en faction devant la porte, que Popil salue d'un signe de tête et qui s'empresse de pousser le verrou pour le laisser entrer. Au centre de la pièce, Hannibal est assis en face d'une table vide. Une de ses chevilles est enchaînée au pied de la table, ses poignets menottés sont attachés à un anneau.

— Enlevez-lui ses fers, commande Popil au gardien.

— Bonjour, inspecteur, fait Hannibal.

— Elle est là, lui annonce Popil. Quant au Dr Dumas et au Dr Rufin, ils reviendront cet après-midi.

Il le laisse seul. Maintenant libre de ses mouvements, Hannibal peut se lever lorsque Dame Murasaki entre. La porte se referme derrière elle et c'est sur le battant qu'elle s'appuie de sa main grande-ouverte.

— Est-ce que vous arrivez à dormir ? demande-t-elle aussitôt.

— Oui. Je dors bien.

— Chiyoh vous transmet tous ses souhaits. Elle dit qu'elle est très heureuse.

— Je suis content.

— Son jeune soupirant a obtenu son diplôme et ils sont fiancés, maintenant.

— J'en suis ravi pour elle.

Un silence, puis Dame Murasaki poursuit :

— Ils se sont lancés ensemble dans la fabrication de scooters, de petites motocyclettes. En association avec deux frères. Ils en ont déjà produit six. Elle espère que leur affaire se développera.

— Sans aucun doute. J'en achèterai un moi-même.

Les femmes détectent plus vite que les hommes si elles sont surveillées, cela fait partie de leur instinct de survie. Elles sont aussi promptes à déceler le désir, et son absence également. Dame Murasaki sent qu'il a changé. Quelque chose derrière ses yeux n'est plus là.

Les mots de son aïeule, Murasaki Shikibu, viennent à elle. À haute voix, elle les égrène lentement :

Figée par le gel
l'eau qui court entre les pierres
a perdu son élan
mais du ciel toujours découle
limpide le clair de lune.

Hannibal lui donne la réponse devenue classique du Prince Genji :

Regrets du passé
en cette nuit de neige
affluent de partout

poignant le cri s'y ajoute
du canard qui dort sur l'eau[1].

— Non, soupire-t-elle. Il n'y a plus que la glace, désormais. Tout le reste est parti. N'est-il pas vrai ?

— Vous êtes l'être que je préfère au monde, répondil, et c'est assez sincère.

Elle incline la tête dans sa direction, puis quitte la pièce.

Dans le bureau de Popil, Dumas et Rufin sont lancés dans une conversation animée lorsqu'elle fait son entrée. Rufin prend les mains de Dame Murasaki dans les siennes.

— Vous m'aviez dit qu'il pourrait se congeler de l'intérieur, docteur. Pour toujours.

— Est-ce l'impression que vous avez ?

— Moi qui l'aime, je n'arrive pas à le retrouver. Et vous ? Vous y parvenez ?

— Je n'ai jamais pu.

Elle s'en va sans avoir vu l'inspecteur Popil.

Après s'être porté volontaire pour travailler au dispensaire de la prison, Hannibal sollicite l'autorisation du juge de se rendre à nouveau aux cours de la faculté de médecine. Claire de Vrie, la directrice du tout nouveau laboratoire de médecine légale de la police parisienne, une femme brillante et séduisante, écrit une

1. Murasaki Shikibu, *Le Dit du Genji*, traduit du japonais par René Sieffert, POF/SOLIN, vol. II, Livre 23, pp.573-574.

lettre de recommandation en sa faveur, Hannibal ayant conçu une trousse d'identification des toxines et d'analyse qualitative qui requiert un minimum d'équipement et d'agents chimiques.

Le Dr Dumas, dont l'indestructible bonne humeur tape sérieusement sur les nerfs de Popil, ne tarit pas d'éloges sur le compte d'Hannibal. Il annonce qu'après avoir vu les planches d'illustration réalisées par le jeune homme pour son traité d'anatomie, les responsables de la fondation médicale Johns Hopkins de Baltimore, en Amérique, seraient heureux de l'accueillir en stage. En ce qui concerne la clause de moralité, Dumas n'a aucun doute sur son protégé et le fait savoir haut et fort.

Trois semaines plus tard, malgré les multiples objections de Popil, Hannibal quitte libre le Palais de justice et regagne sa chambre sous les toits de la faculté. L'inspecteur ne lui a pas dit au revoir. Un gardien lui a apporté ses vêtements civils, c'est tout.

Il a une bonne nuit de sommeil, dans sa retraite sous les combles. Le lendemain matin, en téléphonant place des Vosges, il découvre que la ligne de Dame Murasaki a été interrompue. Il se rend à l'appartement, entre en se servant de sa clé. Les pièces ont été entièrement vidées, à l'exception du guéridon du téléphone sur lequel une lettre attend. Elle lui est destinée et elle est fixée sur le rameau noirci d'Hiroshima que Dame Murasaki avait reçu de son père.

La lettre est courte : « *Au revoir, Hannibal. Je suis rentrée chez moi.* »

En allant dîner, il jette le bout de branche brûlé dans la Seine. Au restaurant du Champ de Mars, puisant dans l'argent que Louis lui avait laissé afin de payer des messes pour le salut de son âme, il se régale d'un succulent lièvre à la royale. Revigoré par le vin, il se dit qu'en toute honnêteté il devrait en effet dire quelques prières en latin pour ce pauvre Louis, voire en chanter une sur un air à la mode ; son raisonnement est que ses oraisons ne seront certainement pas moins efficaces que celles qu'il pourrait acheter à Saint-Sulpice.

Il dîne seul mais il ne se sent pas seul.

Son cœur est entré dans une longue hibernation, et lui avec. Il dort comme une souche. Il n'est plus visité par des rêves comme le sont les êtres humains.

III

Je me rends au Diable à l'instant
Si tant est que je ne suis pas Lui.

J. W. von Goethe, *Faust*

58

Svenka se dit que le père de Dortlich ne mourra jamais. Voilà deux ans que le vieux respire, respire encore, et encore, alors que son cercueil dissimulé sous une bâche et posé sur des tréteaux envahit l'appartement déjà encombré dans lequel il vit avec une femme. Celle-ci ne cesse de se plaindre de la perte de place qu'il constitue dans le salon, car sa surface arrondie ne permet même pas de s'en servir comme desserte. Au bout de quelques mois, cependant, elle lui a trouvé une utilisation, cachant dans la bière les conserves alimentaires de contrebande que Svenka extorque souvent aux voyageurs de retour d'Helsinki, à la descente du ferry.

En deux années de sanglantes purges stalininiennes, trois de ses collègues ont été fusillés et un quatrième pendu à la prison de la Loubianka, à Moscou. Svenka sent qu'il est temps de s'en aller. Les œuvres d'art sont à lui, il ne les abandonnera pas en partant. Dortlich ne lui a pas légué tous ses contacts, certes, mais il peut se procurer des faux papiers de bonne qualité. S'il ne connaît personne en Scandinavie, il a de nombreuses accointances sur les bateaux qui sillonnent la Baltique entre Riga et la Suède, des gens débrouillards qui sauront quoi faire du colis dès qu'ils seront en mer…

Il faut commencer par le début.

Un dimanche matin, à sept heures moins le quart, Bergid, la bonne de Dortlich père, quitte l'immeuble tête nue, pour ne pas être soupçonnée de se rendre à l'église. Dans son sac à main, elle a dissimulé son foulard et sa Bible.

Elle est partie depuis cinq ou six minutes quand le vieil homme entend dans l'escalier des pas plus lourds que ceux de Bergid. Ensuite, quelqu'un tripote la serrure de la porte d'entrée. Dortlich père se redresse péniblement sur ses oreillers.

La porte racle sur le seuil. Le vieil homme fouille le tiroir de sa table de nuit, en sort un Luger. Épuisé par ces efforts, il doit soutenir le pistolet des deux mains lorsqu'il le glisse sous les couvertures. Puis il referme les yeux, attend que la porte de sa chambre s'ouvre.

— Vous dormiez, Herr Dortlich ? J'espère que je ne vous dérange pas.

En civil, les cheveux peignés en arrière, le sergent Svenka est devant lui.

— Ah, c'est vous…

Le vieux a son air féroce habituel mais il paraît très convenablement affaibli.

— Je suis ici au nom de la Fraternité des policiers et douaniers, explique Svenka. En nettoyant des casiers, nous avons retrouvé d'autres affaires ayant appartenu à votre fils.

— Je n'en veux pas. Gardez-les. Est-ce que vous avez forcé la serrure ?

— Eh bien, comme personne ne venait ouvrir, je suis entré. J'ai pensé que je laisserais simplement la boîte, s'il n'y avait personne. J'ai la clé de votre fils.

— Il n'a jamais eu la clé d'ici !

— Sa clé rossignol, je veux dire.

— Alors vous pourrez refermer en partant.

— Le lieutenant Dortlich m'avait confié certains détails relatifs à votre… situation, vos dernières volontés. Les avez-vous mises par écrit ? Vous avez le document ? La Fraternité estime qu'il est de sa responsabilité que vos souhaits soient réalisés à la lettre.

— Oui, maugrée le vieux. C'est signé, authentifié et tout. Une copie a été envoyée à Klaïpeda. Vous n'avez à vous occuper de rien.

— Si. D'une seule chose.

Le sergent Svenka dépose la boîte au sol. En s'approchant du lit avec un sourire, il attrape un coussin sur le fauteuil et, avançant de biais comme une araignée, le plaque brusquement sur le visage du vieil homme. Ensuite, il monte sur lui à califourchon, immobilise les épaules du malade sous ses genoux, enfonce les deux coudes dans le coussin et pèse dessus de tout son poids. Combien de temps cela va-t-il demander ? Le vieux ne se débat pas, rien…

Il sent un objet dur pressé sous son postérieur, les couvertures se soulever contre son entrejambe, et le Luger part. Svenka ressent la brûlure sur sa peau et plus loin encore, tout au fond de lui. Il tombe en arrière et le vieillard relève le Luger, continue à tirer à travers les couvertures, l'atteint dans la poitrine, au menton, mais le poids du pistolet est désormais trop pour lui, le canon s'abaisse de lui-même et la dernière balle va se loger dans le pied de Dortlich père.

Le cœur du vieil homme s'accélère, plus vite, plus vite, encore plus vite, s'arrête. L'horloge au-dessus de son lit sonne sept heures, mais il n'a entendu que les quatre premiers coups.

59

Le long du 50e parallèle, la neige saupoudre le haut front de l'hémisphère Nord : Canada oriental, Islande, Écosse, Scandinavie… Bourrasques de neige sur la mer et sur Grisslehamn, en Suède, quand le ferry qui transporte le cercueil entre au port.

L'agent de soute du navire amène aux hommes des pompes funèbres un chariot sur lequel il les aide à hisser la bière. Une fois sur le pont, ils prennent un peu de vitesse pour passer en force le butoir de la passerelle, et ensuite c'est la descente vers le quai où le corbillard attend.

Le père de Dortlich est mort sans avoir de famille proche. Ses dernières volontés étaient claires, et l'Amicale des travailleurs maritimes et fluviaux de Klaïpeda a veillé à ce qu'elles soient respectées.

La petite procession est composée du corbillard, d'une fourgonnette avec six employés des pompes funèbres et d'une voiture où ont pris place deux cousins éloignés, eux aussi très âgés.

Ce n'est pas que Dortlich père ait été entièrement oublié, non, mais la plupart de ses amis de jeunesse sont décédés, comme presque toute sa famille. Fils puîné, esprit franc-tireur, sa passion pour la Révolution d'Octobre l'a éloigné de ses parents et de ses frères et sœurs, l'entraînant jusqu'en Russie. Son père avait été armateur mais il n'a lui-même été qu'un simple marin, toute sa vie : ironie du sort, conviennent les deux vieux cousins qui roulent derrière le corbillard, à travers la neige d'un sombre après-midi.

Le caveau de famille des Dortlich est un bloc en granit gris avec un crucifix taillé dans la pierre au-dessus de la porte et un nombre raisonnable de vitraux enchâssés dans des fenêtres en partie à claire-voie, simples panneaux de verre coloré, sans représentation figurative.

Le gardien du cimetière, consciencieux, a balayé la neige sur l'allée qui conduit au caveau, et sur les marches. La grosse clé en fer est glacée contre ses doigts, malgré les mitaines, et il doit se servir de ses deux mains pour la tourner. Les gorges de la serrure grincent. Les croquemorts repoussent les grandes doubles portes et transportent le cercueil à l'intérieur. La vue de l'emblème du syndicat communiste sur le couvercle, au sein de ce respectable mausolée, arrache quelques murmures aux vieux cousins.

— Il faut y voir l'hommage fraternel de ceux qui l'ont le mieux connu, philosophe le directeur des pompes funèbres en toussotant discrètement dans son gant.

Il se dit aussi que ce cercueil semble bien cossu, pour un communiste, en évalue mentalement le coût de fabrication et le compare au prix final.

Sortant de sa poche un tube de graisse au lithium blanche, le gardien trace des lignes sur le sol en pierre, là où les pattes du cercueil doivent glisser quand il va entrer latéralement dans sa niche. Les employés lui en sont reconnaissants lorsqu'ils le poussent à sa place, sans pouvoir le soulever.

Ensuite, ils se consultent tous du regard, et, comme personne ne semble disposé à prier, ils se hâtent de refermer le caveau et de regagner les véhicules dans les rafales de neige.

Sur son lit d'œuvres d'art, le père de Dortlich repose, frêle et rigide. De la glace se forme peu à peu dans son cœur.

Les saisons vont passer, revenir. Des voix atténuées venues des allées en gravier se fraieront parfois un chemin jusque dans le mausolée, voire même la griffe d'une vigne vierge. Les couleurs des vitraux s'adouciront sous la poussière toujours plus épaisse. Des feuilles mortes fouetteront ses murs, puis la neige, puis encore les feuilles, en un cycle immuable.

Les peintures, dont les visages ont fait partie de l'univers familier d'Hannibal Lecter, sont enroulées sur elles-mêmes dans l'obscurité, tels les ressorts de la mémoire.

60

De gros flocons mous tombent dans l'air immobile du matin le long de la rivière du Lièvre, au Québec. Ils se posent silencieusement sur les appuis de fenêtre de la boutique *Caribou Corner, Chasse et Taxidermie*.

Comme des plumes, les flocons saupoudrent les cheveux d'Hannibal Lecter, qui maintenant remonte l'allée d'arbres vers le bâtiment en rondins. Le magasin est ouvert. Venues de l'atelier à l'arrière, il entend les premières notes de l'hymne « Ô Canada ! » à la radio, alors que la retransmission d'un match de hockey junior va commencer. Les murs sont couverts de trophées de chasse. Dominé par une tête d'élan, un arrangement à la manière de la chapelle Sixtine fait voisiner isatis et lagopèdes, chevreuils aux prunelles de velours, lynx par-dés et bobcats.

Sur le comptoir, des yeux de verre sont rangés dans un plateau à casiers. Posant son sac sur le sol, Hannibal les fait rouler sous un doigt. Il trouve une paire du bleu le plus pâle que l'on puisse imaginer, destinée à un husky défunt et très regretté. Hannibal les sort et les pose côte à côte sur la surface en bois.

Le patron sort de l'arrière-boutique. La barbe de Bronis Grentz a grisonné, depuis, et ses tempes ont viré poivre et sel.

— Voui ? Je peux vous aider ?

Tout en le regardant, Hannibal explore encore le plateau avec son index, jusqu'à trouver deux yeux de la même nuance que ceux de Grentz, un brun vif.

— Qu'est-ce que c'est ? insiste Grentz.

— Je suis venu chercher une tête, annonce Hannibal.

— Laquelle ? Vous avez votre reçu ?

— Je ne la vois pas sur les murs.

— Elle est sans doute derrière, dans l'atelier.

Hannibal a une proposition :

— Puis-je vous accompagner ? Je vous montrerai laquelle c'est.

Il emporte son sac avec lui, qui contient quelques vêtements, un couperet et un tablier en caoutchouc qui porte l'inscription « Property of Johns Hopkins ».

Il est intéressant de comparer le courrier de Grentz et son carnet d'adresses avec la liste des *Totenkopfs* recherchés par les Alliés que les Britanniques ont fait circuler après la guerre. Grentz avait plusieurs correspondants au Canada et au Paraguay, un certain nombre aux États-Unis. Hannibal étudie à loisir les documents dans le train où, grâce au tiroir-caisse de l'empailleur, il bénéfice du confort d'un compartiment privé.

Sur le trajet du retour à Baltimore, il interrompt son voyage à Montréal afin de poster la tête de Grentz à l'un de ses collègues taxidermistes avec lequel il correspondait, en inscrivant dans la case de l'expéditeur l'adresse et le nom d'un troisième.

Il n'éprouve pas de colère envers Grentz. Il n'en éprouve plus envers quiconque, d'ailleurs, et il n'est plus torturé par les rêves. Il avait des vacances et tuer Grentz était mieux que d'aller skier, voilà tout.

Le train se balance doucement en dévalant vers le sud et les États-Unis, bien chauffé, moelleux, tellement différent de celui qui l'a ramené en Lithuanie, ce trajet interminable qu'il a dû accomplir à dix-huit ans…

Il s'arrêtera à New York, où il passera une nuit. Il descendra au Carlyle, encore avec le concours du généreux Grentz, et il ira voir une pièce à Broadway. Il a déjà des tickets pour *Le crime était presque parfait* et pour *Picnic*. Il choisit la deuxième, finalement, car il trouve les meurtres sur scène peu convaincants.

L'Amérique le fascine. Cette abondance de lumières, de chauffage, ces voitures énormes… Les visages américains, ouverts mais pas innocents, tellement lisibles… Plus tard, profitant de sa qualité de mécène, il aimera se rendre en coulisses pendant un concert ou une représentation théâtrale, observer le public et lire sur tous ces visages fascinés, aimantés par les feux de la rampe, lire, encore lire…

Le soir tombe. Le serveur du wagon-restaurant place une bougie sur sa table tandis que le bordeaux couleur de sang frissonne un peu dans son verre sous les vibrations du train.

À un moment, pendant la nuit, il se réveille alors qu'ils sont arrêtés dans une gare silencieuse. Il entend les hommes du personnel d'entretien faire sauter la glace accumulée sous la caisse des wagons avec de la vapeur sous pression. De grands nuages d'eau surchauffée passent devant sa fenêtre, emportés par le vent. Avec un infime soubresaut, le train repart et, dans un glissement fluide, abandonne les lumières de la gare pour plonger dans la nuit, nager dans la nuit en direction du sud, de l'Amérique. Par la vitre maintenant translucide, il aperçoit les étoiles.

Remerciements

Je remercie la Brigade criminelle de la police de Paris, qui m'a accueilli dans l'univers du Quai des orfèvres pour partager avec moi aussi bien son dantesque savoir que ses sublimes déjeuners.

Dame Murasaki – Murasaki Shikibu – écrivit le premier roman majeur de l'histoire de l'humanité, le *Genji Monogatari (Dit du Genji)*. Dans le présent livre, la nôtre cite Izumi Shikibu et Ono No Komachi, entend dans son cœur un poème de Yosano Akiko. Ses mots d'adieux à Hannibal proviennent du *Dit du Genji*.

Comme on l'aura remarqué, j'ai emprunté le nom de Christabel à Samuel Taylor Coleridge.

Pour une meilleure compréhension de ce qu'a été la France sous l'Occupation et pendant l'après-guerre, j'ai été grandement aidé par le *Marianne in Chains* de Robert Gildea, l'ouvrage d'Antony Beevor et Artemis Cooper *Paris After the Liberation 1944-1949*[1] et *The Rape of Europa*, de Lynn H. Nicholas[2]. La remarquable

1. *Paris libéré, Paris retrouvé, 1944-1949*, traduit de l'anglais par Frank Straschitz, Perrin, 2004.
2. *Le Pillage de l'Europe*, Seuil, 1995.

correspondance entre Susan Mary Alsop et Marietta Tree, réunie dans le volume intitulé *To Marietta From Paris 1945-1960*, m'a également été très utile.

Par-dessus tout, ma gratitude va à Pace Barnes pour son soutien sans faille, son amour et sa patience.

T.H.

Composé par Nord Compo Mulmédia
7, rue de Fives, 59650 Villeneuve-d'Ascq

Impression réalisée par

CPI
Brodard & Taupin

49450 – La Flèche (Sarthe), le 28-10-2008
Dépôt légal : novembre 2008

POCKET – 12, avenue d'Italie - 75627 Paris cedex 13

Imprimé en France